I0785682

Primer amor

PATRICIA SUTHERLAND

Serie Sintonías, 2

1ª edición : septiembre 2012.
© 2007, 2012 Patricia Sutherland
© 2012 Ediciones Jera, Colección Jera Romance
www.jeraromance.com
Este libro se publicó por primera vez a través de
una plataforma de impresión bajo demanda, sin
isbn, en diciembre de 2007.

ISBN: 84-939730-5-6
ISBN-13: 978-84-939730-5-6

Diseño de cubierta: Laura Sánchez

JR02 – Primer amor
Serie Sintonías, 2
Novela romántica contemporánea
Nivel de erotismo: ♥♥ (Sensual)

A mis padres.
Siempre serán la luz que alumbra mi camino.

A mis lectoras.
Por su "pasión contagiosa",
por su fidelidad y
por su inestimable apoyo.

PRÓLOGO

Camden, Arkansas
Viernes 14 de enero de 2005
Centro del Servicio de Acogidas.
Despacho de su directora, Marian Ross.

La idea de hablar con Marian Ross no la seducía en lo más mínimo, pero era su última posibilidad de librarse del expediente de los hermanitos White. Tenía diez minutos para convencer a la mujer más ocupada del planeta de que no tenía que encargarse de aquel expediente, así que tendría que usar todo su don de gentes.

Cuando Shannon entró en su despacho, ella estaba al teléfono. Le hizo señas de que entrara y se sentara. En los tres años que llevaba trabajando para el servicio de acogidas no la había visto más de una docena de veces. Y todas ellas le había dado la impresión de ser una persona de muy pocas palabras.

—¿Qué puedo hacer por usted O'Neil? —preguntó la directora cuando acabó la conversación telefónica.

Era la hora. Shannon respiró hondo y empezó su discurso, que Marian Ross escuchó atentamente con expresión neutra.

—¿Por qué cree que sería de más utilidad con expedientes de niños mayores?

Shannon vio que la mujer esperaba una respuesta como si acabara de hacer la pregunta más lógica del mundo. Como si no supiera que los expedientes del servicio, correspondientes a adolescentes problemáticos, se desviaban a ella; todos sabían que se le daban bien.

—Bueno, es lo que he hecho desde que empecé. Los hermanos White parecen un caso normal, su perfil psicológico no augura mayores inconvenientes y además están en casa de John y Eileen Brady, ¿hay algún sitio mejor en el mundo?

Marian Ross asintió repetidas veces con la cabeza, considerando el tema. Al final, volvió sus ojos hacia ella.

—Es cierto —Shannon respiró aliviada—. Pero hay dos cuestiones que nos preocupan.

—¿Cuáles? —preguntó, aunque en realidad no quería oírlas. No quería oír que tendría que quedarse con el bendito expediente.

—En primer lugar, está lo del padre de los niños —Shannon prestó atención. ¿Qué sucedía con él?—. Le quedan seis años de condena y es poco probable que le den la condicional por su mal comportamiento. La abuela es muy mayor. Los médicos no creen que se recupere, y en el caso de que lo hiciera, no estaría en condiciones de cuidar de dos niños. Pronto, los dos serán adolescentes y no queremos que sean del grupo de los problemáticos. Tenemos que asegurarnos de que encajan con los Brady, y de que encajan bien, porque su otra realidad es que son negros, varones y hermanos.

Shannon asintió. En otras palabras; o los Brady, o dando tumbos de un hogar de huérfanos a otro.

—Y en segundo lugar están en el rancho Brady sí, pero no a cargo de Eileen y John Brady —continuó la directora. Shannon frunció el ceño e intentó traer el formulario de solicitud a su mente. No recordaba detalles. Y no los recordaba porque, desde el primer momento que supo que era un expediente de los Brady, lo único en lo que había pensado era en la manera de quitárselo de encima—, está claro que si John y Eileen han dado el visto bueno a que vuelva a haber niños de acogida en su casa, es porque saben que los niños estarán bien. Aún así, Mark Brady para nosotros, de momento, no es más que su hijo mayor.

Genial. Así que además tendría que vérselas con él.

Shannon volvió a asentir.

—Le pedí a la señora Rutherford que me dijera a quién encargaría cada uno de sus casos. Y para este dijo "Shannon O'Neil". Así que, a menos que tenga alguna razón de peso... —Marian Ross la miró a los ojos—. ¿La tiene?

Tenía una razón, pero no sería una de peso para el Servicio de acogidas. Y además, ya la había hecho buena presentándose delante de la mismísima directora sin saberse la lección. Si hubiera tratado aquel expediente como trataba a los otros, habría llegado ella *solita* a la misma conclusión que acababa de escuchar de labios de Marian Ross. Pero desde el instante que había visto el apellido Brady en el expediente, todo el tiempo que le había dedicado había sido para intentar pasárselo a otro oficial, intercambiarlo, incluso cambiarlo por otros dos.

No pensaba decirle a la mujer de la que dependían sus ascensos, que su única razón era evitar tener que volver a verse cara a cara con su primer amor adolescente. Ese que cuando se dignó a quedar con ella, lo hizo solamente para ligar con su hermana, el muy cabrón.

El mismo al que ahora no solo tendría que ver cada quince días, sino con quien tendría que compartir responsabilidad sobre el bienestar de dos niños de acogida.

Mark Brady.

Hacía más de diez años que no lo veía, pero estaba segura de que seguiría igual...

Igual de seductor.

Igual de seguro de sí mismo.

Igual de vanidoso.

Y, Dios, igual de espectacular.

CAPITULO 1

Podía haber avisado a los Brady que aquel día se pasaría por el rancho, pero no lo hizo. Cuando Shannon llegó, eran las once de la mañana y todos estaban atendiendo sus ocupaciones. Como los niños estaban con Mark, en la zona de adiestramiento de caballos, su madre, Eileen, se ofreció a acompañarla.

Shannon se cerró la chaqueta corta de corderito y subió el cuello. Los tejanos se le habían quedado helados en un segundo, tan pronto salieron de la acogedora casa, y a pesar de que calzaba botas, tenía los pies doloridos de frío. Todo había que decirlo; también era consciente de que el clima invernal no era la única razón del descenso drástico de su temperatura corporal.

Estar en aquel lugar tenía otras connotaciones para Shannon, además de la cuestión Mark Brady. En realidad, lo de Mark era anecdótico comparado con la impresión de conocer a las únicas dos personas de las que no había escuchado más que alabanzas. "Son ángeles". ¿Cuántas veces había oído aquella frase desde que trabajaba en el servicio de acogidas? Por aquel rancho, por las manos de aquellos ángeles, habían pasado la friolera de ciento veinticinco niños a los que habían tocado con su compasión. Eileen y John Brady eran una institución en Camden, y el rancho, un paraíso del que los chicos acogidos no querían marcharse.

—Cuando la señora Rutherford se jubiló y me dijo que de Matt y Timmy se encargaría una oficial con mucha mano con los niños, no me imaginé a alguien tan joven... ¿Cuántos años tienes? —Eileen sonrió—. ¿Puedo tutearte, no? Me resultaría raro llamar de usted a alguien que es más joven que mis propios hijos...

Shannon miró a la fornida mujer que caminaba a su lado con su anorak negro sin cerrar, desafiando al frío. Llevaba el cabello en una melena muy corta, plagada de mechas de un rubio tan claro que parecía blanco, algo que normalmente envejecía el aspecto, pero su piel era lozana y aquellos impactantes ojos destilaban vitalidad, y también mucha bondad. Sabía que tenía cincuenta y nueve porque lo había visto en algún expediente de acogimiento, pero jamás se los habría dado.

—Claro. Veinticinco. Bueno, casi veintiséis, los hago el mes que viene.

—¿En serio? ¿Tantos? Pareces mucho más joven, no te daba más de veintiuno o veintidós...

Eso no era nuevo. Todavía, de vez en cuando, le tocaba demostrar que contaba con edad suficiente para beber cuando se le ocurría pedir una cerveza en según qué bar. Era herencia familiar; los O'Neil no aparentaban los años. Y eran todos rubios, delgados y guapos. Pero en eso, no había salido a ellos sino a su abuela materna. Con sus rizos pelirrojos, sus ojos marrones de pestañas largas y bien curvadas, su sonrisa de niña y su metro setenta *rellenito*, era lo que vulgarmente se llamaba una *gordita* simpática.

—Ya, a veces es un incordio... Como me haya dejado los documentos en casa... —bromeó Shannon—. Fue un notición que los Brady volvieran a tener niños. En el servicio de acogidas casi hacemos una fiesta... ¿Cómo se decidieron a volver al ajetreo de críos en edad escolar?

—No jugamos este partido de titulares aunque no nos importaría, la verdad —replicó Eileen—. No cambiaría ni uno solo de esos días con la casa llena de risas por nada en este mundo, pero mis hijos se pusieron serios con el tema. Querían vernos descansar y disfrutar de la vida, y ya sabes, es difícil decirles que no.

No tenía ni idea de que lo hubieran dejado por sus hijos. Shannon decidió indagar un poco más.

—¿Y ahora son ellos los que siguen la tradición familiar?

Empezaban a oírse voces y risas lejanas. Shannon intentó localizar el origen, pero aún no estaba a la vista.

—Es Mark —dijo Eileen—. A Jason lo único que le hace falta es ocuparse de un niño. Juega fútbol, así que vive viajando y cuando no viaja, entrena. Y Mandy otro tanto. Es cantante, ¿sabes?

Shannon sonrió divertida mientras asentía. Claro que la conocía. ¿Quién no conocía a Amanda Brady?

—Se confabularon con Gillian para convencer a John de volver a llenar el rancho de niños, y aquí estamos...

—¿Y qué tal lo llevan?

—Estupendamente —Eileen le palmeó el brazo, cariñosamente—. La señora Ross no tiene por qué preocuparse. Y tú tampoco. A los dos les encantan los niños y están acostumbrados... Además, Mark es un imán de niños, se le pegan como chicle... Es que es como un niño grande, ya verás cuando lo conozcas.

Acababan de dar vuelta el recodo del camino y ahora las voces tenían dueño. Venían de unos cien metros más adelante, donde una veintena de personas sentadas en las tranqueras que cerraban el predio, presenciaban cómo un hombre se sacudía arriba y abajo sobre el lomo de un caballo que no dejaba de corcovear.

Shannon no hizo ningún comentario. La imagen del Mark que había visto por última vez hacía años, no casaba con la de un imán de niños. En todo caso, de *niñas*, de dieciocho para arriba y con curvas neumáticas. Aunque sí casaba con lo de niño grande, porque había que ser muy crío y muy inmaduro para haber quedado con ella y luego, ligar con su hermana.

Muy crío. Muy inmaduro. Y muy capullo.

◆ ◆ ◆ ◆ ◆

El hombre ya no se sacudía sobre el caballo; acababa de rodar por el suelo entre sus patas ante el griterío y las bromas de todos los presentes. Pero no era Mark. A Shannon no le fue difícil confirmarlo aún a más de veinte metros de distancia.

Mark era el de la parka color champán que, recostado contra la tranquera, con un niño sobre los hombros y otro de pie a su lado, las miraba acercarse con evidente interés.

—Este es mi hijo —dijo Eileen con tono de madre orgullosa.

La mirada de Shannon volvió a encontrarse con la de Mark después de más de diez años. Durante un segundo, se preguntó si la recordaría. Una parte de ella quiso que fuera así, que aquel rato de risas que habían compartido hasta que apareció Cheryl y resultó obvio a quién prefería de las dos hermanas O'Neil, no hubiera sido tan insignificante como para que ni siquiera lo recordara.

—Mark Brady —dijo él, sonriendo—, ¿y tú?

Por lo visto, *había* sido insignificante.

Ella estrechó la mano que él le tendía.

—Shannon O'Neil —respondió, y le faltó tiempo para apartar su mirada de aquellos ojos celeste claro que recordaba perfectamente, y centrarse en los niños—. ¿A quién de los dos le tengo que dar el pésame por la humillante derrota del domingo contra los San Antonio Spurs?

—A mi —contestó el pasajero que Mark llevaba en los hombros.

Así que aquel era Timmy, el más pequeño. Las fotos de los

12

expedientes eran *malísimas*.

—Vaya paliza —dijo ella riendo y extendió la mano para estrechar la del niño—. La señora Rutherford se ha jubilado y yo la sustituyo, así que nos veremos a menudo... Seguro que la próxima vez, te doy la enhorabuena.

—¿Eres de Acogidas? —preguntó Matt, el mayor, con expresión incrédula—.Venga ya, seguro que todavía estás en el *cole*...

—Gracias, eres todo un caballero. No soy tan joven, pero gracias...

Al ver que Matt se sonrojaba, su hermano soltó una carcajada y al final todos reían.

Mark, además de reír, la estudiaba. Había algo en ella que le resultaba familiar. ¿La había visto antes? ¿Dónde?

No, era imposible.

Porque si hubiera visto a aquella pelirroja antes, la recordaría perfectamente.

◆ ◆ ◆ ◆ ◆

La impresión de haber conocido a los Brady continuaba presente en la mente de Shannon una semana después. Había algo en aquella gente, en aquel lugar, que dejaba huella. No alcanzaba a precisar qué era; si sus modos físicos de expresar el cariño, la facilidad con que sonreían, o el ambiente distendido que se respiraba en aquel rancho y al que el paisaje espectacular de naturaleza salvaje que lo rodeaba, no hacía más que darle un aire bucólico, casi idílico. Si Eileen la había impresionado, con aquellos inmensos ojos que rezumaban bondad y aquel porte sólido, de *madraza* consumada, a John lo había encontrado magnético; no podía dejar de mirarlo. Inspiraba respeto, confianza, y a la vez, muchísima ternura. Y también, todo había que decirlo, le había parecido el *sesentón* más atractivo que viera jamás. Era de elevada estatura y complexión fuerte, más corpulento que Mark. Tenía la piel curtida por el duro trabajo del campo y las marcas de expresión parecían hechas con cincel, lo que sumado a aquellas escasas canas desperdigadas aquí y allí en su abundante cabellera rubia, le daban un punto rudo, incluso tosco, que contrastaba con la dulzura de su mirada.

Matt y Timmy, como había imaginado, estaban encantados de estar allí. Echaban de menos a su abuela, eso sí, pero Mark los llevaba a visitarla al hospital cada semana, y eso los animaba. Shannon no había tenido ocasión de conocer a "tía Gillian" porque estaba en la facultad, pero teniendo en cuenta el número de veces que alguno de los hermanitos la había mencionado en la media hora que conversó a solas con ellos, no tenía ninguna duda de que sería algo así como la versión masculina de John Brady; alguien con la extraña cualidad de inspirar respeto y ternura al mismo tiempo.

Lo de volver a ver a Mark era otro tema. Cuando aquel segundo, en que una parte de ella deseó que él la recordara, terminó con la evidente realidad de que no era así, tomó conciencia de que no le importaba. Tal vez fuera cierto que ahora era un hombre maduro al que le gustaban los niños, pero seguía siendo el mismo vanidoso ligón que miraba con descaro cualquier cosa con forma de mujer. Aunque fuera la asistente social encargada de los niños que él había solicitado en acogimiento.

No, no le importaba Mark. Hacía años que no le importaba. Pero desde que supo que el expediente White sería suyo, también tuvo claro que los recuerdos volverían. Y así había sido. Desde hacía una semana no dejaba de pensar en lo viva que se sentía entonces, y en lo indiferente que se sentía ahora, con esa clase de vida en la que todo marcha aparentemente bien, pero sin emoción.

Shannon suspiró, echó un vistazo a los recados telefónicos que le habían dejado sobre el escritorio. Tres eran de David. Dios, ¿qué iba a hacer con él?

—Tengo a un macizo de ojos alucinantes en recepción —Shannon levantó la vista. Sandy, la recepcionista del centro la miraba con expresión pícara—. Pregunta por ti.

—¿Macizos, aquí? Ya quisiéramos... ¿Podrías hacerme el favor de decirle a David que me han abducido los extraterrestres la próxima vez que llame?

—¿No sería más fácil decirle que no quieres verlo?

No era la voz de Sandy. La que habló a continuación sí.

—Le dije que esperara en recepción, que *yo* le avisaría.

—Lo lamento, princesa. Es que igual te pedía que a mí también me soltaras el rollo de los extraterrestres...

Shannon miró el panorama con expresión divertida. El "macizo" lucía una sonrisa Profidén y la recepcionista babeaba.

Alucinante, pensó, las encanta como a serpientes.

—Está bien, Sandy. Ya me ocupo yo del señor Brady.

Tan pronto quedaron a solas, Shannon miró a Mark, esperando que dijera algo pero él se tomó su tiempo. La miraba y sonreía. Lo que fuera que pasara por su mente, no era evidente en su expresión, aunque teniendo en cuenta que era un ligón, no hacía falta esforzarse mucho para saber qué estaría pensando.

—¿Quién es David? —preguntó él al fin, sin apartarse del marco de la puerta.

Shannon sonrió con desdén y se puso de pie.

—Si esperas que crea que has venido hasta aquí para verme, lo llevas claro. Dime qué sucede.

Mark dejó que su mirada bajara de aquellos ojos marrones, ahora que Shannon estaba de pie junto al escritorio poniéndose el abrigo. Todo en ella eran curvas que no podían verse a través de sus ropas holgadas, pero podían adivinarse. Al menos, él podía. Curvas de verdad, de las que a él le habían gustado siempre. En aquella pelirroja de mirada dulce había volumen, no silicona. Había mujer.

Una mujer que se marchaba.

—¿Vas a alguna parte?

—Claro, soy asistente social —respondió ella, ajena a la mirada de Mark, mientras sacaba una carpeta del archivador de su escritorio y la metía en la mochila.

Mark sonrió para sus adentros y volvió a intentarlo.

—¿No vas a decirme quién es David?

La vio abrir la puerta del despacho después de echarle una mirada irónica, y empezar a alejarse por el corredor en dirección a la calle. Dos segundos después, él la había alcanzado.

—Voy a averiguarlo de todas formas... ¿Por qué no abreviamos?

Shannon se volvió a mirarlo con el ceño fruncido.

—¿Qué tal si te dejas de jugar y me dices qué sucede de una vez? —Estaban en la calle y el viento le arremolinaba los rizos pelirrojos que llevaba en una melena escalada, larga hasta el nivel de los hombros, partida al medio y sin flequillo. Y ella, una y otra vez, volvía a apartarlos de su rostro, y a intentar ponerlos detrás de la oreja—. Puede que no hayas caído, pero mi trabajo es evaluarte. Y no creo que un "diagnóstico" de inmadurez beneficie tu perfil de padre de acogida.

—A mi perfil no le pasa nada —respondió Mark, y su sonrisa se hizo mucho más grande cuando vio que Shannon meneaba la cabeza y sonreía incrédula—. Ni al de padre de acogida ni al físico. Tengo muy pocos defectos, pero la inmadurez no es uno de ellos. No era inmaduro ni a los dieciocho. Y no estoy jugando.

Mark hizo una pausa para ver su reacción y disfrutarla. Ella reía y con todo su lenguaje corporal le decía "deja de marcarte faroles, ¿quieres?"

—Voy a averiguar quién es David —dijo él sonriente pero en tono definitivo. Pensara lo que pensara aquella pelirroja preciosa, él no se estaba marcando ningún farol.

La vio asentir repetidas veces con la cabeza sin dejar de sonreír y cuando habló, su tono burlón volvió a confirmarle que se dejara de tonterías y le dijera la verdadera razón de su visita. "¿Algo más?" escuchó que le decía mientras abría la puerta de su coche y se sentaba al volante.

Mark se puso de cuclillas junto al vehículo y apoyó los brazos sobre el borde de la ventanilla.

—El médico de la señora White me dijo que es muy posible que no salga de esta. Me dijo que estaría bien que Matt y Timmy lo supieran... ¿Tú qué opinas?

Shannon puso la llave en el contacto. Por eso había ido a su oficina, no por verla.

—Que tiene razón.

—A Matt lo va a hacer polvo. Si vieras lo ilusionado que está con que su abuela salga del hospital... ¿Y si se recupera? Esto no es álgebra...

—¿Quieres que se lo diga yo? —ofreció Shannon con suavidad.

—Lo que quiero es que la abuela se ponga bien y esos críos no tengan que perder lo poco que les queda. A su edad, lo más que yo había perdido era mi tortuga Lizzy...

Shannon sonrió con ternura.

—Una pérdida terrible —dijo, con un punto burlón.

Mark meneó la cabeza.

—Vale, pelirroja, está claro que no vas a decirme quién es ese tío por el que dejarías que te abdujeran los extraterrestres con tal de no volver a ver, así que me voy —se puso de pie pero continuó inclinado, mirándola a través de la ventanilla—. El sábado festejamos el *cumple* de Timmy, pásate sobre las cinco... Gillian se muere de ganas de conocerte y seguro que los críos se alegran, les pareciste *muy cool*.

La vio asentir con una sonrisa, pero sabía muy bien que era un "sí" a la invitación, exclusivamente.

"Ya caerás", pensó Mark. Le guiñó un ojo y se alejó, con las manos en los bolsillos de su cazadora.

Shannon lo observó mientras él se ponía el casco y los guantes. No había cambiado gran cosa en diez años; entonces era un chico guapísimo y ligón. Ahora, era un hombre guapísimo y ligón. Y estaba en lo cierto acerca de que la inmadurez no era uno de sus defectos. Lo suyo no era inmadurez, era vanidad mezclada con confianza total. Flirtear con ella no era un fin en sí mismo, era el medio; así alimentaba su ego mastodóntico. Shannon puso el coche en marcha. Pues si pensaba alimentarlo a su costa, lo llevaba claro. Se incorporó al tráfico y cuando pasó a su lado, lo saludó con un gesto de la mano.

Detrás del visor del casco, los ojos de Mark la siguieron hasta que desapareció.

◆ ◆ ◆ ◆ ◆

Mark soltó la mano de Matt para atender la llamada. Miró la pequeña pantalla y sonrió.

—Esto sí que es raro —dijo, anticipándose a su hermano—. ¿Qué pasa?, ¿el de Gillian está apagado?

Del otro lado de la onda le llegó una carcajada.

—*Se lo olvidó en casa, me atendió mamá.*

—Es tío Jason —dijo a los niños y volvió a la conversación— ¿Qué te cuentas?

—*Poca cosa. Estoy a punto de empezar a entrenar. Diles que mañana sobre las once estoy por ahí, que se pongan las pilas porque va a ser un fin de semana largo... Y díselo a Gill.*

—Así que vienes al *cumple*, ¡qué bien!

—*¿Cómo iba a perdérmelo? Además, me han dicho que irá una pelirroja muy cool a la que no le quitas los ojos de encima. Y si tú la miras, tío, yo también quiero.*

Mark sonrió desafiante.

—Mientras solamente mires no hay problema.

—*¿Seguro?* —dijo Jason, picándolo—. *Ni bien me vea va a dejar de mirarte.*

—Seguro —respondió Mark definitivo e hizo una pausa. Miró a los niños de reojo. Ellos jugaban con una rana unos metros más allá—. *Esta es mía, ¿vale?*

Jason silbó.

—*¿En serio?*

—*Sip.*

—*Joder, me muero por conocerla, tío* —dijo Jason, divertido.

Mark todavía sonreía cuando volvió a guardar el móvil. Él también se moría por verla. Un día más y sería sábado, el día de la fiesta de cumpleaños de Timmy a la que Shannon había aceptado asistir.

Y el día en que volverían a visitar a la abuela en el hospital.

Mark los miró apenado. Tenía que decirles lo de su abuela, no podía estirarlo más.

—Esa pobre rana se va a manifestar por sus derechos frente a la casa como sigáis fastidiándola así... —tomó a los dos niños de un brazo, apartándolos del animal.

—¿Va a venir tío Jason? —preguntó Matt con *ojitos* ilusionados.

Cuando los niños vieron a Mark asentir con la cabeza, festejaron a gritos la buena nueva.

—Venid, quiero hablar con vosotros... —dijo, indicándoles que se sentaran a su lado, sobre unos tocones que había cerca del camino.

—¿De hombre a hombre? —preguntó Matt pícaro. Mark sonrió y volvió a asentir.

—Dispara —dijo Timmy, imitándolo.

Mark reunió fuerzas y comenzó a hablar con tono aparentemente sereno.

—La abuela es muy mayor... El médico dijo que está demasiado enferma y no va a ponerse bien.

Entonces, vio como la carita de Matt se desencajaba y sus ojos se llenaban de lágrimas.

—¿Se va a morir? —murmuró Timmy.

Mark los miró con cariño y no respondió. En cambio, los rodeó con sus brazos.

—¿Por qué? —escuchó que Matt susurraba con la voz quebrada mientras su pequeños dedos crispados le apretaban la cintura.

¿Qué podía decirles? No eran más que dos niños y lo habían perdido todo.

—Porque es parte de la vida. Es así con las plantas, con los animales y con las personas. No es culpa de nadie, Matt. Es la vida, nada más.

—Pues, vaya mierda... —dijo el niño con rabia.

Mark lo apretó más contra su cuerpo. Lo sintió temblar y resistirse, y al final, abrazarse a él, llorando desconsolado.

◆ ◆ ◆ ◆ ◆

Como cada sábado, Shannon comía con su abuela. Siempre habían estado muy unidas, pero desde la muerte de su madre, hacía diez años, ella, de alguna forma, había ocupado su lugar.

A los cafés, tocó "conversación de chicas" como Catherine Murphy llamaba a charlar de cosas personales con su nieta. Esto también era igual todos los sábados.

—¿Has hablado con Dave? —preguntó la mujer mientras servía dos tazas de la aromática bebida.

Shannon negó con la cabeza. Tenía doscientos recados suyos que no había respondido.

—No puedes seguir esquivándolo, Shan... Es un buen chico y te quiere, se merece tu sinceridad...

Shannon respiró hondo y miró de reojo a su abuela. No le apetecía hablar del tema, pero sabía que no iba a librarse.

—Ya fui sincera. Lo que David quiere es que haga las maletas y me vaya a Nueva York.

—¿No quieres estar con él? —preguntó Catherine.

—No... Bueno... sí, pero no. Lo echo de menos, en parte lamento que se haya ido, pero...

—¿Pero qué, cariño? Sabes que te adoro pero a veces... Shan, a veces, vuelas tan alto... Te quiere y tú lo quieres a él, ¿qué más necesitas?

Necesitaba tantas cosas... Cosas que llevaba tanto tiempo sin sentir que, por momentos, tenía la sensación de que no había sentido jamás. No en su piel, solo en sus sueños.

Pero sí lo había sentido. Recordaba aquella locura de sensaciones recorriéndole el cuerpo solo con pensar que volvería a verlo cruzando el aparcamiento del instituto, camino de su clase del último curso. Saltaba de la cama cuando sonaba el despertador, llena de energía solo por esos cuarenta segundos que él tardaba en recorrer la distancia desde el aparcamiento hasta las escaleras de la entrada. Los días pasaban como en una nube, sin conciencia del tiempo.

Recordaba cómo se le aceleraba el corazón cada vez que pasaba junto a él, aquel deseo loco de que sus miradas se cruzaran, de que él la mirara aunque fuera una vez. Era una sensación mágica, como si millones de burbujas diminutas explotaran en su interior y la llenaran de una energía imparable. Podía sentir la vida latiendo en cada poro de su piel. Nunca se había sentido más viva que entonces.

Y nunca había vuelto a sentirse así.

—Ilusión, emoción, pasión por vivir... —se encontró diciendo en voz alta—. Lo sentí una vez, abuela, por eso sé que no puedo seguir con David... Con él todo es seguro, previsible... En veinte años seguirá siendo igual que ahora. Y yo no puedo imaginarme vivir otros veinte años de esta manera... No es por él, él es... —Shannon esbozó una sonrisa apesadumbrada— un cielo de persona. Es por mí. Necesito recuperar a esa otra Shannon. Digo yo que en algún lugar se habrá metido, ¿no?

—Cariño... —dijo Catherine mirándola con ternura—. Ya no tienes trece años, no puedes sentir como si los tuvieras...

—¿Y entonces por qué puedo sentirme como si tuviera cien, si no los tengo? Porque a veces, muchas veces, me siento así.

Shannon bebió un sorbo de café. Era mejor dejarlo estar, no quería preocupar a su abuela. Pero se disponía a hacer algún comentario gracioso para desviar el tema, cuando su abuela se le adelantó.

—¿Hay alguien, cariño?

Shannon se echó a reír. Rió de buena gana ante lo irónico de la situación.

Sí, había alguien. Y era precisamente el que la hacía sentir así de viva a los trece. Aunque no era alguien en el sentido que su abuela insinuaba, porque ahora Mark ni le ponía el corazón a la carrera ni la hacía saltar de la cama llena de energía.

Pero era alguien que estaba otra vez en su vida, recordándole todo lo que una vez había sido, lo que llevaba *años* necesitando ser...

Y ya no era.

CAPÍTULO 2

Cuando Shannon llegó al rancho Brady, faltando un par de minutos para las cinco, y Eileen la acompañó hasta el salón donde una veintena de críos movían el esqueleto al compás de "Sweet Home Alabama", Gillian hacía el monigote con Timmy, exagerando los pasos como si fuera una niña más, pero tan pronto la vio, fue corriendo hacia ella y se auto presentó mientras la guiaba hacia la improvisada pista de baile para que se sumara al resto de los bailarines. Shannon conectó con Gillian al segundo de conocerla.

El amplio salón principal de la casa estilo victoriana, parecía mucho más grande ahora que habían retirado los muebles para hacer sitio al juego. Y mucho más entrañable, lleno de guirnaldas y globos de colores.

—Ven que te presento al resto de la familia.

Shannon volvió la cabeza. Gillian, sonriente, le ofrecía la mano para que la siguiera.

—Estás a punto de conocer tres auténticos *bellezones* sureños —le dijo en tono de confidencia—. Así que prepárate, pequeña.

Llevando a Shannon de la mano y echándole miradas cómplices, Gillian atravesó el salón hasta los sillones junto al gran ventanal que daba al jardín, donde dos hombres y una mujer charlaban con el cabeza de familia.

—Yo me ocupo, gracias —intevino Mark, aparecido de la nada mientras apartaba a Gillian por los hombros. Shannon lo miró algo sorprendida, él le guiñó un ojo.

—¿Tú no estabas ayudando a tu madre en la cocina? —preguntó Gillian.

Mark asintió.

—Y ahora estoy aquí, haciendo las presentaciones —dijo mirando a Shannon con su media sonrisa seductora—. A ver familia, un momento de atención por favor...

Vaqueros desgastados y camisa negra, botas tejanas color crudo, y esa *pasada* de rizos dorados, enmarcando su *carita* de niño guapo. No le hacía falta pedir atención para tenerla.

—Esta señorita es...

—Ya sé quien es, Mark —dijo Shannon, y sonrió a Mandy—. Eres mucho más guapa que en las fotos ¡y en las fotos sales fabulosa!

Los cinco rieron el comentario espontáneo, Mandy además agradeció el cumplido.

—¡Gracias! Eh, oye, los días que esté baja de forma ya sé a quién tengo que llamar para que me levante el ánimo...

—Seguro que tu chico se encarga de eso estupendamente bien —dijo Gillian, tomando a Jordan del brazo.

Y qué chico. Aquel sí que era una auténtica belleza sureña, pensó Shannon mientras le estrechaba la mano, ajena a la presencia de otros ojos, que como los suyos también hacían valoraciones; la valoraban a ella.

Jason miraba la escena con interés. Shannon le caía bien. Había un cierto aire a Gillian en aquella pelirroja.

"Joder, Mark, ¿cuántos años tiene? Es una cría", pensó Jason.

Tenía que ser por lo menos quince años más joven que las experimentadas *maduritas* que hacían la media habitual de su hermano. Miró a otra parte en un intento de que no lo vieran reír. Aquella pelirroja con cara de niña no tenía ni idea del récord que estaba marcando.

—Y este gigante forzudo... —continuó Mark. Shannon volvió a adelantarse.

—Es Jason Brady, *quarterback* de los Titanes de Tennessee. Por favor, no te levantes —dijo traviesa al tiempo que estrechaba su mano.

Durante un momento, todos se quedaron cortados. Gillian fue la primera en captar la broma y reaccionar con una carcajada. Entonces, el ambiente se llenó de picardía y Jason se concentró en su hermano mayor: él miraba a Shannon con su expresión inmutable de siempre. Y unos ojos especialmente brillosos.

—¿Lo conocías?

Shannon miró a Mark con una sonrisa incrédula.

—¿Tienes idea de la cantidad de paredes que hay en Camden decoradas con el póster de Jason Brady que apareció en la Sports News?

—¡Te dije que ese póster iba a arrasar! —exclamó Mandy, haciéndole una carantoña a su hermano—. Estás brutal.

Jason sabía que a Mark le iba a sentar como un tiro y eso lo hizo mucho más tentador aún. Cuando Gillian vio la picardía en la cara del *quarterback*, se dio la vuelta tentada de risa. John Brady, el padre de la criatura, bajó la cabeza con una sonrisa que le ocupaba toda la cara.

—¿Tu pared también? —preguntó Jason.

Vio a Mark sonreír desafiante y decirle con los ojos "te voy a patear el culo". Y a Shannon soltar una carcajada tan auténtica, imposible de evitar, que no le dejó lugar a dudas: *no estaba en su pared*. Las miradas pícaras que se cruzaban Mandy y su padre, tampoco dejaban lugar a dudas. Decían alto y claro que acababan de abrirse las apuestas.

—Ken Bryan, lo siento. Pero desde que se casó con esa inglesa me gusta menos —dijo Shannon, aludiendo a sus orígenes irlandeses—. Así que lo he quitado.

Jordan puso los ojos en blanco.

—¿Pero qué le veis a ese tío?

Las risas atronaron el salón.

—¿Cuánto tiempo tienes? —dijo Gillian—. Podría llevar un buen rato contártelo...

Jason se dio cuenta de que Shannon no seguía la disertación sobre las virtudes del colega de profesión de Mandy que Jordan no aguantaba ver ni en pinturas. Ni siquiera los estaba mirando. Toda su atención estaba en otra escena que ocurría ahí mismo. El pequeño Timmy le decía algo al oído a Mark que, de cuclillas, lo escuchaba con expresión divertida. Cuando se puso de pie y se alejó con el niño hacia la improvisada pista de baile, la mirada de Shannon los siguió.

Mark sacó a bailar a Jessie, la sobrina pequeña de Jordan; Timmy, a su compañera del colegio. Hacia la mitad de la canción, Mark anunció en voz alta "cambio de pareja" un segundo después de asegurarse de que Timmy ya había tomado la mano de Jessie. Después de un pequeño lío de niños correteando, las nuevas parejas estuvieron dispuestas y el baile continuó. Vio a Mark guiñarle un ojo a Timmy y continuar charlando con la compañera de colegio que antes bailaba con el niño.

Cuando Shannon volvió su atención a la conversación que Gillian mantenía con Jordan, sus ojos se cruzaron con los de Jason.

Y esta vez, quien sonreía sin poder evitarlo era él.

◆ ◆ ◆ ◆ ◆

El pastel de cumpleaños valía por sí solo como regalo. Inmenso, de chocolate y fresa, recreaba el emblema de los los Ángeles Lakers con confites azules y amarillos. La cara de Timmy era un sol cuando el salón estalló en aplausos después de que él pensara su deseo y apagara las diez velitas. Un sol que Mark se dedicaba a recoger para la posteridad con su cámara de vídeo, más feliz que los niños.

Mientras Eileen y Mandy servían pastel a los invitados, los niños llevaron a Shannon a su habitación en la primera planta para mostrarle todos los regalos. Regalos a los que ella había contribuido con un libro sobre los mejores momentos del equipo de baloncesto preferido del cumpleañero y el último CD de Jay-Z para Matt.

—Y esto es de Mandy —dijo Matt mientras le mostraba dos teléfonos móviles juveniles—. El azul es mío, ¿está guapo a qué sí?

Shannon lo inspeccionó sonriendo.

—¿Llevas a Amanda Brady de fondo? —lo vio asentir con expresión traviesa y a su hermano echarle una mirada burlona—. ¿No es un poco mayor para ti?

Matt soltó la risa y se encogió de hombros.

—Qué montón de regalos, ¿no? —dijo Shannon tras devolverle los regalos de Mandy.

—¡Y hay más! —dijo Matt, encantado—. Pero no podemos mostrártelos ahora, están durmiendo.

—¿Quiénes están durmiendo?

—Los potrillos que nos regaló Mark —intervino Timmy con tono de *no-te-enteras*.

—¡Son una pasada! —dijo Matt—. Tienes que venir de día para que podamos mostrártelos...

—Mark los va adiestrar —continuó Timmy, orgulloso—, y los va a cuidar cuando no podamos.

—¿Os ha dicho eso? —preguntó ella con cautela.

Matt asintió con la cabeza.

—Son nuestros. Van a estar aquí y así podremos venir a verlos cuando queramos. ¿Es genial, no?

Shannon no respondió; le parecía una locura. Los niños sufrirían el doble cuando tuvieran que marcharse de allí: por dejar a los Brady y también por sus dos mascotas. Porque tarde o temprano tendrían que marcharse y donde fueran, no podrían llevárselas.

Desde la puerta, Mark miraba la escena a través del objetivo de la cámara de vídeo. Y le gustaba lo que entraba por su retina. Le gustaban esos críos. Y le gustaba esa pelirroja que sentada en la alfombra con las piernas cruzada al modo de los indios, los escuchaba con total interés. Los miraba con aquellos ojos hermosos que miraban al corazón cuando enfocaban en una persona, y si eran niños, además, lo hacían con mucha más ternura.

La mujer que se ocultaba detrás de un buzo negro dos tallas más grande, un peto holgado, y unas zapatillas de baloncesto... Esa mujer, le gustaba muchísimo más de lo que ninguna otra le había gustado en toda su vida.

—Deberíais estar abajo, atendiendo a vuestros invitados, colegas —dijo Mark.

Shannon volvió la cara hacia la voz.

—Sonríe a la cámara, guapa... —dijo él.

Joder, eres preciosa.

Y aquellos dos gamberros se estaban haciendo los sordos.

Mark bajó la cámara y miró a los críos enarcando una ceja. Timmy fue el primero en reaccionar poniéndose de pie de un salto.

—*Vaaale,* ya vamos.

Matt imitó a su hermano.

—¿Y tú? —le preguntó, pícaro, cuando pasó por su lado—. ¿Qué vas a hacer?

—Patearte el culo si en dos segundos no estás en el salón.

—¿Vas a quedarte aquí haciendo manitas con Shannon? —dijo, burlón, y echó a correr muerto de risa escaleras abajo seguido de Timmy.

Mark entró en la habitación meneando la cabeza.

—Es tremendo... Un par de años más y va a ser un "desastre con piernas".

Shannon asintió sonriendo. Se puso de pie y recogió los regalos que había en el suelo.

—¿Te parece buena idea lo de los caballos?

—*Sip.*

—No van a poder llevárselos en la mochila cuando tengan que marcharse —dijo ella—. ¿Tus padres están de acuerdo o no lo saben?

Mark se cruzó de brazos y la miró desde su casi metro noventa. ¿Lo cuestionaba? Estaba plantada ahí, las manos metidas en los bolsillos traseros de su peto, escrutándolo con aquellos ojos preciosos.

—¿Qué? ¿También va a perjudicar mi perfil? —preguntó él, desafiante.

—¿Importa? Según tú, tu perfil está estupendamente... —Shannon elevó el mentón, se colocó un rizo rebelde detrás de la oreja—. En algún momento tendrán que marcharse. Y cuando llegue ese día, van a sufrir el doble.

Mark la miró en silencio unos instantes. Shannon se dio cuenta de que no tenía ni la más remota idea de lo que a él se le pudiera estar pasando por la cabeza en aquel momento. Cuando la sonrisa desafiante se esfumaba, una expresión inmutable tomaba el relevo. Resultaba difícil saber si por la mente de su dueño pasaban ideas o improperios. Era como si, fuera lo que fuera que estuviera pensando o sintiendo, no tuviera cable a tierra, no se comunicara con los músculos de su cara ni con su lenguaje corporal. Shannon detestaba aquella expresión, no podía leer en ella. Y además, estaba esa manera penetrante, casi descarada de mirar...

—¿Sabías que nunca tuvieron ropa propia? —dijo Mark—. Timmy heredaba la de Matt, y él la de la beneficencia.

—Como la mayoría de estos críos.

—Es posible —otra vez esa seguridad total que no dejaba margen a nada más—. Pero estos están conmigo. Son dos críos geniales y voy a ocuparme de que tengan todo lo que hasta ahora no han podido tener.

—Necesitan un padre y una madre, no dos caballos.

Él asintió.

—Cierto. Pero por una vez, los especiales son ellos. Son los únicos críos de ese salón con dos caballos.

Y él era un tipo increíble.

Mark sonrió como si le hubiera leído el pensamiento.

—Pero si estás celosa porque a ellos les regalé uno y a ti no, eso ya es otro tema.

La vio pasar a su lado en dirección al salón, meneando la cabeza con una sonrisa incrédula. Sus ojos también sonreían cuando fugazmente se encontraron con los de Mark; con más ironía que incredulidad, le decían que no se hiciera ilusiones.

Eran más de las siete cuando el último invitado se marchó, y la familia se trasladó al que, evidentemente, era su lugar preferido de reunión: la cocina, una estancia amplia que a pesar de haber sido reformada para aprovechar mejor la luz natural, seguía conservando un marcado estilo victoriano en el mobiliario. La charla amena, aderezada por las bromas de Jason y Gillian, continuó allí, pero sin Mark, que se había llevado a los niños para que tomaran su baño.

Si no fuera porque Shannon sabía por referencias lo aficionado a los niños que eran todos los Brady, habría pensado que Mark se estaba marcando un farol. Cualquier mujer lo habría pensado; guapísimo, en la treintena y con toda la pinta de ser un hombre a la vieja usanza, verlo subir las escaleras con un niño de cada mano mientras les hablaba de "baño, no ducha rápida" y "orejas bien limpias", resultaba una visión surrealista. Pero en aquel rancho poco respondía a la realidad tal y como el común de los mortales la entendía. Y en cuanto a Mark, tenía aquella absoluta confianza en sí mismo que lo más probable era que le diera exactamente igual lo que las mujeres pensaran de él.

—¿Cómo se te ocurrió dedicarte a los niños en acogimiento?

Shannon volvió a la realidad. Era Mandy la que preguntaba, pero desde el principio había tenido la impresión de que era lo que se preguntaban todos. Por alguna razón, posiblemente relacionada con su juventud, se habían llevado una sorpresa al ver que ella sustituía a la señora Rutherford.

—Me gusta pensar que por altruismo, pero la verdad es que hacía poco que mi madre había muerto cuando conocí a Chris Brown...

Gillian que se disponía a beber un sorbo de malta, volvió a dejar la taza sobre la mesa.

—¿*Esa* Chris Brown? ¿La directora de Solidarios?

Shannon asintió.

—Estaba muy perdida y ella me dijo "podemos ayudarte, ven a verme cuando quieras". Gracias a Dios lo hice. Desde entonces, estoy con ellos. Van diez años ya, y espero que sean muchos más. Hacen un trabajo impresionante y ella es... Chris es —se encogió de hombros y sonrió—. No hay palabras para describir a esa mujer, así que como yo le suelo decir "es como a mí me gustaría cuando sea mayor".

—¿Colaboras con ellos? —preguntó Gillian, cada vez más sorprendida.

—Sí, me encargo de adolescentes difíciles, pero los fines de semana estábamos formando equipos para organizar un campeonato de baloncesto... El entrenador se nos rompió una pierna esquiando en diciembre, así que ahora estoy pluriempleada...

—¿Se lo has dicho a Mark? —preguntó Mandy—. Entrenó varios equipos infantiles, seguro que se apunta...

¿Y verlo en fines de semana también? Ni hablar. Por suerte, John la salvó de contestar.

—No creo que pueda encargarse de eso ahora. Matt y Timmy le ocupan bastante tiempo, y además la primavera está a la vuelta de la esquina y eso significa más horas de trabajo.

—¿Más? —preguntó Jason—. Pero si ya dobla la espalda doce horas al día...

Shannon se dedicó a su café. Se había hecho a la idea de que Mark era el típico hijo de ranchero acaudalado con un trabajo simbólico.

Nada de lo que había visto hasta el momento encajaba con la imagen que tenía de Mark, excepto que continuaba siendo igual de guapo e igual de vanidoso.

¿O eran simplemente sus prejuicios? ¿Qué sabía de *este* Mark, aparte de que era su primer flechazo adolescente?

Nada. De éste no sabía nada, ni quería saber.

El de entonces era un *capullo*, eso lo sabía muy bien.

Y lo recordaría siempre.

Echó un vistazo a su reloj. Era hora de regresar a casa y llamar a David. Tenía que resolver aquel asunto de una vez.

—Bueno, yo me marcho —dijo, poniéndose de pie—. Lo he pasado genial y los críos estaban locos de contentos. Gracias por ser tan buenos con ellos...

—Gracias a ti, Shannon —dijo Eileen, dándole un abrazo que la tomó completamente por sorpresa.

Gillian rió divertida.

—Impresiona, ¿no? La primera vez te deja grogui y después no puedes vivir sin sus abrazos...

Shannon sonrió todavía algo violenta, y estaba a punto de acabar de despedirse de todos, cuando Mark reapareció en la cocina.

—¿Ya te vas?

Shannon lo miró de reojo. Él, de pie junto a la puerta, con las manos en los bolsillos de los vaqueros, la miraba con su sonrisa cautivadora.

—Sí —hizo un gesto de adiós con la mano—. Gracias otra vez. Buenas noches...

—Te acompaño —dijo Mark.

—No hace falta.

Shannon lo vio continuar camino hacia la salida como si no la hubiera oído y seguidamente, sacar sus cosas del armario guardarropas del recibidor, abrir el abrigo de corderito y mantenerlo así, esperando a que ella se decidiera a darse la vuelta para poder ayudarle a ponérselo. Daba por hecho que ella esperaba y quería su galantería, era evidente.

—Qué amable, gracias —dijo Shannon con una sonrisa amplia que naturalmente él no se creyó. A continuación, le permitió cumplir con su protocolo antediluviano.

Mark le ayudó con el abrigo, esperó a que ella cerrara la cremallera y le dio su mochila. Cuando Shannon extendió la mano para coger el picaporte, él volvió a adelantarse.

—Por favor —dijo, sonriendo seductor. Abrió la puerta para que ella pasara.

Mark la vio respirar hondo, volver la vista al frente con la sonrisa cementada a la cara, y salir al porche.

Y tuvo que esforzarse por no soltar una carcajada.

—Buenas noches, Mark —se despidió ella, y empezó a bajar las escaleras que conducían al camino de laja. Su coche estaba aparcado del otro lado de la verja del jardín, cerca de la puerta.

—¿Quién es David?

Esta vez fue Shannon la que continuó andando como si no lo hubiera oído.

Él sonrió divertido. Qué dura de pelar era aquella pelirroja.

—Si me lo dices, te llevo a un concierto de Ken Bryan...

Tampoco se dio por aludida. Se limitó a hacerle adiós con la mano sin volverse, subió al coche y se marchó.

—Es guapa.

Mark volvió la cara y miró a Jason de reojo.

—Es *preciosa* —puntualizó—. Y es mía.

—*Vaaale*, tío.

Los dos se quedaron viendo los faros traseros del coche de Shannon hasta que desaparecieron en el recodo del camino que llevaba a la salida.

—Le va Ken Bryan —comentó Jason, apoyándose contra la barandilla del porche—. ¿Vas a alisarte el pelo?

Mark miró el camino como si Shannon aún siguiera allí y sonrió.

—A esa pelirroja no le va Ken Bryan, tío —hizo una pausa tras la cual miró a su hermano con actitud desafiante—. Empieza a tener debilidad por el rizado natural.

Jason asintió. No iba mal encaminado aunque...

—Te va a dar guerra.

—Ya lo sé —concedió Mark—. ¿Y tú, qué?

—Como siempre.

—¿Nada interesante en el horizonte?

—Había algo bastante interesante hasta ayer, pero creo que ha volado. Quería venirse conmigo —dijo con cara de *está-loca-de-remate*.

—Gillian va a hablar con papá la semana que viene —Mark vio que Jason asentía. Ya lo sabía, claro—. El proyecto está muy bien, la verdad.

—Lógico. Esa enana es un cerebrito. Podría ser un *puntazo* que fuera este rancho el que abriera camino con la producción ecológica en la región.

Si John Brady daba luz verde al cultivo ecológico en dos hectáreas de su rancho, la idea prendería en Camden. Como mínimo, el resto de rancheros se interesaría por el tema.

—Sí... Por otro lado, podríamos perder puntos con las semilleras y los laboratorios —dijo Mark, pensativo—. Y también están los costos de reconversión. Son altos. Ella dice que con los cursos de extensión universitaria que planea dar, amortiza casi el noventa por ciento los tres primeros años, pero ya conoces al viejo...

Jason asintió.

—Si papá dice que no por la pasta, me avisas, ¿vale?

Mark lo miró con cariño y asintió.

—¿Qué tal estás para ir a ver un partido de baloncesto infantil? —continuó el *quarterback*.

Mark enarcó las cejas.

—¿Con la primera siembra a menos de dos semanas? —soltó una risa sardónica—. Como no sea mi doble...

Jason bajó la mirada, sonriendo divertido.

—Pena, porque hoy conocí a una pelirroja que entrena un equipo infantil los fines de semana... Precisamente el sábado que viene juegan su primer partido.

—¿De qué estas hablando, tío?

—Colabora con Solidarios desde hace diez años. Tu chica es una activista social, chaval... —dijo Jason, encantado al ver la sonrisa inmensa de su hermano—. Pensaba invitarte a que te vinieras con nosotros a remar un rato, pero me parece que vas a estar ocupado viendo baloncesto.

Mark soltó la risa. Como para baloncesto estaba él.

Aunque pensándolo mejor, con tal de volver a ver a aquella pelirroja, se apuntaría a un bombardeo.

CAPÍTULO 3

Shannon se tomó unos cuantos segundos para situarse. ¿Qué hacía Mark Brady en la cancha de baloncesto de la sede deportiva de Solidarios?

Matt fue el primero en llegar a ella y abrazarla por la cintura como si hiciera años que no se veían. Detrás llegó Timmy, igual de afectivo.

—¡Qué sorpresa! ¿Qué hacéis aquí?

—Nos íbamos al río —dijo Timmy—, pero con esta lluvia...

—¿Conocíais este sitio? —preguntó Shannon.

Timmy se encogió de hombros. Fue Matt el que respondió.

—Tía Gillian dijo que ya que no podíamos remar... Dice que tú trabajas aquí, ¿trabajas aquí?

Había dicho "tía Gillian". Shannon buscó a "tío Mark" disimuladamente mientras contestaba.

—Algo así. Les echo una mano cuando tengo tiempo.

Lo encontró unos segundos más tarde. Con su indumentaria informal habitual: vaqueros, buzo negro, cazadora de cuero, rizos dorados... y con todos los Brady de escolta.

Había oído hablar de que donde había un Brady, lo normal era que hubiera más, pero Shannon no lo había tomado literalmente. Imaginó que se referían a que el matrimonio se llevaba a sus hijos con ellos cuando salían. Esto era diferente. Sus hijos rondaban la treintena, así que no eran los padres los que se los llevaban, sino al revés. ¿Cuándo había sido la última vez que algún amigo o compañero de trabajo se le había presentado con toda su familia?

No tuvo que pensarlo mucho; nunca.

Era raro verlo tan guapo, tan soltero y tan bien custodiado...

Tan raro como el cariño desbordante de esa gente que, tan pronto la tuvo cerca, empezó a llover sobre ella aquellos abrazos de oso que la sorprendían y la conmovían a partes iguales.

Todos, *menos* Jason y Mark. El primero se agachó desde su envergadura de gigante y le dio un beso en la mejilla. El segundo se quedó donde estaba y se limitó a acompañar el "hola, Shannon" con una de sus sonrisas espectaculares.

—Parece que tu técnica funciona, ¡vaya paliza! —dijo John palmeándole el hombro cariñosamente.

—¡Qué va! ¡Son autodidactas! —Shannon rió de buena gana—. Tuve que comprar un libro para aprenderme las faltas...

Mark la observaba con disimulo. Disimulo que funcionaba con ella, que enfrascada en la conversación que mantenía con John, ni siquiera se había percatado de que él la miraba. Disimulo *que no funcionaba* para nada con Gillian y Jason, que intercambiaban miradas pícaras a cada rato.

En realidad, Mark la había estado observando desde el momento que puso un pie en la cancha de baloncesto y la vio abajo, cerca del banquillo, con sus pantalones de explorador color caqui, camiseta de camuflaje de mangas cortas y gorra de béisbol negra puesta con la visera hacia atrás, tan metida en el juego como los críos, celebrando los tantos del equipo igual que ellos, a los saltos. Y lo mejor, metiéndose con el referí -otra cooperante de la organización- igual que ellos; con los dedos metidos en la boca y soltando sonoros chiflidos.

Desde veinte metros daba la imagen de alguien vital, completamente metida en lo que sucedía en aquel momento. Totalmente desinteresada en si la forma en que se sentaba o saltaba, eran propios de una mujer soltera de veinticinco años.

Desde cerca, a escaso metro y medio como Mark estaba ahora de ella, el panorama cambiaba considerablemente. A esa distancia no había dudas de que lo que tenía delante era una mujer femenina.

No había arrugas en aquella ropa que olía a suavizante para bebés. Mark sonrió para sus adentros. Reconocía el perfume, era el mismo que tenía la ropa recién lavada de Matt y Timmy.

Sus manos tenían un aspecto prolijo y limpio, llevaba las uñas cortas pero con una capa brillante. A pesar de que esta vez iba a cara lavada, sus detalles decorativos estaban allí: pendientes, varias gargantillas de cuentas a juego con sus pulseras, y anillos, en todos los dedos.

Una preciosidad. Mejor que eso, una tentación.

Un poco más allá, una treintena de niños, a los que Timmy y Matt acababan de unirse, aupaba a los ganadores entre gritos y risas.

—Se lo están pasando de miedo —comentó Jason riendo.

—Sí —dijo Shannon echándoles un vistazo—. Esta parte les encanta. La que viene ahora, algo menos... Toca hablar de cómo ha ido la semana y no les gusta. Intentamos hacerlo más tragable con refrescos y dulces pero...

—¿Pero qué? —Era Gillian la que preguntaba.

Shannon no contestó inmediatamente. Mark vio que se ponía las manos en los bolsillos del pantalón y miraba a un costado sin mirar.

—No todas las familias de acogida son como los Brady —dijo al final, con simpleza.

Algo había cambiado en su expresión, notó Mark. Pero eso, lo que fuera, solo duró un segundo.

—¿Y vosotros? —continuó Shannon—, ¿dan mucha guerra esos dos diablos?

Aquella mujer tenía algo además de lo evidente. Tenía algo que a él lo noqueaba; los primeros cinco minutos a su lado iban razonablemente bien, después empezaba a írsele la cabeza. Porque tenía que estar ido para pensar en lo que estaba pensando plantado allí, rodeado de su familia, en medio de una conversación que casaba tan poco con sus pensamientos.

—Al contrario —dijo Eileen—, son dos críos fenomenales. Aunque la verdad sea dicha, no somos nosotros los que nos ocupamos de ellos...

Como Mark no se dio por aludido, Gillian hizo los honores.

—Son geniales. Algo diablos de vez en cuando, pero lo normal. A mí me *vacilan* un poco, pero a Mark no le hace falta ni hablar —rió, e imitó al mayor de los hermanos—. Sube la ceja así ¡y santo remedio!

Las miradas de Mark y Shannon se cruzaron un brevísimo momento.

Sí, Shannon recordaba aquella ceja levantada y su efecto inmediato, de la fiesta de cumpleaños de Timmy. Le había llamado la atención que los niños pudieran tomárselo tan en serio cuando ella había visto que Mark podía convertirse en un crío más a la hora de jugar. Estaba sumando puntos de cara al Servicio de acogidas, lo que era un alivio por los niños y también porque eso hacía mucho más fácil su trabajo. Pero en lo personal...

En lo personal, era mucho más conveniente seguir pensando que Mark era un *capullo*.

Todos rieron el comentario de Gillian. Jason arrimó leña al fuego.

—Funciona igual de bien con las chicas.

Sus miradas volvieron a cruzarse, pero la de Mark se desvió rápidamente hacia su hermano portando un mensaje del que Jason se hizo cargo de inmediato.

—Cuando Mandy y Gillian ven esa ceja, saben que es hora de dejar de fastidiarlo —matizó el *quarterback*.

Ya.

Shannon estaba segura de que la lista de mujeres con las que funcionaba era más amplia. Ese engreído había dejado un rastro de chicas en el instituto. Seguro que seguía igual.

¿De qué sonreía? La miraba y sonreía como si... ¿En qué estaba pensando?

—Voy en un minuto —dijo Shannon, y empezó a despedirse de los Brady. Le avisaban que tenía que volver con los niños—. Hora de escuchar historias de terror...

Mark continuaba sonriendo. Habría querido hacerlo solamente para sus adentros, pero era como si los músculos se le hubieran quedado fijados en la posición "sonreír".

Miró a otra parte en un intento de que fuera menos evidente. Se sentía como un imbécil, pero no podía evitarlo. No sabía si era porque hacía un mes que se preguntaba lo mismo y seguía sin averiguarlo. O simplemente porque estaba ido, sin más.

No era que no se muriera por averiguar si las formas que esas ropas holgadas ocultaban casi completamente eran tan apetecibles como él las imaginaba, pero lo que le pasaba por la mente era más sensual que sexual. Tan inofensivo, de momento, para ella como tentador para él.

Se moría por saber cómo era su ropa interior.

Le parecía la criatura más sensual del universo. Lo bastante sensual para hacer que a él se le fuera la cabeza con su sola presencia. Llevaba un mes apostando consigo mismo si aquella preciosidad era mujer de tangas o mujer de *boxers*.

Mark se mordió los labios en un intento de contener la sonrisa y concentró su atención en otro punto. Ella acababa de darse cuenta de que él sonreía y se lo estaba preguntando con los ojos.

¿Tanga o boxers?

Volvió a mirarla. Shannon se despedía de Gillian, el siguiente sería él.

¿Tanga o boxers?

Ella estaba delante mirándolo con expresión de *eres-un-capullo*.

Cien pavos a que lo tuyo son boxers.

—Adiós, Mark —dijo Shannon sin hacer el menor ademán de acercarse.

La sonrisa de él se hizo mucho más grande. Y mucho más seductora.

—No muerdo —replicó, y se inclinó un poco hacia adelante. Le quitó la gorra y le dio un beso en la cabeza.

Un inofensivo, nada sugerente y paternal beso en la cabeza.

—Me gustó verte —añadió, ofreciéndole la gorra.

—Y a mí —contestó Shannon, con un amago de sonrisa. Luego cogió la gorra y volvió a ponérsela. Besó a Timmy y Matt que ya estaban de vuelta, hizo adiós con la mano a los Brady, y desapareció en la zona de vestuarios.

—Te va a dar un montón de guerra, chaval.

La voz era casi un susurro, pero no necesitaba mirarlo para saber de quién se trataba. Y tampoco era la primera vez que se lo decían.

"¿Te apuestas algo?" escuchó que su padre añadía con picardía.

Mark enarcó la ceja.

John hizo un gesto con las manos y fingió ponerse serio.

—No he dicho nada, no he dicho nada...

Aunque el rostro de Mark siguiera mostrando aquella desconexión tan típica en él, empezaba a sentirse frustrado. Por primera vez en su vida le apetecía en serio estar con una mujer, y ella lo ignoraba completamente.

La misma con la que ahora su familia le tomaba el pelo a placer mientras jugaban al billar.

—¡Qué va! —dijo Gillian. Acababa de errar el tiro y con un brazo en jarra y tono de burla total, daba una conferencia sobre las dotes seductoras de Mark—. Lo mejor fue ese beso en la cabeza que le plantó a modo de despedida —Jason lloraba de risa—. Chico, *eso* es un beso.

Mark no hizo comentarios y continuó jugando.

—Normal, acostumbrado a lidiar con *maduritas,* hoy tenía que sentirse poco menos que un corruptor de menores —comentó Mandy riendo.

—Hablando del rey de Roma... —le dijo Jason a su hermano al pasar por su lado.

Mark miró hacia la entrada. La reina de Roma acababa de entrar, lo había visto y sonriente, se dirigía hacia él. Rubia, guapa, cuarenta y cinco muy bien llevados. Annie Harris no era Shannon, pero hoy estaba bajo de forma y un poco de adulación le vendría como anillo al dedo.

—No me llamas —dijo Annie a modo de saludo—. Ni te pasas por aquí...

Mark vio que los demás habían reanudado la partida, pero sabía que no se perdían detalle de lo que sucedía entre Annie y él. Apartó delicadamente la mano que ella le había puesto sobre la mejilla.

—Estoy bastante liado.

—Cuando un tío dice eso... —se acercó a él un poco más y le puso las manos en la cintura—. ¿La conozco?

—Dirijo un rancho —explicó él y volvió a retirar las manos femeninas—. Ademas, tengo dos críos de acogida a mi cargo.

Annie sonrió desafiante. Dio un sorbo a la cerveza de Mark.

—¿La conozco? —repitió.

Silencio.

—¿Es guapa?

Más silencio.

—Bueno... —dijo al fin. Dejó el botellín sobre el borde de la mesa de billar y volvió a buscar contacto físico. Le puso una mano sobre el pecho y habló mientras jugueteaba con los colgantes que él llevaba al cuello. A veces, la yema de sus dedos le rozaba la piel—. Me da igual que no me llames, Mark. Ya tuve dos maridos, no quiero otro. Menos, uno que es quince años más joven que yo y arisco como un gato salvaje.

Mark dejó que su mirada dijera lo que estaba pensando, pero Annie ignoró completamente aquel ataque de vanidad masculina y entró directo a su sentido práctico.

—Ella no está aquí —dijo, desafiante—. Y yo sí.

Aquella mujer no tenía ni idea de lo que él daría porque ella fuera Shannon.

Annie lo miró con los ojos brillantes unos instantes. Luego, respiró hondo y retiró la mano.

Pero estaba ahí, con él. Y Shannon, no.

—¿Vamos? —invitó él.

Annie sonrió femenina, asintió.

—Cuando quieras.

Mark se despidió de los demás y se dirigió a la salida, seguido por Annie.

Gillian miró la escena con cariño. Mark no estaba bien, podía verlo en sus ojos como si lo estuviera leyendo en un libro.

Y lo que leía en ellos le llegaba al corazón.

CAPÍTULO 4

Shannon apartó las sábanas con desgana y bajó los pies de la cama. Veintiséis años. Pesaban como si fueran cien. Hacía más de diez minutos que había sonado el despertador y seguía allí, juntando coraje para levantarse y salir al mundo.

Su último cumpleaños la habían despertado con un beso. Le habían llevado el desayuno a la cama; un café, una rosa y de postre, su chico. Shannon miró el otro lado de su cama, el que ocupaba David cuando todavía era su chico.

Dios, lo echaba de menos.

Echaba de menos...

—La ilusión... —dijo como si pensara en voz alta—. Necesito volver a sentir que lo que tengo en el pecho es un corazón... Dios, ¿cómo puedo sentir este aburrimiento mortal? —respiró hondo, bajó la cabeza—. Y sí, también te echo de menos a ti, te echo de menos, Dave... Ojalá no te hubieras ido.

Parar el despertador, reptar fuera de la cama y llegar de memoria a la cocina. Meter dos sorbos de café en su sistema y entonces, con tres cuartos de cerebro consciente, sacar la ropa del armario e intentar despertar a la otra cuarta parte con una ducha caliente. Piloto automático total. Así, un día y otro y otro.

Shannon miró su cuerpo desnudo en el espejo y luego, el reloj de la báscula.

Genial. Vieja, aburrida... Y gorda.

Se vistió mecánicamente.

¿Qué habría pasado si a David no le hubieran ofrecido aquel puesto en Nueva York? La desilusión en sus ojos... Lógico, cuando le pides a tu novia, a esa con la que sales desde hace cuatro años, que se case contigo, no esperas que se despache con un "¿estás loco? ¿cómo me voy a ir contigo a Nueva York?".

Pero no fue hasta aquel momento, que ella se dio cuenta de que ni deseaba casarse ni deseaba irse a ningún otro lugar.

Ni estaba enamorada.

Lo quería sí, mucho -se conocían desde niños-, pero nunca había estado enamorada de él, y solo lo supo entonces. Y también cayó en la cuenta de que llevaba años conformándose, cómodamente instalada en la seguridad de saber que volvía a casa y tenía alguien que la quería esperándola, alguien con quien estar. Y anhelando, en el fondo de su corazón, volver a recuperar a esa otra Shannon, la que se emocionaba y vibraba por amor...

Pero lo peor de todo había sido volver a ver a Mark. No solamente porque él ni siquiera la recordara, sino por confirmar la dolorosa verdad de que ella *definitivamente* no era más esa Shannon de entonces: él ya no la hacía suspirar. La ilusión no había vuelto, solo los recuerdos.

Y lo lamentaba. Profundamente. Hasta el desamor era preferible a la descorazonadora sensación de que la monotonía de ser adulta había sustituido la emoción de sentirse viva. Y preferible al miedo, fundando en la sospecha, de que su vida seguiría igual: confortablemente muerta.

Si así empezaba el día, no quería saber cómo lo terminaría, pensó Shannon. Llegaba diez minutos tarde. Se encaminó hacia la entrada con tanta prisa que no vio a Mark hasta que casi le dio con la puerta en las narices. Allí estaba él, sonriente, con sus ropas de motorista y sus buenas vistas de siempre. ¿Qué puñetas se le ofrecía ahora?

—Te buscaba —dijo él, sonriendo. Abrió la puerta para dejarla pasar y esperó que ella lo hiciera, pero Shannon no se movió del sitio.

—Hay algo que se llama teléfono —replicó ella, cáustica. Mark sacó su móvil del interior de la cazadora y se lo mostró, travieso—. Exacto. Veo que ya sabes de lo que hablo. La próxima vez, úsalo.

Mark se apresuró a seguirla dentro del edificio. Le gustaba sorprenderla. Aunque esta vez la sorpresa había sido mutua: ella vestía de negro pero hoy no había pantalones holgados sino una falda de tubo, larga hasta los tobillos. Se preguntó si en las caderas que el chaquetón de cuero ocultaba, su falda sería tan estrecha como en los muslos.

Lo descubrió pronto, cuando Shannon entró a su despacho, se quitó el abrigo y lo colgó en el perchero.

Era un pecado de mujer.

Incapaz de quitarle los ojos de encima, Mark se quedó apoyado contra la pared, junto al marco de la puerta, observándola.

—¿Qué miras? —preguntó ella, desafiante.

—Te miro el culo —respondió él, con naturalidad—. Es espectacular, pero seguro que ya lo sabes.

La expresión de Shannon se tornó iracunda. Estaba acostumbrada a que algunos hombres le dijeran cosas, pero no las había esperado de este en particular. De acuerdo, era gorda ¿y qué? No iba provocando por ahí. Y si su trasero le parecía grande, el mundo podía vivir sin sus opiniones.

—Y tus maneras son espectacularmente groseras.

Él la miró sorprendido.

—¿"Espectacular" te parece una grosería?

Shannon meneó la cabeza, molesta, y se sentó a su mesa. Se dedicó a sacar los expedientes.

—¿Qué quieres Mark? Tengo un día complicado.

Él se acercó hasta el escritorio y depositó un pequeño paquete cuadrado envuelto en papel de regalo rojo, decorado con un lazo azul.

—Feliz cumpleaños —le dijo. Se puso las manos en los bolsillos y esperó mirándola, divertido.

—¿Un regalo? —preguntó. Lo vio asentir con la cabeza sin dejar de sonreír—. Aunque me compres el planeta Marte y me lo plantes aquí mismo, voy a seguir sin creer que vienes por verme a mí. Así que dime, ¿qué quieres?

Él se quedó mirándola. Ni hacía el menor gesto de abrir el paquete ni creía que él hubiera ido a verla. Pero *estaba* allí por ella, ¿por qué le parecía tan imposible?

—No es Marte. Y no es solamente mío. Lo eligió Matt, lo envolvió Tim. Yo lo pagué y te lo traigo... —dijo, y apartó la mirada un momento. Se balanceó sobre sus pies, hacia adelante y hacia atrás. Finalmente, volvió a mirarla. Era hora de hacer más claras sus intenciones—. ¿Te apetece venir al Beer&Wine conmigo esta noche?

—No creo que vaya a poder, pero gracias —"graciosillo", estuvo a punto de añadir, pero calló a tiempo.

"Primera en la frente", pensó Mark. Su sonrisa se hizo más grande.

—No vamos a estar solos... Viene Gillian y tal vez Mandy y Jordan, si llegan hoy.

Shannon lo miró brevemente. ¿Quería oírlo otra vez? Vale, *otra vez*.

—No creo que vaya a poder, pero gracias —cogió un par de expedientes, el regalo y se puso de pie—. Tengo una reunión en diez minutos, ¿necesitas algo más?

Que dijera que sí. Y saber por qué le daba tantas largas tampoco estaría de más.

Shannon se dedicó a abrir el paquete. Era una gargantilla de cuentas de madera pintadas a mano. Lo miró sonriendo.

—Me encanta, gracias. Luego los llamaré para darles las gracias.

Pero Mark continuaba anclado en el tema anterior.

—¿Qué es lo que sucede, Shannon? ¿Tienes miedo de pasarlo demasiado bien? —preguntó él. E intentó que la sorpresa de encontrarse diciendo algo tan poco inteligente no se reflejara en su cara.

Shannon sonrió. Fue casi una risa.

—Voy a hacer de cuenta que no lo he oído —respondió ella mientras pasaba a su lado con una sonrisa pícara en los labios, y se dirigía a la puerta.

Y en vez de dejarlo correr, Mark se encontró haciendo algo bien distinto; disfrutar de las maravillosas vistas posteriores de aquella mujer.

—Tienes un culo espectacular —repitió, como si pensara en voz alta. Shannon paró en seco y se volvió a mirarlo, completamente seria—. Es la novena maravilla del mundo. Después de tu cara, claro... Está octava en el ranking, ¿sabías?

Se miraron unos instantes, estudiándose mutuamente. Al final, ella sonrió.

—Sigue siendo no.

Mark bajó la cabeza sonriendo. A la pelirroja le había gustado y aunque dijera que no, iría. Iría al Beer&Wine aquella noche.

Shannon detectó la sonrisa. ¿Cómo podía ser tan engreído? Peor para él, porque si contaba con verla aparecer por el bar, la espera sería larga.

Ni siquiera se molestó en decirlo en voz alta. Se dio la vuelta y se alejó por el corredor hacia los ascensores.

♦ ♦ ♦ ♦ ♦

El día había empezado regular, y seguía preocupante. Hoy, por ser su cumpleaños, también había mensaje de David; una docena de rosas amarillas, una tarjeta y cinco palabras: "te quiero. Por favor, llámame". Cuando Shannon volvió a su oficina, las flores estaban allí, sobre el escritorio.

De desayuno, Mark Brady y su vanidad. De tentempié, una reunión soporífera con los jefes. Y ahora, David y su "por favor, llámame".

Eso hizo. Y desde hacía diez minutos, intentaba explicarle a un hombre enamorado por qué no podían arreglar nada.

Sin conseguirlo.

—Estábamos bien, Shannon. Si esperas que me crea que de un día para otro ya no te interesa ni verme en fotos...

—No sé si puedo explicarte esto sin herirte... Dave, por la razón que sea nuestras circunstancias han cambiado. Tú vives en Nueva York; yo aquí. Pude haberme ido contigo, pero no lo hice... Y no me arrepiento. Te echo de menos. Y en muchos sentidos lamento que lo nuestro se haya acabado... Pero es así. Y creo que está bien que sea así. Tú te mereces a alguien que esté dispuesto a hacer lo que sea por estar contigo, pero esa persona no soy yo. Porque si fuera yo, estaría en Nueva York contigo y no aquí.

—Fue todo muy repentino, nena. Te pillé desprevenida —replicó él, con suavidad.

—No quiero casarme contigo.

Shannon escuchó una pausa del otro lado, y al final, su voz masculina y suave.

—¿Hay otro hombre?

Ella sonrió de mala gana.

—No, no hay nadie. Ese es el problema. Que no hay nada ni nadie que me inspire lo bastante para hacer una locura, ni siquiera tú. Es como si estuviera anestesiada... Por la piel no me pasa nada. Nada de nada.

La pausa del otro lado esta vez fue larga. Shannon revisó mentalmente sus palabras; lo último que quería era herirlo.

—¿Me quieres?

Dios, tenía que decírselo de una vez. Respiró hondo, juntando coraje, y cerró los ojos.

—No estoy enamorada, Dave.

—Dime, ¿me quieres? —insistió él, como si no la hubiera oído.

—Sí, pero no quiero volver contigo.

—Necesitas tiempo —concluyó él. Shannon meneó la cabeza. No había funcionado, él seguiría intentándolo siempre—. Y yo... Yo te quiero demasiado para no dártelo. Hagamos una cosa, Shannon...

—¿Qué?

—Dejémoslo en suspenso dos o tres meses. Tengo unos días libres, me los puedo tomar a finales de mayo. Vayámonos donde sea, pasemos juntos unos días, y hablemos. Después, decidas lo que decidas, lo aceptaré. ¿Te parece bien?

Volver a hablar después de dos meses para acabar acordando volver a hablar dentro de otros dos meses más... Era como si una parte de ella quisiera soltar la maleta, y cuando al fin lograba que su mente le mandara un mensaje a los dedos para que dejara caer la bendita maleta, la otra Shannon, la que venía aguándole la fiesta hacía años, aparecía de la nada, lista y a tiempo de volver a cogerla...

No le parecía un buen plan, pero ¿qué podía decirle? La quería, se resistía a estar sin ella...Y a Shannon la cabeza le explotaba. No se sentía capaz de seguir argumentando sin herirlo. Y hacerlo, herir a aquel hombre generoso, iba a ponerle un pésimo final a un día que ya era suficientemente malo.

—De acuerdo, dejémoslo estar.

♦ ♦ ♦ ♦ ♦

Podría ir. Presentarse en el Beer&Wine y dejar que Mark creyera que había vuelto a ganar, dejarle creer que ella se lo había tragado. Poner un poco de emoción en un día que había empeorando paulatinamente. Disfrutar viendo la cara que se le quedaba cuando dieran las doce y como en la historia de Cenicienta, la burbuja del "me lo he creído" se convirtiera en otra calabaza más, de las que más le dolían a aquel *rubito* vanidoso.

Sí, podría ir y divertirse. Así, al menos, dejaría de pensar por un rato en lo anestesiada que vivía sus días, en lo mucho que echaba de menos a David... En lo pequeña que se sentía cada noche cuando se metía en esa cama que ahora le parecía inmensa, fría.

Y en lo poco que entendía sus propias emociones últimamente.

Podría ir, sí, ¿por qué no?

Tal vez lo hiciera.

El ascensor se detuvo en la tercera planta y Shannon se dispuso a salir.

Y entonces vio que su día acababa de empeorar.

—Cheryl... ¿Qué ha pasado?

Su hermana levantó la vista. Era Cheryl sí, pero esta que estaba sentada en el segundo peldaño de la escalera de servicio, rodeada de maletas y trastos, no se parecía en nada a la de siempre. Con el pelo sujeto en una coleta, la cara blanco ceniciento y los ojos hinchados de llorar parecía una caricatura.

—Está con otra —dijo—. Quiere el divorcio.

Lo siguiente fue un llanto desconsolado que se mantuvo, a intervalos, durante horas.

A Shannon le costó componer la historia que su hermana fue contando durante los intervalos secos. Y cuando lo hizo, no le sorprendió.

Cheryl siempre había sido la mejor chica de la fiesta y como tal, acabó casándose con alguien por el estilo; Jack Andrews, un jinete de rodeos que había conocido por casualidad en Little Rock. Un donjuán con sombrero de *cowboy*, tan ducho con los caballos y los toros como con las mujeres. Shannon no necesitaba datos concretos para saber que se la había pegado mil veces en los cinco años de matrimonio. Esa había sido la primera impresión que le había dado cuando los presentaron; la de un hombre infiel por naturaleza. Y ahora, además, la dejaba por otra mujer.

Pero para Cheryl había sido "una sorpresa".

Curiosas cosas hacía el amor. ¿Cómo una mujer tan lista no se había dado cuenta en cinco años, que su marido seguía siendo un crío con demasiada testosterona que corría detrás de cualquier cuerpo bonito a la primera ocasión? ¿Sorpresa? Lo que debería sorprenderla es que hubiera tardado cinco años en pedirle la llave para quitarse las esposas.

La miraba acurrucada en su sofá, abrazándose las rodillas y le parecía un pajarito que acababa de caerse del nido. Muerta de miedo. Desolada. Y sola.

—Empezar de nuevo... —murmuró Cheryl. Shannon vio que volvía a llorar—. Me canso solo con pensarlo...

—Hoy no. Ni mañana.

—De algo tengo que vivir.. Además, me fui con lo puesto.

Shannon miró el montón de maletas y trastos que inundaban su diminuto apartamento.

—¿En serio? —le preguntó burlona

Cheryl sonrió de mala gana, se llevó las manos a la cara con desesperación.

—Dios... No sé por dónde empezar...

Shannon se movió junto a su hermana mayor y le pasó un brazo por los hombros.

—Yo te ayudo —le dijo mirándola con cariño—. Te cambias para dormir y terminas este día horrible de una vez. Cuando te despiertes mañana, me llamas y te cuento el siguiente paso, ¿te parece bien?

Cheryl la miró unos instantes y al final asintió.

—Gracias, Shan...

—De gracias nada, guapa. Ya pensaré alguna forma de cobrármelo —dijo al tiempo que se ponía de pie sonriendo y se dirigía a su habitación. Estaba a punto de cerrar la puerta cuando su hermana volvió a hablar.

—¿Te importa que duerma en tu cama? Quiero decir... contigo.

Shannon la miró con ternura.

—No me importa.

◆ ◆ ◆ ◆ ◆

Ni rastro de la pelirroja. Mark bajó la vista. Hizo girar el botellín de cerveza sobre la barra como si aquel movimiento repetitivo tuviera el poder de hipnotizarlo y hacer que cambiara la frecuencia en la que llevaba horas.

—¿Nos vamos?

Se volvió hacia la voz sonriendo. Gillian había acabado su partida de billar.

—¿Quién ganó?

—Yo, por supuesto, chaval.

—*Guay*, aposté cincuenta pavos por ti.

Gillian le echó una mirada pícara mientras acababa de cerrar el abrigo.

—Y yo cien por ti, pero de momento voy perdiendo.

—Tú no apuestas.

—Figurativamente hablando, Mark.

Él se limitó a guiar el camino hasta la salida como si la cosa no fuera con él. Gillian meneó la cabeza incrédula. Mark era un artista; creaba apariencias de realidad como un auténtico maestro ilusionista.

En el coche volvió a intentarlo.

—Es verdad que no puede tener la claridad mental de una mujer de cuarenta porque solamente tiene veintiséis, pero no es ninguna niñita tonta.

Gillian hizo una pausa para ver la reacción de Mark. No hubo ninguna aparente. Él continuó conduciendo con la vista en el poco tráfico que había cerca de las once de la noche de un día laborable.

—Tiene pinta de saber lo que hace —continuó Gillian—. Y de ti, pasa.

Acababan de detenerse en un semáforo. Mark la miró con su expresión inmutable.

—Son críos —dijo ella sonriendo con picardía—. ¿Esperabas que no se chivaran? Fue lo primero que me dijeron cuando volvieron del cole...

Él le regaló una media sonrisa burlona y volvió a ponerse en marcha.

—Así que, si te plantaste en su oficina con tus buenas vistas y ese regalo tan "cool"... —Gillian hizo una pausa a ex profeso.

—Si me planté allí, ¿qué? —dijo él al fin, sin mirarla.

Gillian sonrió satisfecha.

—¿Por qué una chica pasaría de un *partidazo* como tú? No tiene sentido. Aunque solamente fuera por alardear un rato, tendría que firmar sin pensárselo dos veces. Yo, firmaría —Mark sonrió. Por él seguro que no, pensó, a ella le iban los musculosos—. Figurativamente hablando, claro.

Él la miró de reojo con picardía.

—Eres genial, Mark —le acarició el pelo con cariño—. Debería derretirse porque un encanto de hombre como tú le muestre el interés clarísimo que tú le demuestras, *peeero...* pasa de ti.

Mark ya no sonreía, conducía en silencio con la vista fija en la carretera.

—No es normal, averigua el porqué.

Él ya *sabía* el porqué.

Porque era una cría que todavía jugaba al "pídemelo cien veces y a lo mejor me lo pienso".

Porque sí. Porque tenía cromosomas XX.

Y la cara más preciosa que había visto en toda su vida.

Y un culo espectacular.

Y aquellos rizos pelirrojos que se moría por tocar.

Y...

Por qué-pasas-de mí.

Mierda.

CAPÍTULO 5

—**N**o es día de visita, así que vienes a verme a mí... La cosa empieza a ponerse interesante.

Shannon subió con agilidad los escalones que llevaban al porche de la casa de los Brady y se detuvo frente a Mark, sonrió levemente.

—Tenemos que hablar, ¿damos un paseo?

Mark la miró divertido.

—¿Un paseo? *¡Guau!* Mejora por segundos...

Ella no festejó la gracia.

—Está bien —dijo él, y se apartó para dejarla pasar primero—. Demos un paseo...

Shannon anduvo con las manos en los bolsillos de su abrigo, esperando alejarse lo suficiente de la casa y, mientras tanto, hilvanando en su mente lo que le diría.

A Mark le fastidiaba admitirlo, pero tenía claro que ella no estaba allí por él. En dos meses, había movido ficha seis veces, y ella lo había rechazado otras tantas. Lo estaba friendo a calabazas. Y en vez de retirarse, seguía ahí, más determinado que nunca, quitándose la indigestión a base de subidones de autoestima con un bicarbonato especial: Annie Harris, la camarera del Beer&Wine. Pero era consciente de que, igual que con el antibiótico, su cuerpo había empezado a crear resistencia; ya casi no hacía efecto.

Era demasiado seguro de sí mismo para admitir, de primeras, que pudiera haber alguna razón aparte de ganas de hacerse rogar, para la guerra que le estaba dando aquella pelirroja, pero desde que el efecto del bicarbonato había mermado y las calabazas seguían floreciendo fuera de época, empezaba a resistirse menos a la idea de que tal vez, como le había dicho Gillian, hubiera más que memez de niña caprichosa en ese asunto.

Efectivamente, Shannon no había ido por verlo a él. Lo que la había llevado al rancho Brady era un tema importante, pero tenía que ver con su faceta de padre de acogida, no la de hombre. De forma sucinta, ella le contó lo que había sucedido y finalizó su exposición así:

—Así que aparte de ponerlos verdes y decirles que presentaríamos una queja por escrito, la situación es la que es; ya incineraron a la señora White siguiendo instrucciones de su hijo.

Vio que Mark se apoyaba contra la tranquera y cruzaba los brazos. Estaba serio, evidentemente afectado, pero sereno. Shannon agradeció esa reacción, pero hasta cierto punto le sorprendió tanta calma. Lo que vino a continuación la sorprendió aún más.

—¿Es posible recuperar las cenizas?

Ella se quedó pensando. No tenía la menor idea.

—Puede que sí. Tendría que hablar con la penitenciaría para que Mathew White diera su autorización... Si está de acuerdo, claro. Sí, supongo que puede intentarse.

Mark no contestó. Sacó el móvil, seleccionó una memoria e hizo una llamada.

“Te necesito, ¿podrías venir un momento? Gracias, pitufa, estoy en las caballerizas”, lo oyó decir y cuando cortó volvió su atención hacia ella.

—Hazlo, Shannon, intenta recuperarlas.

Ella asintió.

Poco después, el jeep de Gillian apareció por el recodo del camino.

—Bueno... Primero que nada voy a llamar al crematorio —dijo Shannon sacando su móvil—. No sea que cuando tengamos permiso, no tengamos cenizas... Discúlpame un momento.

Shannon sonrió a Gillian a modo de saludo y se apartó un poco para hacer la llamada.

—¿Para qué me necesitas a mí estando en tan buena compañía? —pregunto Gillian tras ponerse de puntillas y darle un beso en la mejilla—. ¿Eh, *guaperas*?

Mark ignoró el tono picaresco y fue al grano.

—La abuela de Matt y Timmy ha muerto.

—Vaya...

—Y ya la han incinerado —añadió Mark con expresión seria.

—¡¿Qué dices?!

Mark asintió varias veces con la cabeza.

—El hospital lo comunicó al único pariente vivo que aparece en la ficha médica, el padre de los niños.

Gillian alucinaba por segundos.

—¿A la cárcel?

Mark volvió a asentir.

—Y él estuvo de acuerdo en que la cremaran. No puede pagar un entierro.

—Pero ¿cómo no te han llamado a ti o a Shannon?

Él se encogió de hombros.

—Ley de Murphy total. Está claro que si a estos críos algo les puede salir fatal, *les sale fatal.*

Shannon, que había acabado de hablar por teléfono, volvió a acercarse donde estaban Mark y Gillian, justo cuando ella tomaba la palabra.

—Estás de broma —extendió una mano y la apoyó sobre la mejilla de Mark, con cariño—. El universo siempre compensa. Y a esos dos morenitos simpáticos les ha puesto en bandeja una joya como tú de regalo de Navidad... Las leyes de Murphy ya no cuentan. Si estás tú, no cuentan.

Mark la miró de reojo burlón.

—Va a ser un trago para ellos —dijo al fin—. Conmigo o sin mí, va a ser un jodido trago —Mark se percató de que Shannon ya estaba allí y le preguntó—: ¿Hay cenizas todavía?

Shannon asintió.

—No les dio tiempo a verla —continuó él, después de una pausa. Miró a Gillian—. Tú eres la especialista en magia de la casa. Necesito que me ayudes a convertir esta mierda en algo... —se quedó en silencio unos segundos. ¿Convertirla en... *qué*? —. No lo sé... En algo que puedan recordar sin tanto dolor.

Shannon bajó la cabeza en un intento de ocultar la emoción que, en un segundo, la había embargado por completo. Se esforzó por dominarse y volver a centrar su atención en la conversación.

—Eres total, chico... —dijo Gillian con cariño.

Mark soltó un suspiro y se irguió.

—Shannon va a hablar con el padre para que autorice que nos entreguen las cenizas. Tú piensa en algo, pitufa. Yo... voy a hacer los honores.

—¿Quieres que se los diga yo? —ofreció Shannon.

Él negó la cabeza.

—Gracias, yo me ocupo.

Shannon lo vio subir el camino con las manos en los bolsillos de sus vaqueros. Llevaba las protecciones de cuero que usaba cuando adiestraba caballos y sus pasos iban acompañados del sonido metálico de las espuelas. Era un cuadro irreal.

Había tres Mark en su mente, completamente diferentes entre sí, y no lograba decidir quién era el auténtico: si el Mark *capullo* que la había invitado a salir para luego ligar con su hermana; el engreído que flirteaba con ella para satisfacer su vanidad tamaño elefante; o este otro que era en relación a los hermanitos, un hombre insólito que se esforzaba por ser alguien en quien esos dos niños pudieran apoyarse y crecer a salvo. Un hombre sensible que intentaba convertir un momento triste en algo que esos dos niños "pudieran recordar sin tanto dolor"... ¿Cuál Mark era el verdadero? Lo miró alejarse hasta que ya no pudo verlo y entonces volvió a la realidad para encontrarse con la expresión sonriente de Gillian.

—Matt y Timmy tienen un montón de suerte —dijo orgullosa—. Vamos, te invito a un café.

Shannon la siguió en silencio hacia la casa, inmersa en sus propios pensamientos.

No solo Mark le parecía irreal. Todos en aquella casa se lo parecían. Y esa chica de cuerpo fibroso y melena larga hasta la cintura, aunque no era una Brady, le parecía tan irreal como los demás. Sabía que Gillian había tenido una pésima infancia pero cuando la miraba, no percibía otra cosa que alegría. Eso la había impresionado desde el primer momento: su talante alegre. No podía evitar preguntarse si había sido la influencia de los Brady. O al revés.

—Siéntate. Eillen hizo tarta de moras —dijo Gillian relamiéndose, al tiempo que ella hacía lo propio después de poner sobre la mesa una bandeja con café y tarta para un regimiento—. Además, tengo una razón extra para ponerme las botas. Ya sabes, el cerebro consume mucha energía y hoy tengo que crear magia...

—¿Estará bien? —se animó a preguntar Shannon.

—¿Te refieres a los niños? —preguntó Gillian mientras le acercaba una taza de café.

—Va a ser un palo de cualquier forma que se los diga —Shannon revolvió su café—. Me refería a Mark. Debí haberlo hecho yo.

Gillian le restó importancia con un gesto.

—¿Mark? ¡Claro! Y de todas formas, aunque insistieras, rogaras, chillaras... —sirvió un trozo de tarta en un plato y se lo dio—, no te habría dejado hacerlo.

—¿Por?

—Los asuntos de un Brady son los asuntos de un Brady. Va con los genes.

Shannon asintió.

—¿Sois muy amigos Mark y tú?

—Más que eso, Mark es como mi hermano. En las cosas importantes somos bastante parecidos: sabe quién es, lo que quiere y cómo lo quiere —miró hacia fuera de la ventana, evocando recuerdos evidentemente gratos—. Creo que nació sabiéndolo... Cuando lo conocí él tenía dieciocho y ya era así... *superseguro* de sí mismo, con una visión clara de lo que quiere para su vida, con ese amor alucinante por su familia, por este rancho... John lo dejó a cargo con veinticuatro años, ¿te imaginas? Era más joven que el más joven de los temporeros, quince años más joven que su propio capataz... ¿Y sabes qué? —dijo toda orgullosa—. Lo bordó desde el primer día. Y no soy yo quien lo dice; palabra de John Brady, nena...

Shannon bebió un sorbo de café. En aquel cuadro estupendo que Gillian pintaba con tanta naturalidad faltaba un ingrediente demasiado evidente en él como para no percibirlo ¿por qué no lo había mencionado?

—¿Tiene algún defecto?

Gillian rió divertida y acusó recibo.

—Parece vanidad, pero es otra cosa que no sé si voy a saber explicar. Mark no intenta hacer las cosas, las hace. Jason es igual. Aquí —dijo tocándose la frente— ya están hechas antes de que den el primer paso. Cuando sabes lo que quieres y sabes que eres capaz de conseguirlo, simplemente lo haces —Gillian se encogió de hombros—. Es más certeza que otra cosa, pero aunque fuera vanidad, ¿sería un defecto? Mira su vida, mira el efecto que causa Mark en esos críos, la tranquilidad que John y Eileen disfrutan gracias a él... Si es un defecto, que lo tenga toda la vida.

Shannon asintió y no hizo más comentarios.

¿Era posible vivir sin dudas, sin miedo? ¿Era posible "simplemente hacer"?

A Shannon le sonaba a sueño imposible.

Y aunque no lo fuera, para ella seguía siendo mucho más fácil, infinitamente más conveniente, pensar que lo de Mark era "simplemente vanidad".

CAPÍTULO 6

Mark le había pedido a Gillian que convirtiera la muerte de la señora White en algo que los niños pudieran recordar sin tanto dolor. Y eso había hecho.

Los rosales arbustivos y los trepadores empezaban a llenarse de pequeños capullos de colores diversos y el aire, de aromas. La primavera se había presentado con una explosión de vida, pero en aquel espacio casi mágico, frente a la gran arcada de madera que daba paso a la alameda, donde los Brady formaban un semicírculo, lo que reinaba era silencio, uno respetuoso.

Todos estaban allí. Habían hecho un alto en sus actividades, incluso viajado cientos de kilómetros, para estar presentes en ese momento dedicado a dos niños que ni siquiera eran de su propia sangre. El poderío de aquella gente, la capacidad que tenían de abrazar sin brazos era excepcional.

John acababa de leer un pasaje de la Biblia que los niños, de pie a cada lado de Mark, escucharon con la cabeza gacha.

Gillian se acercó a los dos hermanitos. Se agachó hasta estar a su altura y los miró con dulzura.

—Seguro que la abuela se siente orgullosa de que hayáis decidido dejarla ser útil —Matt la miró con los ojos brillantes. Timmy se aferró a la pierna de Mark—. ¿Dónde estaría mejor que formando parte de esta belleza?

Mark se arrodilló frente a los niños, les pasó un brazo alrededor del hombro.

—Más que orgullosa. Sois dos críos fenomenales. Y le estáis haciendo un regalo muy especial a la abuela... ¿Crees en Dios? —

preguntó al más pequeño que, con los ojos llorosos, asintió. Mark le limpió las lágrimas con un dedo—. Entonces, ya sabes que volveréis a veros. Mientras tanto, una parte de ella siempre estará en estos rosales, y su recuerdo, siempre, siempre, aquí —dijo apoyándole la palma de una mano sobre el pecho.

—¿Me ayudáis? —preguntó Gillian a los niños, ofreciéndoles la urna que contenía las cenizas—. ¿O queréis que lo haga yo?

Ellos se miraron un instante, Matt fue el primero en hablar.

—Yo lo hago... Si Timmy no quiere, yo lo hago por él...

Al final, el pequeño se unió a su hermano y entre los dos fueron esparciendo el contenido de la urna en los cuatro hoyos profundos preparados al efecto, mientras Mark y Jason mezclaban la tierra, dejándola preparada para el trasplante.

Cuando Shannon volvió a atender lo que ocurría en la rosaleda, los cuatro rosales estaban plantados por pares junto a cada lado de la arcada de madera, y Gillian hablaba con los dos niños a quienes mantenía tomados de la mano.

—Dentro de un par de primaveras ya casi no se verá la madera, solamente un arco precioso lleno de hojas y rosas rojas de un perfume de locura... ¿Sabíais que a las rosas les encanta que les hablen? —Timmy la miró, burlón—. Lo digo en serio... A estas más, porque parte de la abuela está aquí... Podéis venir a verla, charlar con ella... Si ando por aquí, prometo no escuchar.

Matt la miró dudoso.

—¿Seguro?

—Palabra.

—¿Nos vas a enseñar a cuidarlas? —Timmy salió de su ostracismo dejándolos a todos más aliviados. Una sonrisa feliz apareció en la cara de Gillian.

—Claro, cuenta con eso.

El niño asintió varias veces, pero era evidente que seguía preocupado.

—¿Y si...? —empezó a decir, pero no continuó.

Mark, que hasta ese momento los miraba en silencio, se inclinó y les besó la cabeza con dulzura.

—Siempre habrá alguien cuidando de ellas si tú o Matt no podéis.

Timmy volvió a asentir, se apoyó contra él.

—Bueno —intervino Eileen, acercándose a los dos niños—, ahora que hemos puesto a la abuela en su nueva casa ¿qué os parece un buen trozo de tarta?

—¿De chocolate? —preguntó Matt devolviendo sonrisas a la cara de todos los presentes.

Eileen le guiñó un ojo.

—Ah... Habrá que verlo, ¿no?

Desde el mismo momento que los cuatro rosales de pie estuvieron en sus respectivos hoyos, Shannon se dio cuenta de que una parte de ella ya no estaba allí. Estaba en lo que ocurría dentro de ella, en sus emociones, en sus pensamientos.

En su madre a la que continuaba echando de menos como si no hiciera diez años que había muerto. En David y lo mucho que habría deseado haberse enamorado de él. En Cheryl y su corazón roto. En la Shannon de los pelos azules y la ropa *punky*, tan vital, tan apasionada, que también se había largado hacía años dejando en su lugar a esta otra, apagada, aburrida.

Y en Mark. Había algo en él... Cuando estaba con esos niños, ajeno a lo que lo rodeaba, ocurría algo. Lo recibía alto y claro en su piel, pero no podía explicarlo. Era él, no los Brady, algo de él que conectaba con ellos de tal forma que lograba modificar las circunstancias para mejor: si había alegría, había mucha más; si había tristeza, había mucha menos. Fuera lo que fuera ese algo, estaba allí.

Y cuando caía en la cuenta de que pensaba en el mismo engreído que le había partido el corazón...

◆ ◆ ◆ ◆ ◆

Mark había contado con que Shannon se quedaría a comer. Quizás, incluso, con que se apuntaría a una partida de billar en el Beer&Wine. Pero, para variar, no había ocurrido lo que él esperaba.

Él, personalmente, la había invitado a quedarse. Shannon había declinado de manera educada pero definitiva; tenía un compromiso.

En otras palabras, le había dado la séptima calabaza de su vida. Y todas eran suyas, de aquella pelirroja que no le daba ni la hora. Gillian decía que tenía que haber alguna razón para tanta resistencia. A él le parecía capricho de veinteañera, pero si había algo que no soportaba era que las cosas no resultaran como él quería. Matt y Timmy hacían el reglamentario descanso después de comer mientras el resto de la familia charlaba en el salón, así que tenía un rato libre que pensaba aprovechar a tope.

Se levantó de la cama y se sentó frente a su escritorio. Abrió el portátil y se conectó a Internet.

A ver quién era la pelirroja, aparte de una preciosidad que lo freía a calabazas.

Lanzó el navegador y en el campo de búsqueda tecleó: "Shannon O'Neil" + Solidarios. Hizo clic en "buscar".

Nada.

Borró el nombre de la ONG y añadió "Camden, AR".

La búsqueda había devuelto varios resultados. Avanzó por la página, leyendo rápidamente los textos de encabezamiento y descripción.

Era sorprendente lo que podía aprenderse de alguien en pocos minutos: Shannon era en realidad, Shannon Diana O'Neil, había sido girlscout, había ganado en tres ocasiones la carrera de cinco kilómetros del Festival Floral del Narciso y había sido editora del periódico del instituto.

El instituto. Hizo clic sobre el enlace, sonriendo. Como ella había sido editora del periódico, su biografía estaría allí.

Efectivamente.

Mark rió. La foto no le hacía ninguna justicia, con esos rizos rebeldes mucho más largos que ahora y esos mofletes colorados... Seguro que si la veía, hacía que la cambiaran.

Leyó ansioso. Se enteró de que durante su reinado editorial, el periódico había empezado a dedicar más espacio a cuestiones de tipo social como la falta de accesos especiales para minusválidos, y medioambientales como la necesidad de que las autoridades impulsaran el uso obligatorio de papel reciclado en las escuelas.

Saberlo no lo sorprendió en lo más mínimo, tenía toda la pinta de haber sido la típica adolescente reivindicativa *pelmazo*.

Su biografía, firmada por un tal Paul Warwick, tenía mucho *blablabla*... ¿Quién sería ese Paul? ¿Algún admirador al que también había freído a calabazas?

¿Por qué pasas de mi, preciosa? ¿Me enteraré leyendo este rollo de biografía?

Avanzó por la página en busca de algo que explicara por qué la pelirroja se le resistía tanto.

Algo que tuviera sentido.

Algo como...

Mark fijó la vista en una línea.

"... Aunque Shannon nació en Little Rock, vive en Camden desde los dos años, cuando se trasladó con toda su familia: sus abuelos maternos, Catherine y Richard, sus padres James y Diane, y su hermana, Cheryl..."

Algo como una hermana llamada Cheryl.

En un segundo la imagen volvió a su mente. Una de hacía un montón de años, en la que Shannon llevaba el pelo teñido de azul y no se hacía llamar Shannon, sino "Dee", por Diana, su segundo nombre.

—Te pillé —dijo triunfal.

Y se recostó contra el respaldo de su silla, sonriendo encantado.

◆ ◆ ◆ ◆ ◆

Shannon encontró a Cheryl cocinando, y bastante animada porque había encontrado trabajo.

—Empiezo el lunes y tan pronto cobre, me busco un apartamento.

—Mientras sigas cocinando, no tengo prisa porque te vayas.

Cheryl le acarició la mano por encima de la mesa.

—Ya lo sé, eres genial, pero tú tienes tu vida...

Shannon picoteó un trozo de galleta.

—¡Puf! Tengo una vida sentimental tan ocupada que francamente... —la miró irónica—. No te preocupes, no hay ningún novio loco porque te vayas para poder meterse en mi cama de nuevo.

—Lo tuyo con David ¿no...?

—No —respondió Shannon, sonriendo divertida—. Él está muy bien en Nueva York, espero. Y yo sigo muy bien aquí.

Cheryl continuó mirándola, intentando entender. Siempre le había parecido rara, desde que eran niñas. Era chica y era O'Neil, pero nunca le habían interesado las mismas cosas que a las chicas y, desde luego, no tenía las aspiraciones de los O'Neil, sino la rebeldía de las mujeres Murphy, como la abuela Cathy, con la que además compartía color de cabello y genio.

—No entiendo cómo has podido estar cuatro años con David y dejarlo cuando te pidió que te casaras con él... ¿También lo tenías porque cocinaba bien?

Shannon sonrió con desenfado. Ni quería hablar del tema, ni estaba por la labor de dejar que los comentarios cáusticos de su hermana le complicaran más el día. Después de todo ¿quién era Cheryl para opinar sobre relaciones de pareja, justamente?

—No cocinaba *tan* bien para quedármelo para siempre... Y además, últimamente le ponía demasiada sal.

Su hermana le dedicó una mirada socarrona. Shannon le palmeó la mano con cariño.

—Estoy bien. No te preocupes, ¿de acuerdo?

—¿Cómo no voy a preocuparme? ¿Cuándo fue la última vez que te desmelenaste, Shan? ¿O te pillaste una cogorza de dormir la mona dos días? ¿O te divertiste, sin más, porque sí?

No lo recordaba. Hacía siglos. Y tampoco quería hablar del tema. Pero sí había algo que le rondaba la cabeza...

—¿Sabes a quién he visto hoy? —empezó a decir Shannon, picoteando la galleta. Cheryl se había levantado y preparaba café. La vio mirarla desde la mesada con expresión de "ni idea"—. Mark Brady ¿te acuerdas de él?

Cheryl sonrió con picardía, asintió.

—¿Sigue estando tan bueno?

Lo hacía sin malicia. Shannon nunca le había dicho que Mark había ido con ella a aquella fiesta. Tampoco llegó a saber lo enamorada que había estado de él antes. Y después.

—Ajá... Aunque está soltero, así que supongo que sigue siendo el mismo capullo ligón de entonces.

—A mí me pareció un encanto —dijo Cheryl, coqueta—. Lástima que yo estuviera tan coladita por Jimmy Coach...

Shannon asintió sonriendo. El capitán del equipo de béisbol no solamente tenía embelesada a Cheryl, medio instituto se había aficionado al béisbol solo por ver al capitán con las mallas del equipo.

Cheryl se apoyó contra la mesada y la miró radiante.

—Me llamó un par de veces. Quería que nos viéramos...

—¿Jimmy? —Shannon sonrió incrédula. Venga ya, todo el mundo sabía que era de los que las preferían mayorcitas—. ¿En serio?

Vio que su hermana se sonrojaba y apartaba la mirada un instante.

—Mark —aclaró, al fin.

Esta vez fue Shannon quien apartó la mirada. Intentó concentrarse en la galleta, en las migas del mantel...

Se sentía mucho más estúpida que aquel día, cuando al volver con las bebidas, se encontró a Mark flirteando con su hermana. Pensar que había sido el ego elefantino de aquel engreído era ya lo bastante duro. Si había vuelto a llamarla, si había insistido en volver a ver a Cheryl, es que había más.

Horas después, sola en su cama, Shannon seguía diciéndose que era una tontería, que qué importancia podía tener tantos años después.

Pero, tontería o no, de alguna forma, había convertido aquel recuerdo en uno mucho más decepcionante.

CAPÍTULO 7

Shannon sonrió al verlo recostado contra el marco de la puerta de su despacho. ¿Qué les hacía para tenerlas tan atontadas? Dos controles de seguridad y una recepcionista, y su teléfono no había sonado ni una sola vez para avisarle que lo habían dejado pasar.

—¿Tienes el móvil estropeado? —le dijo a modo de recibimiento, mirándolo divertida.

Mark se acomodó mejor contra el marco de la puerta y se cruzó de brazos, dispuesto a no perderse gesto de aquella cara preciosa.

—No sabía si me daría tiempo. La reunión del colegio acabó antes de lo previsto y aproveché...

—Pues, yo tengo una en diez minutos —replicó ella, y volvió a dedicarse a sus notas. Hizo unos apuntes, y cerró la carpeta. Abrió otra.

—Vale, Shannon.

Algo en el tono de su voz hizo que ella levantara la vista. Lo vio erguirse, poner las manos en los bolsillos de sus tejanos de tiro corto, y mirarla con la cabeza un poco ladeada, como si la estudiara. Notó que la camisa azul marino que llevaba se había abierto un poco, dejando entrever parte de la clavícula y un poco de una mata de bello rubio. Y, para variar, volvió a pensar que aquel cretino seguía pareciéndole muy atractivo. Tal vez, demasiado.

—Este fin de semana Jason está en la ciudad —continuó él—. A Gillian le apetece jugar un rato al billar y después, ir a bailar al Gato Negro, y yo quiero que vengas.

¿Que él quería *qué*? Shannon permaneció inmóvil, mirándolo entre interrogante y divertida. Se disponía a decir algo cuando él se le adelantó.

—No, escucha. Estamos en punto muerto. Soy demasiado vanidoso para preguntarte por qué no me tomas en serio —sonrió, seductor— y tú, por alguna razón, prefieres seguir sin tomarme en serio. Así que esto es lo que vamos a hacer...

—Yo no pienso hacer absolutamente nada, Mark —retrucó ella, dejándolo con la palabra en la boca.

Él volvió a asentir.

—Dos segundos después de verte, aquel día en el rancho, tuve claro que ibas a ser mía.

La diversión empezaba a esfumarse de la expresión de Shannon.

—*¿En serio?*

Él se limitó a asentir.

Ese tío era el colmo de la vanidad y ya estaba bien de tanta tontería. No tenía ni tiempo ni ganas de seguir con el asunto.

—¿Es que llevo una etiqueta con tu nombre en alguna parte? ¿O fue una especie de mensaje del Más Allá? —se cruzó de brazos, mirándolo con desdén—. Y dime... ¿cómo encajo yo en tus planes, *exactamente*?

Disfrazaba el enojo de ironía, pensó él, pero ni siquiera enfadada perdía el halo inocente que la rodeaba. Hacía que quisiera abrazarla, protegerla...

Y contestar esa pregunta. Pero sabía que no era el momento de hacerlo. Todavía no.

—Somos el equipo perfecto —dijo Mark, con naturalidad—, pero los comienzos se nos dan fatal. Tenemos que encontrar la manera de pasar de esta fase, Shannon, o vamos a perder el tren.

Ella siguió en silencio, intentando leer en sus ojos, asimilar lo que él acababa de decir, que, por primera vez, y a pesar de su propias reticencias, le sonaba serio de verdad.

—Necesitamos terreno neutral —continuó él—, una partida de billar con gente divertida, una cerveza... Un par de horas pasándolo bien, siendo solamente Shannon y Mark.

—Soy la oficial responsable de los hermanitos White, y tú, su padre de acogida —replicó ella, socarrona—. No puedo jugarme una partida de billar con alguien a quien después tendré que evaluar.

La mirada de él se volvió paternal; la de Shannon, más dura.

—Es un asunto muy serio, Mark —miró el reloj y tomó sus cosas. Él imponía. Con todas sus certezas y sus actitudes inapelables—. Un asunto que no puedo discutir ahora, me tengo que ir.

—Eres de las que siempre hacen lo correcto —Shannon se volvió a mirarlo algo sorprendida—. Sabes perfectamente que aunque jugaras mil partidas conmigo, si la fastidio con los niños, me darías caña sin piedad...

Y también sabes que he pasado tu evaluación con matrícula —la vio enarcar la ceja y sonrió divertido; lo estaba imitando—. Adoro a esos dos críos y lo sabes.

Sí, lo sabía. Como hombre sería cuestionable, pero como padre de acogida, no. Aún así...

—Es un asunto muy serio —repitió ella mientras se dirigía hacia la puerta.

Mark no lo dudó. Atravesó el brazo y le bloqueó el paso justo cuando ella se disponía a salir, obligándola a parar en seco.

Shannon miró aquel brazo fuerte, su camisa arremangada hasta el codo. Fue una mirada a vuelo de pájaro que no le permitió el tiempo suficiente para tomar conciencia de detalles, pero la cercanía sí le permitió detectar su olor. Olía a Mark. Se dio cuenta de que aquel aroma, mezcla de loción para después de afeitar y algo más, se enterraba en sus recuerdos.

Doce años.

Cuando sus miradas se encontraron, en la de él había dulzura.

—Entonces, discutámoslo jugando una partida de billar. En el Beer&Wine. El sábado. Nueve y media. ¿Te queda bien esa hora, o prefieres que sea un poco más tarde?

Shannon respiró hondo, asintió, y cuando él retiró el brazo, se limitó a abandonar el despacho sin apenas mirarlo.

Mark en cambio, bajó la vista cuando dejó de verla, y sonrió. De no estar donde estaba, de no ser tan consciente de su edad y su estatus como era, lo habría celebrado gritando a todo pulmón.

Se conformó con soltar un puñetazo al aire, victorioso, y marcharse canturreando feliz de la vida.

◆ ◆ ◆ ◆ ◆

Cathy miró a su nieta sonriendo y puso una mano sobre la taza de café con la que ella llevaba minutos jugueteando, abstraída. Como todos los sábados, comían juntas. Este en particular, Shannon le parecía especialmente ausente.

—La vas a gastar. ¿No sería mejor que dejaras la cuchara y aprovecharas para contarle a tu querida abuela a qué le estás dando vueltas en esa cabecita loca?

¿Hablar de Mark Brady? Padecerlo era más que suficiente.

—Tengo a Cheryl en casa, cien expedientes de acogimiento que me tienen todas las semanas de una punta del condado a la otra y una conversación con David, cara a cara, pendiente para dentro de unas semanas, cuando se tome unos días y venga.

A Cathy se le iluminó la cara.

—¿Vais a volver a veros?

Shannon la miró de reojo.

—No te hagas ilusiones. Quiso que nos tomáramos dos meses más y lo habláramos personalmente, pero mi decisión no ha cambiado.

—Si no ha cambiando, entonces ¿qué te preocupa?

—No me preocupa.

Cuando Shannon miró a Cathy, tuvo claro que la excusa no había colado.

—He quedado con alguien esta noche... —empezó a decir, eligiendo cuidadosamente las palabras y controlando, de a ratos, la expresión del rostro de su abuela. Ella sonreía con picardía—. No sé si quiero ir... Bueno —se apuró a añadir—, ni si debo...

—¿No quieres o no debes? —Cathy le acarició el cabello—. ¿No estarás haciendo tonterías, no?

Shannon negó con la cabeza. *Tonterías,* en el lenguaje irlandés católico de su abuela, era igual a hombre casado o separado.

—No sé si quiero.

Y si quisiera, sin dudarlo, tampoco debería; era un plan horrible que, además, la alejaría del expediente de los hermanitos White, algo que Marian Ross le había dejado claro que no debía suceder, a menos que hubiera razones de peso. Como esta.

—¿Por qué?

—Por qué —repitió ella mecánicamente—. Porque tengo a Cheryl en casa, cien expedientes que me tienen de una punta a la otra del condado y una conversación sincera y definitiva pendiente con mi ex novio de cuatro años —resbaló hacia abajo en la silla con media sonrisa irónica en la cara—. No quiero tener más cosas en las que pensar...

—¿Él no te gusta? —le preguntó Cathy. En su rostro lucía una sonrisa maternal.

Demasiado. Después de oírle decir que "iba a ser suya", incomprensiblemente, más.

—Está bien —mintió—. Pero yo no quiero más complicaciones ahora... Y además, no sé, no necesito otro hombre que me diga que soy estupenda para llevarme a la cama, lo que necesito es ilusión. Volver a suspirar por alguien. Sentirme viva.

Cathy tomó las manos de su nieta entre las suyas, y le habló con cariño.

—¿Cómo vas a volver a suspirar por alguien si ni siquiera intentas conocerlo? No siempre es como una descarga eléctrica, ¿sabes? La mayoría de las veces es lo que conoces lo que consigue hacerte suspirar...

Te enamoras de cómo es, no de lo que parece ser.

No quería saber cómo era. Ni suspirar por él. Por Mark, no.

Pero estaba otra vez en su vida. Quisiera o no, estaba ahí. Con una dialéctica tan arrasadora como sus vistas espectaculares, que ya era decir.

—¿Te acuerdas del cretino que me invitó a salir y luego se ligó a Cheryl, cuando estaba en el instituto?

Claro que lo recordaba. Cathy nunca lo había llegado a conocer, pero había oído hablar de él mucho tiempo. Como Shannon no se lo había dicho a Cheryl, se desquitaba con su abuela. La rabieta le había durado semanas.

—¿Es él? —preguntó Cathy, divertida. Shannon asintió, roja como un tomate—. Bueno, decías que era guapísimo...

—Y un *capullo* que ni siquiera se acuerda de que soy *esa* chica, la hermana de la que se ligó —añadió Shannon, irónica.

Cuanto más lo pensaba, más rabiaba.

Cathy rió de buena gana. Menuda historia.

—Bueno, los años pasan para todos. Tú ya no eres la justiciera pesada de entonces, seguro que él tampoco es el mismo cretino...

No, seguro que no. Ahora era un hombre bastante singular, lo que complicaba las cosas en vez de simplificarlas.

—Es uno de mis expedientes de acogimiento.

—¿Y eso? —preguntó Cathy con el ceño fruncido. Le había dicho que no estaba haciendo tonterías así que él estaba soltero, o al menos, libre de compromisos importantes.

—Es padre de acogida de dos hermanitos.

La expresión de su abuela era poesía.

—¿Ha pasado las pruebas? —Shannon asintió—. ¿Y tu evaluación?

—Con sobresaliente, sí —respondió, sin mirarla.

Sonaba así de bien. Y en vivo y en directo, con esos críos era infinitamente mejor.

—Si dejas que se te escape, eres tonta.

Shannon sonrió, socarrona, y miró hacia otro lado.

Dejar que se le escape, ya.

¿Cómo podía escapársele algo que nunca había sido suyo?

CAPÍTULO 8

Shannon había llegado nueve y media en punto. Los primeros minutos a Mark le pareció que estaba algo tensa, pero poco después ya hacía bromas y reía a carcajadas con Gillian y Jason.

Era muy espontánea, con cierto aire desenfadado. De alguna forma, le recordaba a Gillian, solo que a Mark, Shannon le parecía infinitamente más femenina. Y tenía la idea de que empezaba a ser evidente que cuanto más la miraba, más le gustaba porque por mucho que se esforzara, cada vez le costaba más dejar de mirarla.

—¡Choca esos cinco, preciosa! —exclamó Gillian riendo mientras hacía lo propio con Shannon. Acababan de volver a ganar la partida.

Mark apoyado sobre el taco miró de reojo a Jason.

—Entendí mal o la pelirroja dijo que "el billar no era lo suyo"...

—¡*Booo*! —exclamó Gillian— ¡Qué mal se os da perder!

—Ya, ya... —dijo Jason—. No has entendido mal. Mintió descaradamente...

—No mentí —se defendió Shannon. Vio a Mark alzar la ceja y se echó a reír—. *No mentí;* lo mío son los dardos, no el billar. Pero me defiendo...

—¿Te defiendes? ¡Nos habéis dado una paliza de muerte! —exclamó Jason—. ¿Es aprendizaje obligatorio en la carrera, o qué?

Shannon reía. Y Mark no podía quitarle los ojos de encima. Dios, tenía una sonrisa alucinante.

—Casi —admitió ella, aún riendo—. Si tienes que comerle el coco a un crío difícil, es más fácil que te escuche si le das una paliza jugando a algo que él controle...

—Bueno, hay sed —intervino Gillian frotándose las manos al tiempo que miraba a los dos hermanos, expectante. Habían perdido y les tocaba invitar la ronda—. Yo me pido una cerveza sin alcohol...

—Voy yo —dijo Mark. Dejó el taco sobre la mesa de billar y se acercó a Shannon—. ¿Qué bebes?

—Una con.

Mark la miró desafiante.

—¿Tienes edad suficiente? —ella le hizo burlas—. ¿Y tú, hermanito?

—No, yo soy menor —dijo Jason, guiñándole un ojo, y a continuación escuchó como las chicas empezaban con sus bromas.

◆ ◆ ◆ ◆ ◆

La barra estaba más concurrida que la zona de billares. Cuando al fin le tocó pedir, Mark se encontró con Annie, que tenía turno de noche y lo miraba con cara de haber detectado a Shannon.

—¿Qué va a ser, guapo? No te pregunto qué tal estás porque es evidente que estás bien —dijo echando una mirada de reojo a la zona de billares.

—Cerveza. Tres sin y una con, gracias.

Ella hizo un gesto de fingida sorpresa mientras ponía las cuatro botellitas en línea sobre la barra.

—No es socia del club de la gente sana por lo que veo... ¡Qué aventura! ¿Podrás *solito* con una chica así?

¿Y ella? ¿Podría ocuparse de sus asuntos y no meter las narices donde nadie la llamaba?

Mark se limitó a sacar la billetera mientras la camarera abría las cuatro botellas. A continuación, pagó, guardó la cartera en el bolsillo trasero de sus tejanos y tomó dos cervezas en cada mano.

—Dile que la cerveza engorda —añadió Annie, maliciosa—. Igual no lo sabe...

Y si ella tuviera cromosomas XY no diría semejante *gilipollez*. Claro que bien visto, si fuera un tío tampoco podría quitarle los ojos de encima a la pelirroja, y él tendría que intervenir.

—Que sigas bien —respondió Mark, a modo de saludo mientras se alejaba de la barra. Maldita manía tenían las mujeres con los pesos y las tallas.

Cuando volvió a la zona de billares con las bebidas, Shannon se estaba poniendo la chaqueta.

—Ah, Mark... —dijo al verlo—. Lo siento, me tengo que ir...

A él le pareció nerviosa.

—¿Pasa algo?

Shannon asintió, cogió su bolso.

—Sí, una de mis chicas... Quieren que me la lleve de la casa donde

62

está. Se armó una buena... No tengo tiempo de explicarte.

Mark reaccionó con rapidez. Le pasó las cervezas a Jason y cogió la cazadora al vuelo.

—Me lo cuentas por el camino —se volvió hacia Gillian y Jason—. Me voy, luego os veo.

Shannon iba a decirle que no hacía falta, pero Mark ya se había adelantado. Se despidió de Jason y Gillian rápidamente, y lo siguió hacia la salida.

—Vamos en mi coche... —propuso Mark mientras abría la puerta para dejarla salir.

Shannon no hizo comentarios. Tenía la mente puesta en el panorama que la esperaba a veinte minutos de viaje.

—¿Estás bien? —preguntó él. Shannon volvió a la realidad. Llevaban un buen rato conduciendo y ella seguía dándole vueltas al tema como si Mark no estuviera allí.

—Sí, disculpa, es que... Cuando me dijeron que a Patty la iban a mandar a casa de los Herbert, les avisé que nos iba a traer problemas...

—¿A quiénes?

—A todos los involucrados. Responsables de área, psicólogos, familia de acogida... Patty es muy difícil de llevar y el matrimonio tiene dos hijos adolescentes que son de armas tomar.

—¿Se pelearon?

—Eso parece. Dice el señor Herbert que ella le ha *arreado* a todo el mundo.

—¡Qué bárbara! ¿Es luchadora de sumo o algo así?

Shannon sonrió.

—Es un urso, sí —comentó, algo menos tensa—. Y tiene muy pocas pulgas... Su padre zurraba a toda la familia y ella aprendió a defenderse... Esto es un problema, porque a ver qué hago con ella ahora...

—¿Cómo qué haces?

—Sí, qué hago... Nadie quiere a una adolescente problemática que tiene malas pulgas y pinta de luchador de sumo.

Mark la miró sonriendo, pero ella seguía sumergida en su mundo de "a ver qué hago" y no lo vio.

—Nadie, no. A mí no me lo has preguntado.

Shannon se volvió a mirarlo interrogante.

—¿Me lo has preguntado? —repitió él con suavidad.

No lo había hecho, pero la cuestión era otra. ¿Era una oferta generosa pensando en Patty? ¿O un intento de sumar puntos pensando en Shannon?

—¿Te harías cargo de Patty?

—Sí.

—¿Por qué?

—Por qué ¿qué? —la miró brevemente y volvió su atención al tráfico.

—¿Por qué lo haces?

—Porque puedo.

—Es rebelde, tiene muy mal genio y, como la mayoría de estos críos, muchísima facilidad para meterse en líos... No es un jardín de rosas, Mark.

—Me parece que es ahí —dijo él, señalando una casa con todas las luces encendidas.

—Mark —repitió ella buscando su mirada—. No va a ser un jardín de rosas.

Él aparcó frente a la casa iluminada y cerró el contacto. Se volvió un poco hacia ella y le habló con actitud resuelta.

—¿Y qué? —se miraron un instante.

Shannon pensó que o bien buscaba hacer méritos con ella, o no tenía la menor idea de dónde se estaba metiendo. En cualquier caso, ahora no tenía tiempo para eso. Como si le hubiera leído el pensamiento, él añadió:

—Venga, vamos a ver qué lío ha organizado tu luchadora de sumo.

Cuando entraron en la casa de la familia, la tensión podía tocarse. Los resultados de la reyerta estaban por todos lados en forma de cristales rotos, cosas desperdigadas por el suelo y caras con moretones. Dijeron que Patty se había encerrado en su habitación y que le había pegado a todo el que había intentado acercarse a ella, así que lo habían dejado estar.

Pero Mark estaba más atento a lo que hacía Shannon que a la tensión del ambiente. Desde el momento que puso un pie en la casa, se había transformado en alguien diferente de la mujer que él conocía. La había visto entrar a la habitación de Patty con resolución a pesar de las advertencias de la familia, y salir, un rato más tarde, con ella, unos petates, y una expresión diferente en aquellos ojos de mirada dulce.

—¿Podrías llevártela al coche mientras yo hablo con los señores Herbert?

—Claro —Mark se apresuró a coger los bolsos de la joven e indicarle con la mirada que lo siguiera.

Shannon miró a Patty, que era casi de su estatura, y le apartó un mechón de pelo del ojo amoratado.

—Enseguida voy. Yo me ocupo, ¿de acuerdo? —le dijo suavemente.

Cuando Patty, de mala gana, siguió a Mark y abandonaron la casa, Shannon volvió a hablar.

—Dice que su hijo mayor le quitó el móvil.

No acabó de decirlo que el revuelo volvió a empezar.

—¡Es una mentirosa! —repetía el implicado mientras su padre intentaba calmarlo—. ¡¿Para qué coño voy a querer su móvil?!

Shannon sacó el suyo y marcó el número de Patty. A los pocos segundos, otro comenzó a sonar. Ahí mismo, en el bolsillo trasero de los pantalones del menor de los hijos, que inmediatamente empezó a defenderse.

Shannon extendió la mano con la palma hacia arriba.

—¿Me lo das, por favor? —pidió, y a continuación se dirigió a los padres—. Les dije que no saldría bien. No es una niña fácil de llevar, pero apostaría el cuello a que cualquiera de sus hijos habría reaccionado de la misma manera. El problema aquí no fue Patty. Por una vez, no fue ella. La cuestión es ¿por qué unos chicos a los que nunca les ha faltado nada se comportan así?

—Fue cosa de críos —se quejó el hombre.

Shannon lo encaró, rabiosa.

—Y hace cuarenta minutos cuando me llamó, exigiéndome que me llevara a esa "delincuente violenta" de su casa, ¿qué era?

Fuera, junto al monovolumen de Mark, había silencio. Y miradas escrutadoras por parte de Patty, mientras él acomodaba los bolsos en la parte de atrás y buscaba algo en un maletín.

—Toma —dijo Mark. Le dio una almohadilla de gel frío—. Se te está hinchando.

Patty se encogió de hombros y lo dejó con la mano extendida. Se apoyó contra la puerta del coche y miró hacia la casa.

Mark se acercó a ella. Intentó apartarle el cabello del ojo amoratado, pero ella alejó su cara de la mano de Mark como si la hubiera alcanzado un rayo.

—No me zurres porque no tengo más gel frío —dijo él, y volvió a apartarle el cabello. Sus miradas se encontraron. Mark supo que, de momento, no lo iba a zurrar. Puso la almohadilla sobre su ojo y pómulo con suavidad—. Sujeta.

—¿Eres su novio? —le preguntó, con tono desafiante, sosteniendo la almohadilla contra su cara con sus dedos llenos de anillos.

—No es asunto tuyo.

Mark se apoyó contra el monovolumen, a su lado, y miró en dirección a la casa. Por el rabillo del ojo, la vio menear la cabeza y sonreír con ironía.

—Los tíos sois unos gilipollas —dijo la niña con desdén.

Él se encogió de hombros.

—¿Y? —retrucó Mark, y al instante pudo ver cómo aquella criatura se transformaba en alguien amenazante.

—Y como me entere de que se la juegas, no va a haber bastante gel frío, tío, ¿me copias?

Se aguantaron la mirada unos instantes, al final Mark asintió.

—Te copio.

El sonido de unos pasos rápidos les anunció que Shannon se acercaba. Mark la miró. Ella hablaba por móvil con alguien y se retiraba el cabello de la cara, con ese gesto característico de ponerlo detrás de la oreja, que volvía a repetirse varias veces, cuando los rizos, rebeldes, se resistían. La chaqueta se le abría con el viento al andar y entonces, la camisola que llevaba, se ajustaba a distintas partes de su cuerpo, y revelaba formas.

Todo en ella le resultaba diferente; desde la manera en que le había entrado por los ojos al segundo de verla hasta la forma en que se relacionaban.

Era sábado noche, la primera vez en tres meses que él conseguía de ella algo diferente que una negativa, y en vez de estar bailando lento en una pista oscura con aquella pelirroja entre sus brazos, estaba a veinte kilómetros del centro de Camden, haciendo voluntariamente de taxista de la adolescente conflictiva con un ojo negro que le había fastidiado el plan.

—Esta noche te quedas con Cathy —dijo Shannon. Miró brevemente a Mark mientras guardaba el móvil.

—Joder —se quejó la niña, dejando caer los brazos a cada lado del cuerpo.

—Vuelve a ponerte el hielo y déjate de historias.

—Es gel —replicó la niña burlona, pero obedeció.

Mark las miró con interés. Shannon no sonaba ni por asomo parecido a la que él había oído hablar con Timmy y Matt. Patty, burlona pero obediente, tampoco se parecía a la que dos minutos antes le había advertido que se anduviera con cuidado.

—¡Te lo dije! —exclamó Patty, triunfal, mientras inspeccionaba el móvil que acababan de devolverle—. Como lo hayan roto les voy a partir la cara.

Shannon puso la mano sobre el móvil para llamar su atención.

—Uno de estos días igual no llego a tiempo... ¿Qué va a pasar entonces?

—¡¿Y qué querías que hiciera?! ¡Max es un bicho y su viejo un gilipollas que se cree todas sus trolas!

—Quiero que cuentes hasta diez, te quites de en medio y me llames. Eso es lo que quiero que hagas. No puedo protegerte si no me haces caso, Patty.

—Nadie te pide que me protejas —le soltó a quemarropa—. Puedo cuidarme *solita*.

—No, nadie me lo pide —Shannon abrió la puerta trasera del coche y le indicó con la mirada que subiera—. Te vas a quedar con Cathy esta noche, mañana te vienes conmigo a Solidarios a ver jugar a los críos. Ya se me ocurrirá algo, tú no te preocupes.

Patty, a regañadientes, volvió a obedecer. Pocos minutos después se había puesto los auriculares y miraba por la ventanilla, ausente, sumergida en su mente.

Shannon, sin auriculares, también miraba por la ventanilla sumergida en la suya.

◆ ◆ ◆ ◆ ◆

Cuando media hora más tarde Mark se encontró cara a cara con Cathy, supo sin lugar a dudas que eran familia: aquella setentona de aspecto vital y rasgos delicados era idéntica a Shannon hasta en el color del pelo.

—Pasad, por favor —dijo gentil al tiempo que abría la puerta—. ¡Patty! ¡¿Qué le ha pasado a tu ojo?!

—No es nada —contestó ella, esquiva, evitando el contacto.

Todos entraron en la casa.

—Él es Mark —dijo Shannon ignorando la mirada con segundas que le dedicó la dueña de casa—. Cathy, mi abuela... Os dejo solos, yo voy a meter al bebé en la cama...

—Claro, ¿pasamos? ¿Te apetece un café? —ofreció la mujer, gentilmente.

Él asintió y siguió a la dueña de casa hasta una cocina grande y luminosa, con una gran mesa rústica de madera clara, dominando la estancia.

—Lamento que se estropeara vuestra salida de hoy —dijo la mujer con una sonrisa franca y unos modos que a él le recordaron a Shannon.

Mark consideró lo que había oído. ¿Le había hablado a su abuela de su salida con él?

—¿Eras tú, no? Espero no haber metido la pata —añadió con picardía. Cerró la tapa de la cafetera y la conectó.

—No salió del todo como esperaba, pero tanto como estropearse... —admitió él al fin.

—Bueno, todavía queda tiempo. Shannon no se va a convertir en

Cenicienta cuando den las doce. Y tú, me da la impresión que tampoco.

Esa mujer le caía bien. Era directa y dulce como su nieta.

—Ven, siéntate y cuéntame... ¿Cómo os conocisteis?

Mark tomó asiento frente a Cathy. Así que ella sabía que saldrían juntos aquella noche, pero no tenía detalles.

—Volvimos a vernos hace tres meses, pero nos conocimos hace años.

—¿En serio? —preguntó, interesada.

Él asintió.

—Pues no te recuerdo... —Cathy se dirigió a la alacena y empezó a preparar tazas y platos—. ¿Ibais juntos al colegio?

—No, estudiamos en el mismo sitio, pero yo hacía el último curso.

—Ah, entonces eras amigo de Cheryl —puso un juego de taza y plato delante de Mark, y aprovechó para espiar su reacción por el rabillo del ojo. Él no se inmutó—. Pues, te advierto que son el día y la noche.

—No era amigo de Cheryl.

Cathy rió divertida.

—Serías el único. Esa criatura tenía hechizada a media ciudad... —su sonrisa desapareció—, y mira como ha acabado, casándose con un casanova que en cinco años no le ha dado más que disgustos y ahora le pide el divorcio. Está en casa de Shannon, ¿sabías?

Mark la miró con el ceño fruncido.

—No.

Cuando la cafetera pitó Cathy sirvió el café, acercó la azucarera y la leche a la mesa. Y volvió a sentarse frente a Mark.

—Cheryl tiene de guapa todo lo que Shannon tiene de buena persona. La quiere, no digo que no, pero le ha hecho tantas perrerías... Honestamente, yo en lugar de Shannon... —Cathy revolvió su café y no acabó la frase. Al cabo de un instante, volvió a sonreír—. ¿Y tú, qué? ¿Tienes hermanos?

—Dos; chica y chico. —Mark bebió un sorbo de café.

—¿A qué te dedicas?

Él sonrió para sus adentros. Cathy, a su manera, también lo estaba evaluando.

—Dirijo un rancho.

—Ya —replicó la mujer y lo miró de reojo con picardía—. Ahora en serio, ¿a qué te dedicas?

—Dirijo un rancho —repitió él, divertido.

—En esta ciudad no hay capataces de menos de cuarenta. Los rancheros, por estos pagos, son muy conservadores.

—Es verdad —concedió él, y bebió otro sorbo de café—. No dije que fuera capataz, dije que dirijo un rancho.

—¿Cuál? —insistió ella, divertida.

—El rancho Brady.

—¿No lo dirige John Brady?

—No, lo dirige *Mark* Brady.

Cathy le regaló una gran sonrisa.

—Me gustas, hijo —dijo, y le palmeó la mano satisfecha.

Mark rió de buena gana.

—Suelo caerle bien a la familia, pero a las interesadas, algo menos...

—Eso no me lo creo. —Dudada mucho que un hombre como aquel no cayera espectacularmente bien a todo el mundo.

—Créalo, soy tan conservador como los rancheros de por aquí. Puede que algo más...

—Entonces, vas a tener que hilar muy fino. Shannon no es nada conservadora —Mark asintió— y por sus venas corre mucha de la mejor sangre irlandesa, ya me entiendes...

—Ni que lo diga.

Cathy asintió. Aquel chico le gustaba. El "cretino", como lo había llamado su nieta, recordaba perfectamente que ya se conocían.

◆ ◆ ◆ ◆ ◆

—Ya estoy aquí —dijo Shannon, y se dejó caer en uno de los sofás del salón—. ¿Qué? ¿Habéis cotilleado mucho?

Cathy miró a Mark buscando confirmación. Él hizo un gesto dubitativo con la boca.

—Bastante, sí —admitió ella al fin y tras ponerse de pie, se acercó para despedirse de Mark con un beso en la mejilla—. Bueno, esta anciana se va a la cama. Encantada de conocerte, Mark, vuelve cuando quieras.

Shannon se dedicó a mirar la escena con curiosidad. ¿Qué sucedía entre esos dos?

—¿Te quedas conmigo? —preguntó Cathy tomando la cara de su nieta entre sus manos. Shannon asintió—. Estupendo. Que descanses, cariño.

—Igualmente. —Siguió con los ojos a su abuela mientras abandonaba la habitación. Luego, volvió a Mark—. No me apetece salir, ¿te importa?

—No.

Shannon se quitó los zapatos y se puso más cómoda en el sofá.

—Bueno, discutamos lo que teníamos que discutir.

Mark la miró interrogante.

—Dijiste eso ¿o no?

—En realidad fuiste tú —respondió él—. Para mí no hay nada que discutir.

Cierto. Era a ella a quien salir con él le había parecido una idea pésima. Y ahora, se lo seguía pareciendo. Y además, estaba cansada, quería irse a dormir y acabar el día de una vez.

—No puedo enrollarme contigo, Mark.

Él continuó mirándola. Shannon sonrió de mala gana. Acababa de decir una auténtica estupidez que a otro le habría producido, como mínimo, gracia. Para variar, a Mark si le había producido algo, no se notaba.

—Si no estuviera tan cansada, me devanaría el seso intentando entender qué hace un tío "diez" como tú pasando la noche de sábado con una jovencita rebelde, una pelirroja con problemas de peso y una irlandesa *setentona*.

—Es rubita —apuntó él. Se puso más cómodo en el sillón y apoyó una pierna sobre el muslo de la otra formando un ángulo recto—. Y tampoco es tan gorda.

Shannon lo miró burlona.

—¿Qué va a pasar con ella? —preguntó Mark.

—No lo sé. La logística se resolverá. Lo emocional es otro tema.

—¿Qué quieres decir?

—No encuentro la forma de despertar en ella algún interés. Cuando no está zurrando a alguien, está con sus cascos puestos, ausente.

—Mi oferta sigue en pie.

Shannon volvió a mirarlo, estudiándolo.

—¿Qué te hace creer que tú podrás sacarla de su estado catatónico? Por no mencionar, que no creo que una adolescente problemática sea la mejor influencia para Matt y Timmy.

Mark la miró unos instantes en silencio.

—Necesita afectos —dijo al fin—. Estabilidad, un lugar donde se sienta segura, rodeada de personas que la quieran. En casa podemos darle eso. Podemos darle hasta dos hermanitos de los que cuidar. Matt y Timmy van a estar bien. Y Patty también.

—¿Así, sin más?

—Sí.

—¿Hay algo que tú no tengas claro? —le preguntó con tono cansino.

Mark torció la boca en un gesto pensativo mientras consideraba la pregunta.

—No —respondió al cabo de unos instantes.

Lo vio sonreír suavemente y ponerse de pie.

—Vente al rancho mañana —echó un vistazo a su reloj: doce y media. Se corrigió—. *Hoy*... Tráete a Patty. Yo voy a estar liado en el campo, pero el resto de la familia estará en casa. Mandy y Jordan creo que llegan después de comer...

Ella no dijo nada.

—Acuéstate, estás muerta —añadió él, poniéndose en marcha hacia la salida—. Ya nos veremos.

Shannon oyó sus pasos tranquilos alejándose. Luego, el golpe seco de la puerta al cerrarse.

¿Cómo sería vivir con esa tranquilidad que a él le brotaba como agua de una fuente, y a ella le había faltado siempre?

Mark tenía razón. Aunque cada vez que se miraba al espejo quería ver una pelirroja con problemas de peso, en el fondo, lo que seguía siendo era una jovencita rebelde.

Tan rebelde como Patty.

CAPÍTULO 9

Tal como Mark le había anticipado, toda la familia estaba reunida en el salón, excepto él.

Gillian y Jason se habían llevado a Patty a ver el gimnasio que él había hecho construir hacía varios años para poder seguir entrenando cuando estaba de vacaciones en Camden. Aunque, como buena adolescente, Patty podía ser bastante imprevisible, Shannon tenía la sensación de que había recibido de buen grado aquel comentario de Jason de "hay que estar en forma, desarrollar un cuerpo sano para que la mente pueda mantenerse sana". Posiblemente, se debiera a que venía de alguien que era físicamente mucho más grande y fuerte que ella. Que Gillian le había caído bien, lo tuvo claro desde el primer momento: esquiva como era, había tolerado de su parte, sin signos alarmantes, un beso en la mejilla. Para Shannon, de todas formas, que aquella niña que desde que habían llegado había dicho diez o doce palabras incluidos los "hola", aguantara estoicamente entre tanto adulto sin ponerse sus auriculares, era suficiente. No iba a pedirle más.

—Nos dijo Mark que Patty zurró a placer anoche... —empezó a decir John, tentativamente.

—Casi, sí... El mayor de los hijos le quitó el móvil y no se lo devolvía. La verdad es que fue un error mandarla a esa casa, era cuestión de tiempo que surgieran problemas. Pero como soy la más nueva, no siempre escuchan todo lo que digo y la que acaba pagando los platos rotos es ella.

—Aquí estará bien, no te preocupes.

Shannon se quedó cortada. ¿Mark les había dicho eso? O sea, él ya lo había decidido y estaba hecho. Su incomodidad fue tan evidente que John volvió a hablar.

—¿Se quedará aquí, no?

—No lo sé —dijo por decir algo. Claro que lo sabía, no había tantas opciones para Patty. En realidad, solamente había una; Mark. Reunía las condiciones, se había ofrecido y además, de momento, Shannon no contaba con otra familia que pudiera acogerla, ni siquiera temporalmente.

—Ya sé, no lo digas —dijo Mandy sonriendo divertida—. El señor Brady ya ha tomado una decisión sobre el tema que ni siquiera se molestó en consultarte, ¿a que sí?

—No depende él —respondió Shannon con cierto aire desafiante—. Sin mi firma al pie del formulario...

Mandy sonrió de oreja a oreja.

—Esto se está poniendo al rojo vivo...

—Mandy —gruñó Eileen.

—¿Qué? —dijo ella, recostándose mimosa contra Jordan al tiempo que él le rodeaba la espalda con su brazo—. ¿Estoy diciendo algo que no sea cierto? Mark es así.

John prestó atención a su hija mientras hablaba y luego retiró la mirada. Eileen, en cambio, no. Cuando habló, su expresión continuaba siendo dulce, pero su voz sonó definitiva.

—Ni Mark es perfecto, cariño, ni tú quién para criticarlo. Pero si piensas que algo que hace está mal hecho, deberías decírselo cara a cara.

Shannon vio a Mandy removerse con los ojos brillosos.

—No pretendía criticarlo.

La voz dulce de Eileen volvió a oírse, mucho más definitiva que antes.

—Entonces, no lo hagas.

Shannon, sorprendida, vio a Mandy asentir y no decir más, y un instante después, a John acariciarle la cabeza con cariño y retomar la conversación sobre Patty.

—Nos comentó que lo tenías complicado. Dimos por hecho que aceptarías su ofrecimiento... —dijo suavemente, con mirada pícara—. No dijo que estuviera decidido.

Ni falta que le hacía, pensó ella con ironía. Lo que Mark les había comunicado sin palabras sobre Patty la noche anterior era que él se iba a hacer cargo, que era lo mejor para la niña, y que cualquier persona con un mínimo de sentido común, lo vería igual de claro.

Así era Mark Brady.

Un ejemplar de hombre insólito con las ideas cristalinamente claras que además, evidentemente, también hacía lo que decía que iba a hacer; había dicho que él no estaría en el salón, que estaría en el campo. Y así había sido.

Shannon consultó su reloj. Fue un impulso del que se arrepintió un segundo después, cuando ya era tarde.

—Por favor, quédate a cenar. Patty parece que lo está pasando bien —John le guiñó un ojo sonriendo— y seguro que Mark querrá intentar convencerte de que firmes ese formulario.

—¿Cree que es buena idea? —preguntó Shannon, poniéndose más cómoda en el sillón—. Quiero decir...

—¿Que te quedes a cenar? —la interrumpió John, sonriendo

—Que firme ese formulario.

—Sí.

La que habló fue Mandy. John miró a su hija sonriendo y la dejó continuar.

—Va a cuidar de ella, con dedicación y un montón de cariño... No se va a dar por vencido. Patty acabará llamándolo "pesado", haciéndole caso —Mandy sonrió, meneó la cabeza— y adorándolo.

La asistente social miró a John, luego a Eileen. Lo que le decían sus ojos sonaba incluso mejor que las palabras de Mandy.

Shannon apartó la mirada.

Sonaba demasiado bien.

Y no estaba pensando en Patty.

◆ ◆ ◆ ◆ ◆

La cena había sido agradable, con risas, charlas sobre temas variados y comida abundante. Patty no había vuelto a ponerse los auriculares ni Mark, a sorprenderla con acercamientos afectivos. El tema del acogimiento de la luchadora de sumo no había vuelto a salir. Shannon se sentía casi relajada...

Hasta que lo vio atravesar el salón, donde acababan de trasladarse finalizada la cena, y sentarse a su lado. Los niños y Patty jugaban con la PlayStation. Los demás conversaban y hacían bromas.

—¿Todo bien? —preguntó Mark suavemente mientras cogía uno de los almohadones del sillón de enfrente y se lo acomodaba detrás de la espalda.

Shannon se descubrió siguiendo los movimientos de aquel brazo de aspecto fuerte. Sus ojos subieron hasta el hombro y bajaron por la tabla central que la camisa roja de Mark tenía en la espalda, hasta que desapareció dentro de la cintura de los tejanos azul oscuro. Impecable, ni una arruga. Olía a limpio, todo él. Y tenía el aspecto más escandalosamente masculino que había visto jamás.

—Claro —dijo obligándose a mirar a otra parte.

—Me diste un montón de guerra...

74

—¿"Diste"? —Shannon meneó la cabeza divertida—. Yo que tú no usaría el verbo en pasado...

—¿Es por eso? —dijo él mirándola atentamente, dispuesto a no perderse gesto y a disfrutar cada uno de los siguientes minutos.

—¿Por "eso" qué? —preguntó ella sin mirarlo.

—Porque te camelé para ligarme a tu hermana.

Durante un instante, Shannon se quedó cortada, sin saber qué decir.

Así que lo sabía. ¿Había estado jugando a las escondidas todo el tiempo, o se lo había dicho Cathy?

—No me *camelaste*... —dijo risueña—. ¿A llevarte conmigo a una fiesta tú le llamas "camelarme"?

—¿Es por eso? —insistió él—. ¿No esperarías que te tomara en serio con esos pelos que llevabas, no?

Vaya, sí que era sincero.

Shannon meneó la cabeza sonriendo al recordarlo.

—¡Cómo va a ser por eso...! Dios, parece que hiciera una eternidad, ¿no? —lo miró brevemente—. ¿Te lo dijo Cathy?

—¿Lo sabe?

—Conoce la historia, sí. Siempre me da la murga con que no trabaje tanto, que me divierta —volvió a mirarlo brevemente—. Ya sabes, típica abuela... Así que ayer le dije que había quedado. Me preguntó con quién y le dije "¿te acuerdas el capullo que se ligó a Cheryl en mis narices, cuando estaba en el instituto? Pues ese".

Si Shannon se lo había dicho, ¿por qué Cathy le había preguntado cómo se habían conocido?

—Entonces, ¿por qué fue?

Shannon volvió la cara y lo miró de frente. Él se había recostado contra el ángulo del sofá y la miraba con expresión relajada.

—Creí que habías dicho que eras muy vanidoso para preguntarme por qué paso de ti —retrucó ella, sonriendo desafiante.

—Ayer saliste conmigo, te pedí que hoy vinieras y estás aquí —respondió él, con tranquilidad—. Mi ego está a gusto. ¿Por qué fue?

—Por qué *es* —corrigió ella, sonriendo—. No pensaba ir, Cathy me comió el coco. Y no pensaba ir porque a) si tengo que complicarme la vida con otro hombre, como mínimo, espero que me haga suspirar, que me corte la respiración. Y no es el caso; b) eres el padre de acogida de dos niños a mi cargo, o sea, un claro conflicto ético, y c) no sé prácticamente nada de ti, pero yo no encajo en el tipo que suele acompañarte: me faltan años y me sobran kilos... Pensé -pienso- que solamente estás jugando a salirte con la tuya. Por eso no te tomo en serio cuando te pones en plan Rodolfo Valentino. Y lo de venir... —Shannon respiró hondo—. Quieres quedarte con Patty, eso estaba claro desde el principio. Que ella pudiera encajar aquí, no lo tenía tan claro. Necesitaba verlo.

Él continuaba con la misma expresión. Si algo de lo dicho lo afectaba, no se notaba. Shannon apartó la vista. Había sido un error hablar del tema. Ahora, él jugaba con ventaja. Y ella seguía tan perdida entre su vanidad elefantina y su completa falta de emoción como había estado desde el primer momento que volvieron a cruzarse después de años.

—Es hora de irme —dijo Shannon y se puso de pie. Él la siguió con la mirada mientras se despedía de los demás y le indicaba a Patty que cogiera sus cosas.

Jason y Gillian hicieron ademán de acompañarla a la salida, pero cuando vieron a Mark ponerse de pie y salir detrás de ella, volvieron a sentarse después de intercambiar miradas pícaras.

Una vez en el porche, Mark se apresuró a alcanzarla.

—Shannon, espera...

Ella se detuvo de mala gana, pero no se volvió.

—Espérame en el coche —le dijo a Patty, dándole las llaves. La niña obedeció.

Mark recorrió la distancia que los separaba y se colocó frente a ella, cerca.

—Puede que la Shannon de los pelos azules se conformara con un tío que la hiciera suspirar; esta no.

¿Y qué sabía él para decir con tanta seguridad lo que ella quería o no quería? Menudo capullo.

Él la obligó a mirarlo, atrayendo su cara con dos dedos, suavemente.

—La que yo veo, no. La que yo veo quiere uno fuerte, capaz de protegerla. Uno que sepa que nunca va a buscar las respuestas en el fondo de una botella. Que no va a desmoronarse como un castillo de arena con los reveses de la vida. Uno que le inspire respeto. La Shannon que yo veo es un pedazo de persona y lo que quiere es un hombre de verdad.

Mark hizo una pausa, su mirada resplandecía cuando volvió a hablar casi en un murmullo.

—Cuando puedas verte a través de mis ojos vas saber cómo eres de verdad.

Fue un segundo eterno en el que Shannon sintió que todo se detenía y hasta la última de sus murallas emocionales, inamovibles desde la muerte de su madre, cedían una a una, sin oponer la menor resistencia. Cuando cayó el segundo, contenía el aliento y la imagen del hombre que veía, tenía una dimensión diferente.

—Mañana te llamo ,¿vale? —dijo él suavemente haciéndose a un lado para dejarla pasar.

Shannon respiró hondo, se apartó el cabello de la cara con un gesto nervioso, por hacer algo. No pronunció una sola palabra.

Al final, se alejó por el jardín, conmocionada, mientras cada una de las palabras que había pronunciado aquel hombre componían en su corazón la música más maravillosa que había escuchado jamás.

CAPÍTULO 10

"**P**ide y te será concedido", pensó Shannon. Había pedido volver a sentir que un hombre la dejaba sin aliento, y se le había concedido.

Pero esta vez ni flotaba entre nubes ni el sol le calentaba la piel. Esta vez tenía miedo, el que se tiene cuando se ha experimentado en carne propia el vértigo de la caída, el dolor al estrellarse con la realidad, la tristeza de la desilusión.

Ironías del destino, el hombre volvía a ser el mismo de la primera vez. Dios, dos veces en una misma vida. ¿Con quién iba a romperle el corazón ahora?

—Ya estoy aquí —Patty soltó la mochila en la parte de atrás del coche y se acomodó en el asiento del acompañante—. ¿Cuál es la siguiente parada de mi recorrido turístico por los hogares de acogida de Arkansas?

Shannon se volvió y la miró. La expresión de aquel rostro juevenil era tan irónica como el tono en que había hablado.

¿Cuántas veces se había repetido esa misma escena en los últimos tres años, desde que el Estado de Arkansas había asumido la tutela de Patty? A otros críos, los recogían sus padres o sus hermanos mayores a la puerta del instituto. A Patty, cuando alguien iba a recogerla después de clase, era su oficial de acogidas y la razón, siempre la misma: llevarla a su nuevo hogar, que como todos los anteriores, sería otro desastre que duraría unos pocos meses.

—¿Qué tal el día?

Patty se encogió de hombros por toda respuesta.

—De acuerdo —dijo Shannon, girándose un poco en el asiento del conductor para mirarla mientras hablaban—. La situación es esta; te han puesto completamente a mi cargo, lo cual es bueno porque ya no tendrás que volver a verle el pelo al señor McDermott —vio a Patty mirar hacia el cielo, agradecida, y sonrió. El hombre era el típico oficial de la vieja escuela; burocrático y distante, demasiado mayor para tratar con adolescentes—. Y yo he decidido aceptar el ofrecimiento de Mark Brady de hacerse cargo de ti...

—¿Vas a dejarme con ese *capullo besucón*?

La mirada de Shannon se endureció.

—Te está salvando el trasero, Patty. Si no fuera por su ofrecimiento, tu siguiente parada sería el hogar de huérfanos, así que uno, sé más respetuosa, y dos, aprende a ser más agradecida... Ya sé que tendrás cosas más importantes en las que pensar —añadió con ironía—, pero hay quienes te queremos bien e intentamos echarte un cable, ¿sabes?

—Que para ti sea el no va más no cambia las cosas, para mí es un capullo besucón.

—Pues te jodes, porque te vas a quedar en el rancho Brady aguantando sus besos —replicó Shannon, igual de desafiante.

La niña volvió a encogerse de hombros y se puso a mirar por la ventanilla.

—Quiero que sepas algo... Mírame —Patty volvió a mirarla, se cruzó de brazos con actitud airada—. Los hermanos White también están a mi cargo. Necesito que me prometas que vas a esforzarte por integrarte en esa familia, Patty —Shannon hizo una pausa—. Por favor, no me pongas en la situación de tener que elegir entre esos críos o tú ¿vale?

La niña soltó un bufido, pero, al final, asintió.

—Gracias —dijo Shannon con una sonrisa de alivio y puso en marcha el coche—. Vas a estar bien allí, nena, ya lo verás.

Patty le echó una mirada irónica y volvió a mirar por la ventanilla.

Cuando Shannon llegó al rancho, al miedo por sus flamantes sentimientos hacia el señor Brady, se había sumado una emoción. Estaba a punto de volver a verlo y se sentía nerviosa.

Él, en cambio, parecía tan tranquilo, tan en control de la situación como siempre cuando les dio la bienvenida con su ya famoso beso en la cabeza, uno que Patty intentó esquivar con bastante éxito.

Y no parecía, *estaba*, muchísimo más atractivo con aquellas protecciones de cuero que se ponía encima de los vaqueros cuando adiestraba, sus botas con espuelas, su buzo azul marino y sus rizos dorados...

Shannon se sentía como una quinceañera tonta mirando al chico más guapo del instituto. Ese que era tres años mayor, capitán del equipo de fútbol y un sueño imposible.

—Justo a tiempo para cenar —dijo Eileen abrazando a Shannon—. ¿Te quedas, no?

Ella sonrió algo sorprendida. Como había dicho Gillian, al principio era difícil asimilar lo que se experimentaba durante los abrazos plenos, profundamente afectivos de aquella mujer.

—No, lo siento... Tengo que hacer otras dos visitas más todavía, pero gracias.

—Bueno, entonces no te entretenemos más... Tendrás que hablar con Mark, así que yo me llevo a esta señorita a que conozca su nueva habitación —dijo Eileen al tiempo que le pasaba un brazo por el hombro a Patty, que la niña aguantó estoicamente.

—Yo voy a preparar café, ¿tendrás tiempo para uno, no? —ofreció John, gentilmente.

—Claro, gracias.

Shannon vio a John desaparecer tras la puerta de la cocina y miró alrededor intentando disimular su incomodidad.

"Nos han dejado solos", pensó. La sensación de vacío en la boca del estómago se hizo más intensa.

—¿Y los demás? —preguntó por salir del paso.

Mark le indicó con la mirada que lo siguiera al salón.

—Gillian y los niños deben estar al llegar, fueron a comprar un libro para Matt... Mandy salió con Jordan.

Se sentaron en el gran sofá. Shannon asintió.

—¿Y Jason?

—En su casa —respondió él, y la miró—. ¿Lo necesitas para algo?

Ella se sintió *idiota perdida*. Le daba igual dónde estuviera el *quarterback* de los Titanes. Preguntaba por decir algo, porque se sentía nerviosa. Y él se había dado cuenta.

—A Patty le ha caído bien —replicó mientras sacaba los documentos de su mochila y se mordía por dentro—. Me pareció que se entusiasmó con el gimnasio y la idea de ponerse en forma... —ni se molestó en verificar si la excusa había colado, y cambió de tema—. Estos son todos sus controles médicos, vacunas, revisiones y demás. Está todo en orden. Y estos son sus registros educativos... En el colegio está en capilla; una llamada de atención más y la expulsan.

Cuando John reapareció con una bandeja, la conversación se interrumpió unos instantes. Mientras su padre servía el café, Mark se dedicó a hojear el contenido de la carpeta con los registros educativos. Comprobó que eran malísimos.

—Siéntate, papá —dijo Mark al ver que su padre tras servir el café hacía ademán de retirarse. Le pasó la carpeta—. Echa un vistazo.

—Parece que le gustan las ciencias naturales... —comentó John.

—Lo hablaré con Gillian, a ver qué se le ocurre... Con las *mates* va fatal, ¿clases de refuerzo?

Shannon dejó de revolver en su mochila y prestó atención.

—Sí, mejor que sean aquí, en casa... —respondió John. Volvió a poner la carpeta sobre la mesilla—. Y deberías pasarte por el instituto y hablar con su tutor.

Había un trato respetuoso entre los dos hombres que a Shannon le pareció inusual. Saber que eran padre e hijo hizo que le resultara mucho más inusual. Y tan sorprendente como la serenidad con que los dos evaluaban la situación, como si Patty no fuera, por usar una expresión de Mark, "un desastre con piernas".

—De acuerdo —dijo el mayor de los hermanos Brady, y volvió a mirar a Shannon—. ¿Algo más?

Ella negó con la cabeza, sonrió suavemente.

—Si todavía la quieres, firma donde está la cruz y es toda tuya... Bueno, a falta de que el juez confirme el acuerdo, ya sabes.

Después de despedirse de John, Mark la acompañó a la salida.

—¿Estás bien?

Shannon asintió. Se acomodó la mochila en la espalda, sin mirarlo. Si no tenía en cuenta el vacío doloroso que sentía en el estómago, podría decirse que estaba bien.

—Vente mañana a cenar.

—Me tengo que ir —dijo ella, sin más y se puso en marcha.

—No te estoy pidiendo una cita, Shannon. Ya sé que tienes que resolver lo de David —ella se volvió y lo miró con el ceño fruncido; él sonrió—. Te dije que lo averiguaría.

—Si lo sabes, si ves en mí con tanta claridad como insinúas, no deberías pedirme nada.

Mark se puso las manos en los bolsillos traseros de sus vaqueros.

No debería, no. Ni su ex tampoco, pero estaba seguro de que aquel tipo iba a intentar hacerla cambiar de idea. Después de una pausa habló con su seguridad habitual y sus ojos claros clavados en ella.

—Digamos que quiero asegurarme de que cuando volváis a veros, él no pueda convencerte de que te lo pienses otros dos meses.

Shannon le echó una mirada furibunda y sin decir palabra, se dirigió hacia las escaleras que llevaban del porche al jardín. Empezaba a estar francamente harta. Harta de la insistencia de David y mucho más harta aún de la arrogancia de Mark.

Él la llamó, pero ella no se volvió. La vio montarse en el coche y marcharse.

De acuerdo, pensó Mark mientras sacaba el móvil y seleccionaba su número, si aquella pelirroja pensaba que con *miraditas cabreadas* iba a contenerlo, lo llevaba claro.

Shannon atendió sin imaginar que podía ser él y Mark no se anduvo por las ramas.

—*Si no estás aquí mañana a las siete, a las diez me tendrás en la puerta de tu casa.*

—Mark...

—*No, escucha* —la interrumpió él—. *Voy a darte el tiempo que te haga falta para resolver tus cuestiones con él, pero no voy a desaparecer, Shannon. Te quiero en mi vida.*

Ella frenó, metió la reversa y condujo hacia atrás. Cuando llegó a la altura del jardín, se bajo, cerró de un portazo y subió las escaleras a paso vivo.

Se plantó frente a él, con el móvil pegado a la oreja y los ojos chispeantes de rabia.

—Ahora, escucha tú. Ni voy a venir mañana, ni tú irás a mi casa. Voy a resolver mis asuntos personales como me dé la real gana y cuando los haya resuelto, ya veré si me interesa plantearme tener algo contigo o no.

Shannon se alejó el móvil de la oreja, lo miró desafiante y cortó la llamada. Luego, dio media vuelta y se marchó sin más, bajo la mirada atenta de Mark.

Aparte de unos ojos brillantes, su expresión era tranquila, sin signos aparentes de que lo que acababa de oír le hubiera afectado especialmente. La siguió con la mirada hasta que las luces de los faros traseros de su coche desaparecieron. Entonces volvió a guardar el móvil, se apoyó contra la barandilla y respiró hondo.

—Qué loco estoy por ti —murmuró con la vista perdida en el jardín.

◆ ◆ ◆ ◆ ◆

Patty estaba desempacando cuando Mark golpeó a su puerta.

—Pasa... —dijo, y continuó guardando su ropa en el armario.

Mark entró, cerró la puerta tras de sí y se apoyó contra la pared.

—¿Podemos hablar un momento?

—Habla, te escucho... —respondió ella. Él permaneció en silencio, mirándola acomodar sus cosas hasta que ella se volvió a mirarlo interrogante—. ¿Qué?

—¿Podemos hablar? —repitió él, suavemente.

Patty entendió el mensaje implícito, dejó lo que estaba haciendo y con movimientos histriónicos se sentó en la cama mirándolo con fingida atención.

Mark la observó tranquilamente.

—¿Todo en orden? —le preguntó al fin.

Ella se limitó a encogerse de hombros. Él, suponiendo que sería un equivalente a sí, asintió.

—Si necesitas algo, lo que sea, dímelo.

Esta vez, Patty asintió con la cabeza. Mark continuó.

—Gillian te lleva al *cole*, yo te voy a buscar. Si hay algún cambio te aviso.

—¿Por qué? —dijo ella molesta.

—¿Por qué qué?

—Ya soy mayorcita para que nadie me vaya a buscar... ¿a ti te llevaban al *cole* a los dieciséis?

—Quince —corrigió él.

Patty lo miró burlona.

—Los hago en dos meses.

—Siempre me llevaron y me fueron a buscar, no hay autobuses al rancho Brady. Lo siento.

—Joder, mis colegas se van a partir de risa en mi cara...

Mark la miró considerando el tema unos instantes.

—De acuerdo, hagamos un trato.

—¿Qué tipo de trato?

—Si tú me dices dónde come Shannon, yo te recojo en la puerta del centro comercial en vez de en la puerta del colegio.

—¡¿Y yo qué sé dónde come ella?!

Mark se encogió de hombros y se volvió hacia la puerta.

—¿Y por qué supones que iba a decírtelo si lo supiera? —añadió la niña—. Ya sabes lo que pienso de los tíos...

—¿Por qué supones que a mí debería importarme que los *colegas* se rían en tu cara? Sabiendo lo que piensas de los tíos... —dijo él sonriendo. Estaba a punto de cerrar la puerta cuando Patty volvió a hablar.

—Si te lo digo ¿me recoges en el centro comercial?

Mark asintió.

—¿Todos los días?

Él volvió a asentir.

—Hecho —dijo Patty, triunfal.

—Sé sutil cuando intentes averiguarlo, porque si ella se da cuenta, se fastidia el trato —Patty sonrió divertida—. Cenamos a las siete.

—¿Ya está? ¿No te has dejado nada en el tintero?

Él se quedó pensativo un momento y al final, sonrió.

—Me alegro de tenerte en casa.

—Gracias. Qué amable —replicó irónica—. Ahora ya puedes soltarme el resto... No te preocupes, estoy acostumbrada, así que despáchate a gusto...

—¿Qué más quieres que te diga?

—Las normas de la casa, lo que esperas de mí, lo que va a pasar si no te hago caso... Ya sabes, el *rollo* de siempre...

¿Hacían eso, de verdad? ¿Una persona que se ofrecía voluntariamente a acoger niños bajo su techo les daba la bienvenida de esa manera? No era capaz de imaginar los desprecios que aquella niña habría tenido que soportar.

—Espero que aquí te sientas a gusto y que quieras quedarte, ¿te parece bien?

Patty apartó la mirada. Al final, se encogió de hombros.

Él asintió y se dispuso a marcharse.

—¿Los *besuqueos* también son negociables? —preguntó ella.

Mark se volvió sonriendo.

—No, lo lamento —vio que la niña ponía los ojos en blanco—. No te quejes que te estás librando de los abrazos, pimpollo —le dijo mientras cerraba la puerta, riendo.

Muy pronto sería ella quien los buscara, porque estaba claro que le hacían falta. Además, las formas afectivas de su familia eran adictivas para todo el mundo.

O casi, pensó con ironía, había cierta oficial de acogidas que, de momento, se las apañaba bastante bien para mantenerse a dieta de afectos.

Pero no sería por mucho tiempo más.

CAPÍTULO 11

Shannon escuchó en silencio, con el móvil pegado a la oreja y los ojos en el mantel, hasta que su interlocutor acabó y le tocó el turno a ella.

—Mira David, si quieres que quedemos cuando vengas, por mí bien, pero necesito que dejemos las cosas claras de una vez por todas ahora...

—*Shannon, no hablemos de esto por teléfono* —pidió él, suavemente.

Ella hizo una pausa mientras el camarero le traía el agua mineral y una ensalada.

—No es un tema nuevo. Te dije lo que sucedía hace cinco meses y no ha cambiado. No necesito más tiempo, David, lo que necesito es cerrar este capítulo de una vez y seguir con mi vida.

Del otro lado, hubo un silencio largo, premonitorio.

—*¿Hay alguien?* —escuchó que él le preguntaba.

Shannon esta vez no se lo pensó.

—Sí.

—*Ya* —murmuró él—. *Bueno... No debí irme, está claro.*

—Dave... —Dios, odiaba hacerle daño—. No tiene que ver con nada que hicieras o dejaras de hacer, simplemente pasó.

—*Vale, Shannon, está bien. Cuídate, ¿de acuerdo?*

No llegó a contestarle. Él había cortado y como lo conocía muy bien, sabía que estaría destrozado. Pero desde el principio, darle largas a aquel asunto había sido una estupidez. Ya no podía seguir demorando una resolución porque ahora tenía más claro que nunca antes que no volvería con él.

Dejó el móvil sobre la mesa y se disponía a servirse un poco de agua cuando oyó que alguien apartaba una silla próxima. Levantó la vista.

—Espero que no te importe que compartamos mesa —dijo Mark.

Shannon tardó en procesar. A la sorpresa de su inesperada visita, se sumó los instantes que, últimamente, sus ojos se tomaban para regocijarse en aquella figura masculina. Hoy, especialmente atractiva, con unos pantalones de pana color crema y un jersey tostado.

—Hola —dijo al fin cuando consiguió volver al mundo real. Se había quedado tal cual estaba; con la mano sosteniendo la botella de agua sobre el vaso. Menos mal que no la había inclinado.

Él, sonriendo, se la quitó de las manos y se ocupó de llenar el vaso.

—El trabajo te sale por las orejas, Mark, ¿qué haces aquí?

—También como, ¿sabes? —hizo señas al camarero que, rápidamente, se acercó.

Shannon respiró hondo y volvió la cara hacia la ventana junto a la cual estaban sentados. Tenía la sensación de que había pasado de dar carpetazo a los deseos de un hombre para empezar a complacer los de otro.

Cuando el camarero se retiró, después de tomarle nota, Mark volvió a mirarla.

—Aclaremos esto, ¿vale? Si te he dado la impresión de querer imponerte algo, lo lamento. Lo que tengas que resolver, ya lo resolverás. Solamente déjame verte... Un rato, cuando puedas. Charlar, jugar billar, tomar una cerveza... Cosas así, nada más, ¿vale?

Shannon apartó la mirada. Tomó conciencia de que solo por seguir escuchándolo, por la forma segura y a la vez suave con que decía cada palabra, por lo bien que ella se sentía cuando él estaba cerca, aunque estuviera concentrado en los niños y no en ella...

Dios, ya estaba en el Limbo otra vez.

Aliñó su ensalada, luego bebió un sorbo de agua en un intento de volver aquí y ahora, de dejar de volar.

—¿Qué tal fue con Patty anoche?

Mark la acarició con la mirada.

—Mejor de lo que esperaba, la verdad. Arregló su cuarto, bajó a cenar, vio la *tele* un rato. Hoy a las siete estaba levantada y lista para desayunar...

—Por las dudas, no eches las campanas al vuelo.

Mark sonrió con picardía y se lo soltó.

—Las chicas no se me resisten, primor. Tú, *de momento*, das guerra, pero nada más —Shannon lo miró burlona, él le guiñó un ojo.

—Ya, pero tú no tienes experiencia en "chicas"... —replicó ella mientras pinchaba un trozo de tomate con el tenedor—. No te ofendas, pero lo tuyo son las señoras mayores... ¿Qué pasa? ¿Se lo montan mejor?

El camarero estaba de vuelta con la lasaña y la ensalada de Mark. Él siguió mirándola comer, sonriendo.

—No te ofendas —continuó él cuando el camarero se marchó—, pero a las mujeres de menos de treinta solamente os preocupan dos cosas: cuánto marca la báscula y cuánto hace desde el último polvo. A las que pasan de treinta también, pero menos.

Shannon dejó de comer. Se dedicó a mirarlo incrédula mientras él aliñaba su ensalada como si tal cosa.

—¿Qué? —dijo Mark al fin, sonriendo al ver que ella en vez de comer lo miraba.

—Eres un machista —dijo ella como si acabara de descubrir el eslabón perdido de la civilización dentro de la panera de un restaurante, sonriendo con tal cara de incredulidad, que hizo que Mark soltara una carcajada.

Ambos rieron un buen rato.

—¿Porque digo la verdad? —replicó él, al fin—. Las mujeres de hoy en día sois de cartón piedra; perfectas por fuera, huecas por dentro... Con la edad, el vacío se va rellenando un poco y hay menos eco.

Mark volvió a dedicarse a su ensalada. Comía relajadamente y de vez en cuando, la miraba. Shannon apoyó la cabeza en su mano y se dedicó a estudiarlo. Le parecía un auténtico descubrimiento que no acababa de catalogar.

—¿Hablas en serio? —dijo ella, al cabo de un rato.

—Siempre, hasta cuando bromeo.

Él volvió a su comida, esta vez, cató la lasaña. La incredulidad de Shannon crecía por segundos.

—Aclárame "huecas por dentro".

Mark alzó la vista, vio que ella lo miraba completamente atenta.

—Sin sustancia. Cero personalidad. Cero seriedad. Cero sentido del compromiso. Menos veinte en capacidad de amar.

Shannon se recostó contra el respaldo de su silla.

—Es curioso que sea un tío el que diga esas cosas. Habéis hecho de la "sin sustancia" un arte sin despeinaros siquiera...

Mark asintió.

—¿Y qué esperabas? Las madres de hoy en día estáis demasiado ocupadas con vuestros propios asuntos para dedicaros a criar hijos "con sustancia" —la expresión de Shannon, ahora, era de estupefacción. Él asintió como si lo que decía fuera obvio—. No me mires así. Si lo piensas dos segundos, sin prejuicios, te darás cuenta de que es como sumar dos y dos. Si no siembras, Shannon, no puedes cosechar más que hierbajos.

Él sonrió. Ella meneó la cabeza sin saber qué contestar. Estaba lisa y llanamente, alucinada. Cogió su vaso de agua y lo bebió de una sentada.

—Todavía sigue atravesado —anunció mientras volvía a servirse el vaso hasta arriba—. Creo que voy a necesitar algo más para que baje.

Mark le pasó su cerveza sin alcohol, muerto de risa.

—Sigue con esto, ¿o quieres un *pelotazo* de coñac?

Al final los dos rieron, y, a ratos, comieron.

Mark sabía que todavía les quedaban varios otros momentos de perplejidad por compartir, y que aunque ella riera, incluso aunque fuera irónica, lo que oía, más tarde o más temprano tendría sentido. Simplemente porque sabía que en ella había tanta "sustancia" como en él.

Shannon reía, pero lo que había oído seguía atravesado en la garganta y no bajaba de ahí. La seguridad de Mark la había impresionado desde el primer día y cada vez subía un punto más en la escala. En cualquier otro hombre habría sonado a machismo puro y duro y como estaba acostumbrada, lo habría catalogado y archivado. En este era algo más. Bastante más, de hecho.

Mark no era catalogable. No se parecía a nada que ella hubiera conocido en su vida y con él, iba a ciegas.

Lo suyo era más que tradición o conservadurismo, pero ¿*qué* más?, ¿*cuánto* más?

Shannon no tenía la menor idea.

CAPITULO 12

Dos días después de que Shannon le sugiriera a Mark que no echara las campanas al vuelo, los Brady recibieron una llamada del director del instituto; Patty había insultado a un profesor, instigado una revuelta en clase que había terminado con varias narices sangrantes y, en consecuencia, estaba expulsada.

Mark había interrumpido sus tareas para ir a buscarla, y ahora escuchaba atentamente las explicaciones de la niña, que ante la falta de preguntas por su parte, había empezado, espontáneamente, a intentar justificarse.

—¿Algo más? —preguntó cuando ella dejó de hablar. Patty lo miró brevemente, volvió la cara hacia la ventana y negó con la cabeza—. Entonces, ven que te curo esos cortes.

Mark entró en el baño de la habitación y sacó desinfectante y gasas esterilizadas del botiquín. Vio por el espejo que ella estaba apoyada contra el quicio de la puerta, con la mano sana en el bolsillo de sus vaqueros y la vista en el suelo.

—¿Qué va a pasar ahora? —preguntó la niña.

Mark le indicó que se acercara y se lavara las manos. Ella obedeció.

—Eso deberías decírmelo tú, ¿no te parece? —dijo él mientras le desinfectaba las heridas de los nudillos. Ella lo miró—. Es tu vida. A la que acaban de expulsar es a ti. ¿Qué vas a hacer ahora?

Patty resopló llena de ironía, retiró su mano de un tirón y se dio media vuelta para irse.

—Como si dependiera de mí... *Mi vida,* como tú lo llamas, siempre ha dependido de un atajo de *gilipollas* y rajados a los que nunca les importó una mierda de mí. Así que déjate de *chorradas*...

Mark la siguió de regreso a la habitación. Ella volvió a sentarse sobre la cama, cogió la mochila y sacó su *discman*.

—Está bien —concedió él—. A ver, a mí me importas y seguirá siendo así hagas lo que hagas. Ahora, dime, ¿qué vas a hacer tú?

—¿Por qué? —espetó ella, mirándolo desafiante—. ¿Qué sacas tú de esto?

—Porque quiero. Da un gusto bárbaro salirte con la tuya, deberías probarlo.

Ella se quedó mirándolo con desconfianza.

—No has respondido a mi pregunta —insistió él—. ¿Qué vas a hacer tú?

—Dejar que me cures, supongo —respondió burlona y cogió sus cascos.

Reaccionar era una cosa; decidir, otra. Esa niña sabía todo sobre lo primero y nada sobre lo segundo. Mark consideró sus opciones un momento.

—Hagamos otro trato, ¿te parece?

—Depende.

—Por esta vez, decido yo por ti. A cambio, me gustaría que pienses en cómo quieres que sea tu vida desde este momento.

—Estás *del cráneo...* —dijo ella y rió meneando la cabeza—. ¡Tengo dieciséis años! ¿Cómo coño quieres que piense en eso?

—Quince —corrigió él tranquilamente—. Y a tu edad yo ya lo sabía.

Patty puso los ojos en blanco.

—Cúrame de una vez, ¿quieres?

Ambos volvieron al baño donde Mark se dedicó a acabar de desinfectar las heridas de los nudillos y un corte que tenía en la frente mientras Patty lo miraba en silencio.

—Listo —dijo él saliendo del baño—. Vuelvo al trabajo. Esta tarde irá Mandy a buscar a los niños al *cole*, ve con ella. Y asegúrate de que no les compra caramelos, ¿vale? Usa la fuerza si hace falta.

Mark le guiñó un ojo y se disponía a marcharse cuando Patty volvió a hablar.

—¿Si te dejo decidir, me vas a mandar a un internado?

—¿*Estás del cráneo?* —retrucó él, imitándola—. No te vas a librar del *besuqueo*, pimpollo, ya te he dicho.

Ella lo miró burlona.

—Vale —dijo al fin, suspirando—. Decide tú.

Mark volvió a entrar y cerró la puerta.

—Si me pides que lo decida yo, tendrás que acatar lo que sea que yo decida. Sin rechistar y sin rajarte, ¿lo entiendes?

Ella asintió.

—De acuerdo. *Por esta vez,* decidiré yo, pero no voy a volver a ofrecerte esto; es *tu* vida y eres tú quién debe decidir —la vio mirarlo con los ojos brillantes y volver a asentir—. Vale. Te veo luego.

◆ ◆ ◆ ◆ ◆

Shannon estaba de camino a una visita de control cuando le avisaron del colegio lo que había sucedido con Patty. Al hilo, recibió la llamada de Mark pidiéndole que se pasara por el rancho para una reunión con hora; aprovecharían que Patty acompañaría a Mandy a buscar a los niños al colegio para hablar del tema.

Pensó que lo de esa jovencita y su expulsión era un mal comienzo, que era posible que ella estuviera tentando el pulso de Mark, de los Brady, y por tanto que ellos, especialmente *él*, le apretara las tuercas. Lo cual añadía otro problema; Patty no era de las que se dejaban apretar las tuercas sin más.

Sin embargo, tan pronto se sentó a la mesa de la cocina de los Brady y vio la tranquilidad que reinaba en el ambiente, tuvo claro que ninguno de ellos se sentía desafiado por Patty. Cuando Mark empezó a exponer su plan, Shannon se quedó mucho más alucinada que dos días antes, en el restaurante.

—Así que lo mejor será que se quede aquí, entre nosotros, donde no se siente amenazada. Le gusta el campo… Rick me dijo que anteayer se quedó un buen rato mirando cómo preparaban la tierra... Puede estudiar para los exámenes aquí y rendir por libre... El próximo curso, ya se verá.

Shannon saltó como un resorte.

—No puede dejar el colegio. Llevo tres años haciendo milagros para mantenerla escolarizada... Si lo deja, ya no va a volver. Los libros no son lo suyo, Mark.

—Los libros no importan ahora —explicó él suavemente—. Necesita sacudirse el pasado y centrarse. Dejar de sentir que es el último mono, mirar la vida, *su vida,* con otra perspectiva... Y decidir.

Shannon meneó la cabeza.

—¿Se lo explicas tú a Marian Ross?

Él la miró. Había tanta ternura en aquella mirada, como determinación.

—Es lista y es fuerte. Puede hacerlo, Shannon.

Ella miró a un costado, intentando apartar sus propias dudas, sus miedos, y pensar.

—Si sale mal...

—No va a salir mal.

Claro, qué otra cosa iba a decir *Don Certezas.* Ella debía ser la única que tenía esa impresión porque cuando miró las caras de los que compartían reunión —John, Eileen y Gillian—, había seriedad, pero no dudas.

—Ya. Como entre tus muchísimas habilidades está la de adivinar el futuro, lo sabes sin lugar a dudas... —dijo ella envuelta en un suspiro cansino.

Él le regaló una de sus sonrisas tiernas, que a Shannon le hizo rechinar los dientes y puso picardía en la expresión del resto de los presentes.

—Puede hacerlo —repitió él—. Y además te tiene a ti, a mí y a mi familia. Relájate, Shannon. Patty ahora no está sola.

Pero ella no se relajó. Al contrario, se estremeció. Otra vez. Mark hablaba de Patty, pero en lo que no decía, tenía la sensación de que le hablaba a ella, de ella. ¿Era solamente una sensación? ¿O era real y no su corazón de niña jugándole malas pasadas?

—Ni tú tampoco —añadió él suavemente.

Al estremecimiento siguió la angustia. Y unas intensas ganas de llorar que a duras penas logró dominar dos segundos antes que los ojos se le llenaran de lágrimas y ya no pudiera ocultarlo. Gillian salvó el momento.

—A ver qué os parece esta idea... Podría preguntarle si le apetece echarme una mano con mi proyecto. —Se refería al cultivo ecológico en dos hectáreas del rancho que, finalmente, John había aprobado—. Seguro que encuentra algo que la divierta. De esta forma, ella tendría algo que hacer, no interferiría con sus horas de estudio y quién sabe, por ahí acabamos teniendo otro ingeniero agrónomo en la familia —concluyó, sonriendo.

Mark le guiñó un ojo, agradecido. John le despeinó la cabeza, cariñosamente.

Eileen fue mucho más efusiva; la abrazó y le plantó un beso en la frente.

—¡Me parece una idea estupenda, cariño!

Gillian se abrazó a Eileen, mimosa.

—Tú sigue abrazándome, que pienso mejor cuando me motivan...

Shannon respiró hondo, intentó relajarse, dejar de sentirse tan rara. Disimuladamente, mientras Gillian y Eileen seguían conversando y riendo, volvió su atención a Mark para descubrir que él también la estaba mirando.

Sintió el corazón galopando en el pecho, que todo lo demás se ralentizaba y la dulzura de aquellos ojos del color del cielo la rodeaba completamente.

Se fue del rancho inventándose una visita, casi corriendo, desesperada por salir del área de influencia de aquella mirada y horas después, seguía igual; con los latidos del corazón alterados, el recuerdo de aquellos ojos clavado en la mente, y la misma sensación, casi certeza, de que no había nadie más en el mundo capaz de hacerla sentir así.

Ni lo habría.

◆◆◆◆◆

Cerca de medianoche, su móvil sonó. Shannon lo atendió sin encender la luz y miró la pequeña pantalla. La luz parpadeante permitía leer un nombre: *Don Certezas*. Se acomodó mejor en la cama, dobló la almohada bajo su cabeza y atendió.

—¿Dormías?

La voz de Mark, de por sí dulce, le supo a miel.

—¿Importa? —contestó burlona—. Ya no duermo.

Mark cerró la puerta del cuarto de Patty silenciosamente. Continuó pasillo arriba hasta la habitación de los críos. Verificó que también dormían y volvió a cerrar la puerta despacio.

—Pensaba llamarte antes, pero se me fue la hora...

—¿Jugando al billar?

—¿Un jueves? —preguntó él, divertido. Se echó en su cama—. Trabajando, pimpollo. Es primavera.

—Bueno, y dime ¿qué se te ofrece a estas horas?

Shannon sonrió al escuchar su risa.

—Hoy me pareció que estabas rara y como no estábamos solos... Si quieres que hable con Marian Ross, no tengo problemas. Ya sé que es todo un tema, que te preocupa mucho y que, seguramente, te van a leer la cartilla. Y lo lamento, pero pienso... *sé*... que mientras Patty no deje de sentirse apaleada, no hay nada que hacer. Gasta toda su energía en defenderse, no queda para nada más, ¿entiendes?

—Sí. No te preocupes por la señora Ross.

—No me preocupa la señora Ross.

—¿Algo más?

—Mañana, Gillian se queda en casa. Está preparando un trabajo para la facultad, así que tengo canguro para mis cachorrillos humanos.

Shannon sonrió.

—¿Qué propones?

—¿Cena y baile? —dijo él, tentativamente.

Shannon volvió a reír.

—Un café en el Beer&Wine y date con un canto en los dientes.

Por supuesto que lo haría, porque ni en sueños le daría ocasión de que ella se lo pensara mejor y cambiara de idea.

—Hecho. Te recojo a las nueve.

—Te veo allí a las nueve —corrigió ella, desafiante.

—Vale —dijo él, satisfecho. Al menos, lo había intentado—. A las nueve en el Beer&Wine. Que descanses.

—Sí, hasta mañana.

Mark cortó la llamada con una sonrisa inmensa en la cara.

Tan inmensa como la de Shannon.

CAPÍTULO 13

Mark aparcó frente a casa de Shannon y cerró el contacto. Sabía muy bien que ella no iba a invitarlo a subir. Tan bien como sabía que él no debía sugerirlo, pero no quería marcharse. Le apetecía pegarse a su piel, meterse en su cuerpo, saborear cada centímetro de ella. Y a falta de eso, le apetecía su risa, su espontaneidad.

Hacía tantos años que nadie conseguía siquiera entretenerlo más de un par de horas, que cada minuto que pasaban juntos se le hacía más difícil dejarla. Sin darse cuenta, Shannon había sacado a la superficie de las emociones de Mark un deseo que, de tan intenso, acabó convirtiéndose en necesidad; la de encontrar esa mujer que lo complementara. Un deseo de cuya intensidad Mark solo fue consciente cuando la vio y supo que esa mujer, era ella. Cuatro meses después, la piel se lo pedía a gritos.

—Aunque casi ni yo puedo creérmelo, me lo he pasado genial. Gracias, Mark.

La voz femenina lo sacó de su ensimismamiento y cuando la miró, ella sonreía.

—¿Y por qué "casi no te lo crees"?

Shannon lo miró con picardía.

—No suelo esperar pasarlo bien con alguien que piensa que las mujeres de hoy en día somos huecas por dentro…

—¿Habrá ayudado la paliza que me diste jugando a los dardos?

Shannon rió divertida. Le había dado un *palizón*.

—Habla en tu favor que no dijeras, como todos, que te dejaste ganar.

—No me he dejado ganar —Mark se acomodó con la espalda contra la puerta del conductor—. Pero aunque fuera así, no te lo diría.

—¿Siempre eres tan caballero?

Ella lo miraba con su expresión de niña, un poco dulce, bastante desafiante. Y él se moría por quedarse, subir con ella, hacerle el amor. Pero había dicho que le daría el tiempo que necesitara para resolver lo que tuviera que resolver. Asintió con sus ojos claritos clavados en ella.

—Siempre.

Una sonrisa radiante apareció en la cara de Shannon, que asintió varias veces con la cabeza y se volvió para apearse.

—No te muevas —pidió él. Shannon lo miró interrogante. Él le indicó con la mirada que se quedara sentada, luego se apeó, dio la vuelta por delante del monovolumen y abrió la puerta del acompañante.

Las veces que una escena parecida se había repetido entre ellos volvió a la mente de Shannon. Entonces, pensaba que él lo hacía para ponerla nerviosa. Ahora, empezaba a dudar de que aquel hombre hiciera algo más que lo que le viniera en gana. Entonces, a ella le molestaba. Ahora, le encantaba.

Shannon sonrió a modo de agradecimiento y ambos caminaron hasta la puerta de su edificio.

—Quién le habría dicho a la cría de los pelos azules y la ropa *punky* que un día saldría con un caballero de la corte del rey Arturo —comentó ella, risueña, y sacó las llaves del bolsillo de su abrigo. Mark se las quitó de la mano y abrió la puerta.

—Quién le habría dicho a esa cría que un día *le encantaría* salir con un caballero de la corte del rey Arturo —matizó él.

Le devolvió las llaves, rozando suavemente los dedos femeninos con los suyos. A Shannon un cosquilleo muy agradable le recorrió el cuerpo. A Mark, un escalofrío.

—Hoy lo voy a tener complicado —continuó él—. No creo que acabe hasta las cinco o las seis. Y después quiero llevar a Patty y a los niños por ahí, a pasear.

Shannon asintió. Mark tentó suerte.

—¿Te apetece que nos veamos un rato sobre las once o así? Podríamos ir a bailar o donde tú quieras.

—Yo también tengo un día complicado. Nos hablamos y vemos ¿te parece bien?

No le parecía bien. Quería verla. Necesitaba saber que la vería.

—Vente a comer al rancho y luego, si puedes, te apuntas a la salida.

Era más que una sugerencia. Era un deseo expuesto al mejor estilo Mark Brady, con tanta dulzura como determinación que le supo a una caricia.

—Los sábados como con Cathy —dijo ella, sonriendo.

—Tráela.

Shannon se quedó mirándolo. Esas formas suyas empezaban a gustarle demasiado. Y su propia reticencia a rebelarse a tanta determinación, demasiado poco.

—Es una idea —se sorprendió diciendo, en vez del "ya veremos" que tenía pensado responder.

Lo vio asentir con una sonrisa, ponerse las manos en los bolsillos y dar un paso atrás.

Era hora de irse, y se marchaba.

Shannon no pudo evitar pensar que irse sin al menos intentar quedarse, no era propio de un hombre en estos tiempos. Por más Mark Brady que fuera el hombre en cuestión. Las ganas de tentarlo fueron irreprimibles. Tantas como las que tenía de que la noche no acabara, de seguir con él, sintiendo lo que solamente él podía hacerle sentir solo con mirarla.

—¿Ya te vas? —le preguntó con suavidad, mirándolo atentamente.

Vio sus ojos *claritos*, brillantes, enfocar en ella durante una eternidad. Al final, lo vio asentir con una expresión dulce en la cara.

Shannon sonrió de oreja a oreja.

—Eres todo un personaje —dijo, divertida—. La tentación de tentarte fue demasiado grande... Lo siento, no pude evitarlo.

Mark enarcó la ceja en un gesto de burla.

—Soy un hombre, Shannon. En el más amplio sentido de la palabra.

—¿Los "hombres en el más amplio sentido de la palabra" no se tientan?

Ella se recostó contra el marco de la puerta de cristal, la mantuvo abierta con su cuerpo, y se dispuso a mirarlo a gusto. Él, mientras tanto, avanzó el paso que había retrocedido y se detuvo frente a ella. Apoyó una mano sobre el borde del marco, por encima de su cabeza.

Shannon miró de reojo el brazo descansando contra el marco, y luego a él, desafiante.

—Me tientas —admitió él, y dio otro paso hacia ella—. Toda tú.

A esa distancia, no solo su perfume masculino la rodeó. Podía sentir con intensidad, sensaciones vibrantes que no acertaba a decidir si eran solo suyas, o de los dos.

—Podría dejarme llevar —continuó él, buscando su mirada—. Pero si solamente quisiera eso, lo podría haber hecho desde el principio, ¿no crees?

—Te freí a calabazas —susurró ella—. No tuviste ocasión.

Mark dio un paso más. Estaba tan cerca que ella tuvo que alzar la cabeza para mirarlo a los ojos.

—Si hubiera querido seducirte, lo habría hecho —le apartó un rizo rebelde de la mejilla; la punta de los dedos le rozaron la mejilla y ella se estremeció—. No quiero seducirte. Quiero enamorarte. Quiero que cuando me mires veas al hombre de tu vida. Que para ti, nunca nadie se compare conmigo. Y que dentro de ochenta años sigas sintiendo exactamente igual.

Otro estremecimiento la recorrió de la cabeza a los pies. Esta vez, sintió que Mark también se estremecía, y se esforzó por sostenerle la mirada

—Me tientas, Shannon —añadió él—. Y me importas, como ninguna mujer me importó en la vida. Por eso me voy.

Sus palabras, el tono de su voz, su dulzura... Todo lo que fluía de él, más allá de lo que comunicaba verbalmente, fue como un gran abrazo amoroso, de una intensidad tal que la dejó sin aliento. Cuando él, a modo de despedida, se acercó a besarle la frente, ella aún contenía la respiración.

—Terminé con David —atinó a murmurar, torpemente.

Mark se detuvo, bajó la cabeza. Shannon sintió su aliento caliente acariciándole la oreja. Cuando él le tomó una mano y la apoyó con la palma abierta sobre su pecho, los latidos del corazón de aquel hombre entraron como un láser, de la yema de sus dedos al cerebro. Y de ahí, al corazón, calentándoselo.

Él se apartó un poco para mirarla.

—¿Del todo?

Shannon asintió suavemente.

Lo vio ladear la cabeza, inclinarse hacia ella y acercarse a su cara. Lo vio mirarla con aquellos ojos claros de mirada penetrante, como si quisiera aprenderla de memoria.

—Y... ahora que eres libre ¿quieres ser mi chica? —murmuró él a diez centímetros de su boca.

Una sucesión de estremecimientos le recorrió el cuerpo. ¿Cuántos años tendría la última vez que alguien le había hecho esa pregunta? Quince, como mucho. Dios, Mark era especial hasta para eso.

Asintió, no le salían las palabras. Él la miró con infinita ternura y apenas esbozó una sonrisa.

Definitivamente, aquel hombre era de otro planeta. Habría dado cualquier cosa por registrar cada detalle de ese instante en su mente, cada mirada, la tibieza de su respiración acariciándole el rostro... Pero entonces los dedos de Mark se cerraron alrededor de sus antebrazos, sujetándola, atrayéndola hacia él y de pronto...

Él era el chico más guapo del instituto, ella volvía a tener trece años y del cielo, caía polvo de hadas.

Mark había besado otras bocas antes, muchas veces. Por ritual de apareamiento, por conveniencia, por practicidad... Esto era distinto, embriagador. El contacto con aquellos labios delicados fue como un torbellino que lo transportó a una dimensión desconocida. En esta, reinaban los sentidos. En esta, él le devoraba la boca, atrapado en el exquisito placer sensual de aquel beso y el descubrimiento de sentirse así, loco por seguir explorando aquella maravilla húmeda y caliente, incapaz de parar...

Fue ella la que una eternidad más tarde se apartó, delicadamente, regalándole besos pequeños que él devolvió con avidez.

Mark volvió a abrazarla. Apoyó su mentón en la cabeza femenina, y la mantuvo así, cerca, durante un rato, sin decir una sola palabra.

Shannon sentía sus brazos rodeándole la espalda, y sus manos calientes y fuertes, sujetándola... Lo que su cercanía le hacía sentir era...

Indefinible.

En cambio, lo que Mark sentía era perfectamente definible, tan físico y evidente que durante el rato que se mantuvo en silencio, en realidad, intentaba asimilarlo y recuperarse.

Y como varios segundos después seguía sin conseguirlo...

—¿Estás despierta? —murmuró él mientras suavemente se apartaba con toda la intención de largarse de allí.

El cuerpo de Shannon rechazó la idea antes incluso que su propia mente. Instintivamente, se acurrucó contra él y le rodeó la cintura con los brazos.

Él la abrazó más fuerte.

—Mimosa... —le susurró al oído mientras interiormente rogaba que ella no siguiera tentándolo.

Shannon no era mimosa. O no lo había sido, hasta él. Ahora sería la mujer más pegajosa sobre la faz de la tierra, seguro, porque no podía imaginarse prescindiendo de lo que sentía estando así, con los ojos cerrados, entre sus brazos mientras aquellos labios acogedores la besaban suavemente...

Pero él volvía a apartarse.

—Es hora de irme, preciosa —murmuró Mark, robándole besos sin dejar de sonreír—. Así que sube a casa, métete en la cama y sueña conmigo.

Shannon lo miró suavemente.

—Vanidoso —dijo ella con una sonrisa desafiante. *Soñar* con él no era precisamente lo que más le apetecía en aquel momento.

—Posesivo —aclaró él—. No quiero tu atención en nadie más que yo, ni siquiera en tus sueños.

Shannon se frotó los brazos y bajó la cabeza sonriendo. Mark ya no la abrazaba y en un santiamén se había quedado helada. Por fuera y por dentro.

Pero él se iba, era evidente.

E increíble.

—Ya —sonrió, maliciosa—. ¿Y cómo vas a apañártelas para que sueñe contigo? —"si te vas", estuvo a un tris de añadir.

Él volvió a avanzar hacia ella y Shannon esperó un abrazo que no llegó. No en el sentido literal. Pero la intensidad de aquella mirada que le miraba los ojos, y a ratos, la boca, consiguió encenderla completamente, como la caricia experta de un buen amante.

—Yéndome —respondió él. Shannon cerró los ojos, exhaló el aire en un suspiro largo. Sentir el aliento caliente de Mark sobre sus párpados tuvo el efecto de un dedo recorriéndole la espina dorsal—. Aunque *me muera* por quedarme...

Y ella porque él se quedara. Dios, nunca se había sentido así.

En el millón de noches en las que él había visitado sus sueños adolescentes, nunca había sido tan... *perfecto* como ahora. Porque esto era el mundo real, no los sueños.

Aquí, él la hacía estremecer sin necesidad de tocarla, y cuando la tocaba no solo la encendía, también le decía sin palabras que no había en el mundo un lugar más seguro para ella que aquel, entre sus brazos.

Aquí, él sabía que podía quedarse...

Pero elegía irse.

No solo se había asegurado un pase permanente a sus sueños, acababa de conquistar a la princesa niña que toda mujer escondía en su interior, en algún rincón olvidado.

Shannon suspiró. Se puso de puntillas y lo besó por última vez.

—Vale —dijo con un hilo de voz, y entró en el edificio—. Llámame mañana.

Se alejó por el hall hacia los ascensores sin volverse, con cada latido del corazón retumbando en sus sienes.

Mark no dijo nada. Tragó saliva y la siguió con la mirada hasta que no la vio más. Entonces, respiró a pleno pulmón, apoyó la mano sobre el cristal y bajó la cabeza.

Tomó varias inspiraciones rápidas intentando recuperarse.

Cuando volvió al coche, un buen rato después, todavía seguía temblando.

CAPÍTULO 14

Cuando Mark llegó a casa de Shannon, ella llevaba dos horas bajo los efectos de lo que el zorro de *El Principito* llamaba "preparar el corazón" para experimentar el gozo de un encuentro esperado. Solo que la última vez que había leído aquel libro ella tenía doce años y ahora, veintiséis.

Dos horas tan ansiosa y nerviosa, que no podía estarse quieta en un sitio más de dos minutos. Tan excitada por volver a verlo, que no paraba de mirar el reloj y cada vez que lo hacía, le daba la impresión que el minutero iba hacia atrás en vez de avanzar.

Y tan indecisa sobre qué ponerse y qué aspecto era el más adecuado, que se había cambiado tres veces.

¡Tres veces en dos horas!

La tercera, y esperaba que fuera la última, había elegido un vestido color azul marino. Era recto sin mangas, largo a mitad de pierna, más o menos holgado como solía ser toda su ropa, y lo complementó con unas sandalias planas a juego. Con el cabello poco podía hacer; desde siempre, él elegía su propio estilo sin consultarla. Y su estilo era también el de siempre; caía en una melena corta llena de rizos rebeldes que se empeñaban en estar constantemente en su cara, o cerca.

Tenía los nervios de punta.

Hacía una semana desde que había "aceptado ser su chica" y los pocos ratos que habían pasado juntos desde entonces no solo le habían parecido un suspiro, habían durado lo que uno. Y siempre por su culpa; Cheryl, sus expedientes de acogidas, sus adolescentes problemáticos...

Pero esta vez prometía ser diferente. Era viernes, había conectado el contestador automático, apagado el móvil, y todo lo que tenía en perspectiva, era una velada romántica con el hombre de sus sueños.

Cuando Shannon fue a abrir después de echarse un último vistazo en el espejo del recibidor, tenía las manos heladas. Él, en cambio, parecía de lo más sereno con el hombro apoyado contra la pared, junto a la puerta.

—¿Puedo pasar o vuelvo otro día?

Shannon abrió la puerta completamente, y dio un paso atrás.

—Faltaba más...

Mark no entró. Se quedó tal cual estaba, mirándola. Shannon sonrió intrigada.

—¿Qué?

—No espero quedarme toda la noche...

—¿En serio? —intervino Shannon, sin dejarlo acabar.

Mark se irguió y se apartó de la pared. Ni le había gustado la interrupción, ni la había esperado.

Shannon lo imitó. Se situó frente a él mirándolo a los ojos. A ella no le había gustado que Mark intentara marcar pautas, a pesar de que, en su caso, sí que lo había esperado; casaba con la imagen que tenía de Mark. Y era buena psicóloga.

—*En serio* —respondió él—. Pero si me invitas a entrar y dentro de una hora tengo que irme porque alguien, en alguna parte de la galaxia, no puede arreglárselas sin ti, me va a sentar muy, muy mal.

Dos horas de los nervios para descubrir que lo que había del otro lado de la puerta no era alguien que deseaba ese momento como ella. Solo marcaba su territorio. Solo ponía sus exigencias. Solo había vanidad.

—Qué decepción —dijo como si le hubiera salido del alma—. ¿Hay algo aparte de ti en tu mundo, Mark?

—Tú. Mi familia. Timmy, Matt y Patty. El rancho. Por este orden. Y si para ti no va a ser así, dímelo ahora y ahorrémonos malos rollos porque no va a funcionar. Quiero una mujer que me ponga primero, delante de todo lo demás.

Shannon se estremeció. Había dicho "tú", así, definitivamente. La intensidad que tenía para todo, esa capacidad de saber exactamente cómo quería las cosas y soltarlo con toda su serenidad y toda su determinación, era emocionante...

Y, a la vez, frustrante.

—¿Cómo puedes estar tan *jodidamente seguro de todo* cuando el resto del mundo dudamos hasta de nuestros propios pensamientos? Dios...

—Porque sé lo que quiero para mi vida; te quiero a ti.

Mark dio un paso adelante y la tomó por un brazo.

—Hasta hace una semana era mi juego y no me importaba jugarlo solo —deslizó una mano a lo largo del brazo de Shannon, caliente, protectora.

Ella volvió a estremecerse. Cada vez que miraba aquellos ojos hechiceros, cada vez que sentía esos modos imponentes y a la vez paternales de Mark, la reacción era igual; primero emocional, luego física.

—Ahora sí me importa —continuó él—. Para que esto funcione necesito que estés metida hasta el cuello, como yo. Si no vamos a sufrir. Puede que con otro tío funcionara, conmigo no.

Meterse hasta el cuello. Llevaba años deseando recuperar a esa otra Shannon, a la que se metía hasta el cuello en las cosas, la que vivía las experiencias a tope, la que vibraba. Y ahí estaba él, poniéndoselo en bandeja de plata, y mientras una parte de ella se moría por tirarse a la piscina de cabeza, la otra quería echar a correr muerta de miedo. Miedo al compromiso, a estrellarse, a que no funcionara. Otra vez con el mismo hombre. Miedo. Miedo. Miedo.

—O te subes a la cometa y vuelas conmigo, o te quedas abajo. Solo hay dos opciones, Shannon. Tú decides.

Ella lo miró de reojo. Estaba helada, y su corazón, en fuga. ¿Cómo podía estar tan helada con la aceleración que tenía en el cuerpo?

—Dios... —murmuró, y se abrazó a él rodeándolo por la cintura—. Haces que tenga tanta locura por abrazarte como por salir corriendo...

Así de cerca él era mucho más tentador. Su ropa, su piel, su pelo olía a... Olía a Mark.

—Tienes que decirme qué perfume usas.

—Vale —él se dobló sobre ella, hundió la cara en el cuello femenino y empezó a besar suavemente la delicada piel próxima a la oreja—. Y tú tienes que decirme si vuelas conmigo o te quedas en tierra.

Shannon suspiró. No estaba en la mejor de las situaciones para tomar una decisión sobre el tema. Especialmente, porque entre sus brazos, así, pegada a él, se sentía tan diferente, tan segura y tan llena de emociones, que diría que sí a cualquier cosa con tal de seguir sintiéndose igual. Además, el contacto suave de aquellos labios contra su cuello ahora era húmedo. Él dibujaba una huella con la lengua.

La voz de Shannon fue como un ronroneo cuando finalmente logró hablar.

—Si sigues tocándome así, no puedo concentrarme...

Mark se apartó en el acto. Shannon abrió los ojos y enfocó en él. Por un instante, no pudo evitar pensar de qué material estaba hecho para controlar sus emociones de esa manera. Pero al siguiente, tomó conciencia de que ya no sentía sus labios en el cuello, ni sus brazos rodeándola... y de cuánto necesitaba sentir lo que él le hacía sentir. Así que solamente había una opción, no dos.

—Cometa —respondió con ternura.

La mirada de Mark se volvió mucho más brillante cuando le preguntó sin palabras si estaba segura de aquella respuesta.

Shannon sonrió de mala gana y asintió. Entonces, vio que Mark volvía a acercase a ella despacio, con movimientos medidos, controlados. Seguía siendo la misma imagen espectacular que atesoraba en sus recuerdos adolescentes, solo que ahora él era un hombre. Y era real.

Y era suyo...

Esta vez podía percibir en aquellos ojos claritos de mirada penetrante, el mismo torbellino interior que con toda seguridad sus propios ojos mostrarían. Esta vez no le interesa Cheryl, le interesaba Shannon. ¿O no?

—No me la juegues, Mark —le dijo sin dejar de mirarlo. Lo tenía tan cerca que al hablar sus labios rozaron los de él—. Yo no soy Cheryl.

Mark la tomó por los antebrazos y la atrajo más aún. Hundió la cara en su cuello y empezó a besárselo con los labios entreabiertos. Shannon se estremeció.

Él apretó el abrazo.

—¿Quién es Cheryl?

—La hermana de la *gordita* de los pelos azules. Esa, que te ligaste en toda su cara.

Él dio un paso adelante sin liberarla de su abrazo. Entró en el apartamento y cerró la puerta, y una vez dentro, siguió a lo que estaba como si no la hubiera oído.

—Mark...

Por toda respuesta él se apoyó contra la puerta cerrada, la hizo girar de espaldas y volvió a abrazarla desde atrás. Un segundo después, sus manos empezaron a descender sobre el vestido azul de Shannon, evitando delicadamente sus pechos.

—Mark —insistió ella con un hilo de voz. Rodeó las manos masculinas con las suyas y las acompañó mientras suavemente le recorrían el contorno.

—Creí que habías dicho que ya no te acordabas... —Mark respiró hondo. Se arqueó sobre ella y bajó por los hombros femeninos, besándolos—. Paso de tu hermana.

Shannon echó la cabeza hacia atrás. Había sido un movimiento involuntario. Tan involuntario como el que la había hecho estremecer un segundo antes, cuando la lengua masculina empezó a trazar un camino desde el cuello al final del hombro y se quedó ahí, saboreándola.

—Seguiste llamándola.

Él volvió a respirar hondo.

Mujeres. Tenían una memoria capaz de retener hasta el más mínimo detalle con nitidez total. Y una capacidad sin precedentes de mantener esos recuerdos vivos, listos para soltártelos a la cara aunque hubieran pasado cien años... *en el momento menos oportuno.*

—No —dijo Mark en un suspiro largo mientras le daba besos pequeños detrás de la oreja—. No me va tu hermana. Nunca me interesó.

¿Cómo que nunca le había interesado? Menudo mentiroso.

Shannon hizo el además de apartarse, pero él la apretó contra su propio cuerpo. El recorrido sensual de sus manos se detuvo un instante, lo bastante para retenerla. Ahora que ya no había resistencia, continuó.

—Me dijo que seguiste llamándola —susurró ella en un suspiro justo cuando las manos de él se detuvieron debajo de sus pechos.

Un instante después, Mark completó el recorrido. De sus manos abiertas buscando abarcarle los pechos, a la ingle, sin paradas intermedias, y de ahí al centro del cerebro en una explosión casi dolorosa que anuló cualquier intento consciente de elegir lugar o circunstancia.

"Aquí y ahora", retumbaba en cada rincón del cuerpo de Mark como si fuera un eco.

—Era una apuesta, Shannon... —dijo con la voz ronca mientras la hacía volverse, sin dejar de llover besos sobre sus hombros, y le bajaba la cremallera del vestido—. Tenía una hora para ligármela.

—Cabrón —susurró ella buscando sus besos mientras lo desvestía con tanta urgencia como él—. ¿Me usaste para ganar una apuesta?

—Joder. Eran cincuenta pavos de los de entonces y eso pasó *hace mil años.* ¿Podemos dejarlo ya?

—Espero no ser yo la apuesta ahora.

Él no respondió. Se apartó un poco. El vestido estaba en el suelo y en la mente de Mark había pocos pensamientos, todos relacionados con lo que le pasaba por la sangre. Y entre ellos, uno que llevaba ahí desde hacía meses; ¿tanga o *boxers*?

Cuando consiguió que sus ojos abandonaran de una vez el sostén blanco ribeteado de azul, que escasamente lograba contener unos pechos que se moría por besar...

Cuando al fin consiguieron despegarse, fueron directamente dos palmos más abajo, sobrevolando su vientre redondo.

Blanco con ribetes azules, igual que el sostén. Pequeño. Precioso.

Fue como un huracán de fuego.

La abrazó, apretándola contra la pared, buscando alivio con sus caderas.

—Sabía que tenían que ser *boxers* —murmuró sobre sus labios—. Eres... *Dios, eres mía.*

Con la única neurona que aún funcionaba, Shannon se preguntó a cuenta de qué venía aquel comentario, pero entonces él la alzó como si fuera una pluma y un minuto después caían sobre la cama, abrazados y...

Volar en cometa era alucinante.

—Esta noche me quedo —susurró él, dándole besos cortos, pegando su cuerpo desnudo al de ella. Shannon no contestó. Él se apartó apenas lo bastante para mirarla—. ¿Puedo?

Ella abrió los ojos con evidente esfuerzo y le regaló una sonrisa mimosa, algo pícara.

—Ya veremos.

Otra inmensa, radiante, iluminó la cara de Mark.

—Me lo voy a ganar, no te preocupes.

Shannon movió las cejas sensualmente.

—Qué bien —susurró.

Y se acurrucó contra él.

CAPÍTULO 15

Todos decían que cuando Jason estaba en Camden, Gillian se transformaba en una pila inagotable igual que él. Shannon tuvo la ocasión de comprobarlo el día del cumpleaños del *quarterback*, cuando después de apagar velitas y catar tarta, en cuestión de minutos, los dos habían conseguido que todo el mundo estuviera en los coches, listos para invadir las mesas de billar del Beer&Wine. Incluida la esquiva Patty, que sonriente y sin rastro de auriculares, parecía otra niña.

Mientras Timmy, sentado sobre las piernas de John, reía con las historias que contaba Mandy, su hermano mayor hacía pareja con Patty jugando al billar contra Gillian y Jason.

—¿Estás bien? —primero fue la pregunta, después el beso en la frente. Shannon sonrió.

—Claro… Y si no lo estoy después de esto, es que soy tonta.

Mark, que estaba sentado a su lado, se acomodó mejor contra el respaldo de la silla y la miró con expresión serena. El bar estaba lleno, pero habían conseguido hacerse con una mesa en un rincón, frente al área de billares, que compartían con los demás Brady.

—Esto ¿qué?

—Tus modos tiernos, tus besos paternales...

—¿Paternales? —preguntó él, suavemente. Hizo una mueca con la boca —. No te creas…

—Es una forma de decir… Estoy genial.

—Eso está bien… Quince días —dijo él, aludiendo al tiempo que llevaban saliendo, y movió las cejas sensualmente. Ella meneó la cabeza sonriendo, apartó la mirada.

Quince días, pensó Shannon. Aún no había hablado con Marian Ross porque todo le parecía tan de cuento de hadas, que una parte de ella seguía pensando que acabaría despertando del sueño y ya no le haría falta hablar con la directora del servicio de acogidas. Pero, despúes de dos semanas juntos, empezaba a estar claro que no era ningún sueño.

—Voy a tener que hablar con mi jefa...

—Creí que ya lo habías hecho... ¿Piensas dejarme o algo así?

—No, ¿y tú a mí?

Durante unos instantes interminables, la mirada tierna de Mark la acarició en silencio. Luego, pegó su hombro al de ella y bajó un poco la cabeza en un intento de que la conversación fuera lo más privada posible.

—Llámala y pide cita. Iré contigo.

En otro tiempo, a Shannon le habría sonado a demasiada determinación. Ahora, que había empezado a familiarizarse con los diferentes matices de dulzura que Mark imprimía a su voz, se sentía cautivada. Total y absolutamente, cautivada.

—Tienes un montón de trabajo... No hace falta que vengas, pero gracias por ofrecerte.

Él negó con la cabeza.

—Hazlo, Shannon. Es importante. Por ti, por mí, por los críos... Del trabajo se puede ocupar mi capataz, de esto no.

Hasta Shannon se sorprendió con su propia reacción cuando, tan poco dada a las demostraciones públicas de afecto como él, tomó la cara de Mark entre sus manos y lo besó en la boca.

♦ ♦ ♦ ♦ ♦

En la zona de billares Gillian codeó al *quarteback* y le hizo gestos de que mirara a su hermano. Jason sonrió.

—Si no lo estuviera viendo con mis propios ojos...

Gillian asintió.

—Ahora, fíjate en la barra.

Allí también había alguien que miraba en la misma dirección: Annie Harris, la camarera. Y evidentemente, no disfrutaba de lo que veía.

—Parece que Mark le interesaba más de lo que decía —comentó Jason mientras Patty se disponía a hacer su tiro—. Mala suerte.

Gillian asintió con una sonrisa. Iba a comentar que estaba claro que Annie tenía otros planes para el mayor de los Brady que Shannon, sin proponérselo, había desbaratado definitivamente, pero les tocaba jugar.

♦ ♦ ♦ ♦ ♦

Mark apartó la mirada y consideró la situación. Desde que habían puesto un pie en el bar, Annie no les quitaba los ojos de encima. Shannon no se había dado cuenta, pero él sabía que era cuestión de tiempo que lo hiciera. Y con la guerra que le había dado aquella pelirroja, de ninguna manera estaba dispuesto a permitir que la sangre llegara al río. Decidió aprovechar que ella jugaba a los dardos con Gillian y Patty para cortar con el tema de raíz.

—Vaya —dijo Annie—. Empezaba a pensar que tendría que plantarme en tu mesa para que te dignaras a decirme hola...

Mark se sentó en el taburete que acababa de quedar libre, de espaldas a la mesa que ocupaba su familia. Miró de refilón hacia el pequeño salón que había a la derecha, donde Shannon jugaba a los dardos, ajena a lo que ocurría en la barra.

—Hola —respondió, mirándola completamente serio—. Esto va a ser breve, Annie. Entre tú y yo nunca hubo más de lo que hubo —ella le obsequió una mirada sardónica y continuó enjuagando vasos—, y no va a haber nada más. Déjalo ya, ¿vale?

La camarera respiró hondo, se secó las manos sin mirarlo y se dio la vuelta para irse, pero él la detuvo por un brazo.

—Déjalo, Annie.

La expresión de la mujer se volvió desafiante. Mark la vio mirar en dirección al salón donde estaba Shannon y luego volver a mirarlo con una sonrisa inmensa.

Y Mark demoró una fracción de segundo en asociar las dos imágenes. La reacción de soltarla fue inmediata, pero aún así tardía. Cuando Mark miró hacia el salón, Shannon apartaba la vista y se volvía para hacer su tiro.

—Me parece que tienes un problema —dijo Annie con una sonrisa radiante—. ¿Sabes? Debiste haberle hablado de mí...El otro día, cuando me la encontré en el mercado, me di cuenta de que no sabía quién era yo... —la mirada de Mark se endureció—. Es una cría. ¿No esperarás que asuma sin más que tú, o sea *su novio,* lleves un año acostándote con alguien que podría ser su madre y no se lo cuentes, no? Ni hablemos de que esa mujer trabaje en el bar donde *toooda* tu familia se reúne... Y lo de traerla a ella aquí... ¡ay, eso sí que tiene que doler!

—Lo que espero —dijo él, encarándola con firmeza—, es que una mujer lista como tú no convierta unos cuantos polvos en tema de conversación de toda la ciudad. Esto es Camden, Annie; si alguien va a salir pringado por las habladurías, no voy a ser yo.

Ella lo miró burlona mientras se alejaba a atender otros clientes.

—No te preocupes por mi reputación. Me parece que ahora tienes cosas más urgentes —dijo mirando de reojo hacia el salón, y añadió—: Date prisa que se larga.

Mark volvió la cabeza como impelido por un resorte.

Efectivamente, Shannon se iba.

Un segundo después, él estaba de pie a su lado. No quiso mirar a los suyos, pero sentía los ojos de todos clavados en la nuca. Quería concentrarse, decir lo adecuado, pero ignoraba qué sería "lo adecuado" en aquellas circunstancias. Sabía como tratar con señoras mayores. Con las niñas rebeldes, se las apañaba bastante bien. Con su novia... *no tenía la menor idea*. Ni estaba acostumbrado a dar explicaciones, ni pensaba que tuviera que darlas: no estaba haciendo nada malo. Al contrario. Pero era evidente que el horno no estaba para bollos con la pelirroja.

—Te acompaño —dijo él.

Ella no hizo comentarios. Salió del bar y anduvo hasta su coche, aparcado a pocos metros, sin decir ni una sola palabra.

Mark la siguió en silencio, atento a cada gesto. Notó que no había movimientos airados ni impacientes, pero estaba muy seria. Pensó que ya que decían que la mejor defensa era un ataque, si tenía que haber fuegos artificiales, era mejor que la mecha la encendiera él. Así al menos, controlaría el "cuándo".

—¿Por qué no me has dicho que había hablado contigo?

¿Qué por qué...? ¿Yo?

Shannon le echó una mirada sumamente explícita y se subió al coche. Cerró la puerta y dio al contacto.

—Shannon, no seas cría. Baja el cristal.

Ella volvió a mirarlo. Con un gesto desafiante, puso el cierre de seguridad y siguió a lo que estaba.

—*Baja el cristal* —repitió él, al nivel de la ventanilla, con la ceja tan enarcada que desaparecía debajo de los rizos que le cubrían la frente.

Se miraron unos instantes, enojados. Al final, Shannon verificó si podía salir y se incorporó al tráfico.

No podía creer que él hubiera vuelto a hacerlo. Ese tío era un cerdo.

Y ella, una tonta que se empeñaba en creer en cuentos de hadas.

CAPÍTULO 16

Cuando John entró en la cocina, Mark apuraba su café para volver al trabajo. Sabía que su familia se había dado cuenta de que algo había pasado en el bar y no le apetecía hablar del tema, entre otras cosas, porque dos días después, Shannon seguía respondiéndole igual que el día de marras; con silencio. Ni se ponía al teléfono, ni la había encontrado en el trabajo y si estaba en casa, no contestaba el telefonillo.

Con dieciocho años y ninguna preocupación además de complacer a su chica, Mark quizás se habría apostado en la puerta de su casa a esperar que saliera. Pero tenía treinta, dirigía un rancho, era primavera e iba a tope de trabajo. No podía permitirse ni siquiera el tiempo que, de hecho, se estaba permitiendo.

—Vuelve a sentarte Mark.

Él negó con la cabeza mientras dejaba la taza en el lavavajillas.

—Llegan tres remolques en quince minutos.

—Que se ocupe Rick —John miró a su hijo instándolo a sentarse—. Esto es más importante.

Esperó que Mark acabara de darle instrucciones a su capataz y cuando lo vio guardar el móvil, fue directo al grano.

—No ha sido inteligente llevar a tu novia a un bar donde trabaja una mujer con la que mantuviste una relación que, evidentemente, ella no está interesada en dar por terminada —hizo una pausa—. Lo de hablar con ella… ¿en qué estabas pensando, Mark?

Él miró a su padre sorprendido. ¿Relación? A lo que había tenido con Annie él no lo llamaba así, desde luego. Y además, ¿qué clase de pregunta era esa? Hablar con ella había sido una forma de evitar...

Genial, tío.

Intentando evitar que su chica tomara a mal la atención que la camarera le dedicaba a él, acabó consiguiendo que se molestara justamente por lo contrario. Solo que en su caso, el cabreo valdría doble.

—Exacto —dijo John al ver la expresión en la cara de su hijo—. Plántate en la puerta de su casa y no te muevas de ahí hasta que hables con ella.

—Puede que tarde algún tiempo en volver —dijo irónico, apartó la mirada—. Ni siquiera se pone al teléfono.

—Vamos, cámbiate y vete.

Veinte minutos más tarde, Mark conducía a casa de su novia, y pensaba. Desde que tenía uso de razón, su mayor aspiración había sido seguir los pasos de su padre. Hasta que Shannon apareció en su vida, cuando se pasaba revista, se sentía conforme con el resultado.

Ahora, no.

Era buen hijo, buen ranchero, buen padre de acogida. En todo lo demás, estaba a años luz de John Brady. Se había pasado años convencido de que era mucho hombre para la oferta femenina actual, tan "light", y ahora que había conocido a un ángel, el "light" era él.

Había metido la pata en el bar, pero lo peor era que había sido un tibio, más preocupado por el tiempo que no podía permitirse perder que por dejarle ver a la única mujer que le había interesado en toda su vida, que era así de importante, así de fundamental.

Porque si Shannon supiera, en su corazón, que para Mark ella era lo primero, ahora no le estaría dando silencio por respuesta.

♦ ♦ ♦ ♦ ♦

Ya había anochecido y Mark empezaba a estar seriamente ansioso cuando vio el coche de Shannon doblar la esquina y entrar en el aparcamiento del edificio. Aprovechó que la puerta del garaje tardó en cerrarse para colarse detrás de ella. Cuando llegó junto a su coche, Shannon sacaba unas cosas del maletero y lo miró sobresaltada.

—Dios… Menudo susto me has dado.

Mark la tomó por los hombros, hizo que ella se volviera y lo mirara.

—Perdóname. Hice una gilipollez. Por favor, déjame hablar.

—Estás helado… ¿Cuánto llevas ahí afuera?

Mark negó con la cabeza y la abrazó. No quería hablar de cosas que no hacían a la cuestión. Y necesitaba abrazarla, sentirla cerca, recuperar sus miradas dulces y sus sonrisas suaves.

—Por favor, subamos a tu casa y hablemos.

Ella se lo quitó de encima sin miramientos. Le dijo con la mirada que mantuviera las manos quietas y con palabras que no podían hablar en casa porque Cheryl estaba allí.

—Entonces, vamos a otra parte —dijo de una forma que a ella le sonó bastante parecido a un ruego—. O sentémonos en el coche. Solamente charlar, ¿vale?

Shannon se montó del lado del acompañante a regañadientes. Mark hizo lo propio del lado del conductor. Vio que ella, cruzada de brazos, lo miraba esperando que él empezara.

—La cagué —dijo con los ojos brillantes—. No debí haberme encarado con ella allí. Y la volví a cagar peor dejando que te fueras. Debí haberme pegado a tu sombra hasta que me dejaras explicarte lo que sucedió.

Ella no dijo ni mu. Estaba tan enojada desde hacía dos días, que hablaba en plan telegrama, consciente de que, con tanta rabia, lo que saliera de su boca no sería bueno.

Mark la miró con ternura. Tenía que estar muy mal el asunto para que ella siguiera en silencio.

—Vale —dijo él. Se apoyó contra la puerta cerrada y habló mirándola a los ojos—. Nunca he salido con nadie... Con ella, como con otras, solamente hubo sexo. Esporádico —Shannon enarcó una ceja. Mark asintió—. Está bien, con ella *no tan esporádico*. Pero era sexo y nada más. Lo que hizo el domingo estuvo fuera de lugar y no quería que detectaras sus *miraditas* y te cabrearas...

Él hizo una pausa atento a la expresión de Shannon que continuaba igual, como si la hubieran congelado.

—Y dejarte ir fue... —meneó la cabeza— una gilipollez grande como un piano. Me pasé dos días devanándome el seso sobre cómo podía ser que no te dieras cuenta de lo importante que eres para mí, y resulta que la respuesta estaba delante de mis narices... ¿Qué ibas a pensar de un tío que mete dos gambas como catedrales y ni siquiera se toma la molestia de arreglar las cosas? Que es un capullo egoísta, eso pensarías —ella volvió a enarcar la ceja; él, a asentir de mala gana—. Y un cabrón vanidoso que cree que no hace nada por lo que tenga que disculparse, ya lo sé.

Ella continuaba mirándolo en silencio y Mark empezaba a sentirse angustiado. Al volver a verla no solo fue consciente de lo mucho que la necesitaba, también de que le había hecho daño.

—Shannon, por favor, dime algo... —Había tanta preocupación en su voz como en sus ojos.

Ella apartó la mirada un momento. No quería decir, quería oír que le dijeran.

Necesitaba saber qué significaba "ser importante" cuando era un hombre quién lo decía, cómo podía seguir enamorada de alguien que le había hecho daño dos veces, y por qué acababa perdiendo a los que la querían de verdad, como su madre.

Cuando volvió a mirarlo dispuesta a poner en palabras lo que estaba pasando por su mente, vio los ojos brillantes, vidriosos de Mark. Pudo sentir su angustia.

—Marian Ross nos espera mañana a las cuatro —dijo ella en una exhalación larga—. No tenía otra hueco libre.

Lo vio respirar hondo, le pareció que con alivio, y asentir.

Shannon apartó la mirada y se bajó del coche.

◆ ◆ ◆ ◆ ◆

Cuando Shannon llegó, Mark llevaba ahí más de veinte minutos, ansioso por volver a verla como si en vez de treinta años tuviera quince y aquella fuera su primera cita. La noche anterior se habían despedido sin acercamientos, después de organizar cómo quedarían para la reunión de las cuatro. Ella se había metido en el ascensor sin hacer ademán de darle un beso siquiera. Él lo había dejado correr.

Pero ahora no tenía la menor intención de hacerlo, así que sonrió, dio un paso hacia ella, y le dio un beso en la frente, al que Shannon no se resistió.

—Vamos, no empeoremos las cosas llegando tarde —dijo ella caminando hacia un despacho—. A menos que sea *imprescindible,* sería mejor que *no* hablaras, ¿de acuerdo? —lo miró. Mark asintió aunque lo que se moría de ganas de hacer no era hablar, precisamente.

Sentados uno junto al otro, en sendas sillas frente al gran escritorio impoluto con solo un expediente abierto y otros dos a un costado, tuvieron que esperar unos minutos a que la directora del Servicio de acogidas acabara de hablar por teléfono.

—"Urgente, confidencial. Expedientes de los hermanos White y Patricia Jones" —dijo la directora al fin, echando un vistazo a la nota de llamada de Shannon pidiendo cita. Extendió su mano hacia Mark que la estrechó con gentileza—. Encantada de conocerlo, señor Brady —volvió a mirar a Shannon—. O'Neil, ¿qué es lo que pasa?

Mark no pudo evitar pensar que si fuera Shannon, tendría algún problema para explicarse a la primera. Era un trago decirlo con tiempo y con palabras que lo suavizaran; hacerlo con alguien que exigía brevedad con su sola presencia… Lo que siguió a continuación lo sorprendió.

—Básicamente, hay conflicto de intereses —respondió Shannon.

Marian Ross se reclinó en su sillón con tranquilidad. Miró a Mark y luego volvió su atención a Shannon.

—¿Viene a apoyarla moralmente o a intentar alterar una decisión que usted sabe que no puedo alterar?

Shannon fue más rápida de reflejos que Mark. Cuándo él atinó a hablar, ella ya estaba contestando.

—Al igual que usted, está acostumbrado a ser quien toma las decisiones. Y tampoco se siente cómodo sabiendo que no tiene el control de una situación de la que es plenamente responsable.

Marian Ross asintió.

—Entiendo —hizo una pausa al final de la cual, miró a Shannon—. Esta vez sí que es una razón de peso, O'Neil.

Ella maldijo para sus adentros. Había esperado que no aludiera a aquella reunión de principios de año. O que si llegaba hacerlo, no fuera tan gráfica. Sentía la mirada de Mark clavada en su cara. Y como era lo único que podía hacer, mantuvo una actitud lo más digna posible.

—¿Algo más? —preguntó la responsable de Acogidas, a punto de dar por concluida la reunión.

—Sí —dijo Mark. Las dos mujeres lo miraron, una de ellas con ganas de matarlo—. Pedirle que considere la posibilidad de que Shannon siga asesorando a la asistencia psicológica de Patty y a las visitas de control de Matt y Timmy. Los tres confían en ella. Con otro asistente a cargo resuelve el conflicto de intereses; con Shannon en el seguimiento se asegura de que la evolución de esos críos marcha bien.

—No puedo quitar a una asistente social del control de dos expedientes y mantenerla como asesora. No puedo explicarlo sin que sea de dominio público que existe un conflicto de intereses, lo que como comprenderá, pretendo evitar por todos los medios.

—No lo explique —Shannon lo fulminó con la mirada. Mark completó la frase sin darse por aludido—. Si esos críos se convierten en un problema, va a tener que acabar recurriendo a Shannon. Puede que para entonces, ya sea tarde. ¿Por qué no recurre ahora? Si nadie sabe que mantiene a Shannon como asesora, usted no tendrá necesidad de explicar nada.

La directora lo miró fijamente.

—Si no hubiera un conflicto de intereses, tampoco tendría que explicar nada.

Shannon sintió que su creciente bochorno se convertía en fuego y la abrasaba entera.Unas ganas locas de que se abriera la tierra y la tragara se apoderaron de ella. Cuando miró aquella expresión en la mirada de Mark, supo que no volvería a ser capaz de entrar en el despacho de su jefa sin ponerse roja de vergüenza.

—Lamento la molestia; el conflicto, no —replicó él. Miró a su novia con ternura—. Es un ángel, ¿cómo haces para no volverte loco por alguien así?

La directora sonrió. Shannon empezó a transpirar. Se sentía tan avergonzada como fuera de lugar. Por él, por sus palabras, por la expresión en la cara de aquella mujer...

Mark, en cambio, parecía satisfecho.

Y Marian Ross, la que daba citas de diez minutos de duración a un mes vista, continuaba mirándolos y sonriendo como si no tuviera ninguna prisa.

CAPÍTULO 17

Shannon detuvo el coche al borde del camino asfaltado que llevaba al rancho Brady y sacó su móvil del bolso.

Otro mensaje.

El sexto de Mark desde que se habían visto por última vez en la reunión con la directora de Acogidas, hacía dos días. Seis mensajes y otras tantas llamadas que no había contestado.

Seguía afectada. Seguía viendo la imagen de Mark hablando con la mujer del bar, sujetándola por el brazo. Y como ya había pasado por eso, sabía que continuaría afectada.

Y lo peor, sabía que aquella imagen no se borraría, como no se había borrado la primera, aunque hubieran pasado más de diez años. Pero esta vez, no habían tomado caminos diferentes. Mark seguía en su vida, recordándole que era tan capaz de enamorarla como de desilusionarla, igual que entonces.

Volvió la vista a su móvil, abrió el mensaje y leyó.

"Me muero por verte, ¿dónde te has metido?"

Esta vez, sin embargo, el resabio amargo era infinitamente más persistente.

Shannon volvió a guardar su móvil sin contestar el mensaje, y reanudó la marcha.

◆ ◆ ◆ ◆ ◆

Gillian se acercó a John y le habló en voz baja.

—Me parece que las aguas siguen revueltas —John asintió y sonrió con picardía al ver como Shannon se apartaba delicadamente del brazo que Mark acababa de poner sobre el respaldo de su silla, buscando un contacto físico que ella prefería evitar.

Los Brady habituales del rancho, y Mandy y Jordan de descanso el fin de semana, se habían reunido para un momento importante: comunicarles a Matt, Timmy y Patty que Acogidas les asignaría otro asistente social, y explicarles los motivos. Jason no estaba presente por cuestiones de trabajo. Mark hacía los honores

—… Así que hablamos con la directora, y le dijimos lo que pasaba para que ella os asigne a otro oficial que se encargue de controlar que aquí estáis bien y que todo marcha sobre ruedas...

—¡¿Por qué no puede ser Shannon?! —Matt miró a Mark con el ceño fruncido.

—¡Sí! ¡Eso! —intervino su hermano.

Mandy acarició la cabeza de Matt, que de pura rabia se había puesto de pie y asía el respaldo de la silla de ella, nervioso.

—Porque si es su chica no puede ser tu asistente social, Matt. Tiene que ser alguien que pueda verificar que aquí os tratamos bien, sin estar influenciada por nadie.

Matt se cruzó de brazos, miró a Mark enfurruñado.

—O sea, tú te quedas con tu novia y a nosotros que nos den, ¿no?

Mark y Shannon tuvieron que hacer serios esfuerzos para no soltar la risa. Los demás ni siquiera lo intentaron, rieron a mandíbula batiente.

—Son las reglas del juego —continuó Mark cuando cesaron las carcajadas—. Lo siento, tío, no las inventé yo. Además, la vas a seguir viendo ¿qué más da si es tu asistente social o no?

—¡Cómo se ve que eres un novato! —dijo el niño. Gillian enterró la cara en el brazo de John, muerta de risa—. ¿Cuántas asistentes crees que hay que te hablen de baloncesto? ¡Son todas viejas como momias y lo único que quieren saber es si me llevas a la iglesia los domingos y si me haces rezar antes de dormir!

—No seas quejica, colega —intervino Patty. Matt la miró burlón—. Es media hora cada quince días, seguro que has sobrevivido a cosas peores —se volvió hacia la flamante pareja—. No os preocupéis, no pasa nada. Y tú —le dijo a Shannon—, relájate y disfruta de un novio como Dios manda.

La cara de la asistente social pasó de un rojo subido a fuego vivo. Sonrió apenas, no dijo ni mu. Mark apartó la mirada, y aguantó la risa.

Los Brady, para variar, dieron rienda suelta a sus emociones, expresándolas sonoramente.

◆ ◆ ◆ ◆ ◆

Mark rodeó la cintura de Shannon con sus brazos y le dio un beso en la cabeza.

—Quédate a comer. Tengo *mono* de ti, sé buena…

118

Shannon volvió a quitárselo de encima por cuarta vez. Lo hacía suavemente, con disimulo, maquillando el rechazo con movimientos espontáneos como atar el cordón de las zapatillas o ponerse el abrigo, pero lo hacía.

—Es sábado. Como con Cathy, ya lo sabes... —dijo mientras hurgaba en su mochila.

—Tráela.

Shannon respiró hondo y lo miró.

—Te la presenté por las circunstancias, Mark. Mi familia no tiene nada que ver contigo. Ni con nada de lo que vengo a hacer a esta casa. Y seguirá siendo así.

Él la miró con tanta ternura como sorpresa.

—Estamos juntos, claro que tiene que ver —volvió a intentar rodearle la cintura con los brazos, y ella a apartarse. Él la miró con los ojos brillantes—. ¿Qué pasa, amor?

Shannon se estremeció. Primero fue esa palabra que la acarició; luego rabia de que no fuera más que una palabra, como otra cualquiera, intentando conjurar una apariencia de realidad.

—Vaya... ¿ahora soy "amor"? —cogió su mochila, rabiosa y pasó junto a él en dirección al coche—. Patty tiene razón, los tíos sois unos auténticos gilipollas.

Mark salió detrás de ella como un resorte y la detuvo en mitad del jardín, tomándola por un brazo.

—Espera, espera, espera —le dijo con dulzura—. Preciosa, espera un momento...

Ella liberó su brazo y lo miró con los ojos llenos de rabia.

—Déjalo, Mark.

—Que deje ¿qué? —replicó él mientras volvía a acercarse a ella.

—*Esto*. Dejemos *esto*, los dos. No va a salir bien, porque yo estoy cansada de palabras huecas, que no hacen más que ruido y te dejan el corazón tan desolado como antes de oírlas, o peor... Así que, dejémoslo antes de que nos hagamos daño de verdad...

—Shannon...

—No —lo interrumpió ella, y puso distancia entre los dos—. Entonces fue una apuesta, ¿el domingo qué fue? —él atinó a decir algo, pero ella volvió a cortarlo en seco—. ¿Sabes qué? No quiero saberlo. Pero lo que sí sé es que voy a necesitar tres toneladas de palabras contundentes y hechos más que contundentes para recuperar la ilusión, y reunir el coraje suficiente para sentarte a la mesa de mi familia, sin sentirme la mayor gilipollas del mundo. ¿Te ves capaz? —apartó la mirada, decepcionada—. *Déjalo, Mark*.

Ella no esperó respuesta. Se alejó por el jardín, se metió en el coche y se marchó.

Mark no se lo pensó dos veces. Entró en casa, cogió al paso el abrigo y las llaves del coche, y salió detrás de ella.

Por descontado que "se veía capaz".

◆ ◆ ◆ ◆ ◆

Dentro de la casa, las miradas de los Brady se expresaban mejor que mil palabras. Habían presenciado la escena de principio a fin agazapados detrás de la ventana de la cocina. Mark había estado a punto de pillarlos cuando entró a por las llaves del coche, pero estaba demasiado concentrado en lo que hacía para reparar en la súbita explosión de piernas que se movían y conversaciones que rompían el silencio de repente.

Y mientras en la biblioteca los niños y Patty miraban la última película de James Bond, en la cocina se abrían las apuestas.

◆ ◆ ◆ ◆ ◆

Shannon aparcó en el arcén con una maniobra brusca y miró a otra parte consciente de que estaba a punto de perder completamente las formas.

¿Por qué a los hombres les resultaba tan difícil dejarlo estar? ¿Por qué tenían esa jodida necesidad de ganar la mano siempre, o como mínimo empatarla?

—Te dije que lo dejaras. Puede que sea demasiado complicado para un tipo tan práctico como tú, así que te lo voy a poner claro —lo miró a los ojos—. *No me fío de ti.*

Mark se quedó cortado. Había una rabia inusitada en aquella cara preciosa. Ni siquiera sacaba una mano del volante para apartar el pelo que el viento de la carretera le echaba sobre la cara. Y sí, aquellos ojos brillantes de rabia también le decían que no confiaba en él. Y más cosas.

Shannon volvió a hablar sin mirarlo mientras ponía primera.

—Y ahora, apártate porque me voy.

La mano caliente, protectora, segura, que se posó sobre la suya, removió su rabia. Quería irse, dejar de vérselas con el auto control de Mark que la hacía sentirse en evidencia. Volver a encerrarse detrás de sus murallas, donde él no pudiera hacerle más daño.

Volvió la cabeza para mirarlo decidida a ser cruel, pero algo, no supo bien qué, ahuyentó las palabras de su mente. Él aprovechó esa ventaja.

—La respuesta es sí —le dijo con dulzura, despejando el mensaje tácito de aquellos ojos que soltaban chispas—. Me veo capaz. Voy a ser tan contundente, que la sola idea de no tenerme cerca, aunque sea un minuto al día, te resulte insoportable.

Shannon respiró hondo, exhaló desilusión.

Claro, no había nada que *Don Certezas* no pudiera hacer.

—Tan insoportable como es para mí —añadió él.

Sus miradas se encontraron. Dios, aquel hombre podía hacerla sentir profundamente, intensamente, como nadie.

Y herirla como nadie.

—Me voy —replicó ella, y volvió la vista al frente.

Mark asintió, se apartó del coche. La vio mirar por el retrovisor con los ojos brillantes, completar la maniobra y alejarse por la carretera que llevaba al centro.

CAPÍTULO 18

Papel de regalo rojo, moño dorado y sobre cerrado. "Para mi amor" escrito en tinta azul y caligrafía de Mark Brady.

Shannon suspiró.

No pasaba día sin que se desayunara con algún detalle romántico de Mark; notitas ardientes en el limpiaparabrisas, flores en el buzón de correos, peluches en la taquilla de Solidarios...

Y un millón de mensajes al móvil que ella no se molestaba en responder.

Abrió el sobre con cuidado de no romperlo y sacó el folio que contenía. Cuando lo desplegó, una sonrisa traidora le iluminó la cara.

Era una caricatura de las que hacía Matt a bolígrafo. En la imagen que no contenía palabras, se veía a dos niños y un adulto, desconsolados, suplicando de rodillas.

Dios, era demoledor.

El sonido del teléfono interrumpió el momento.

—Soy Ross, O'Neil —escuchó que la responsable del servicio decía sin darle tiempo a decir hola—. He decidido que usted se encargue del seguimiento de los hermanos White y Patricia Jones. Con un informe mensual será suficiente. Entrega personal. No guarde copia en los expedientes, ¿entendido?

Shannon pensó que tenía que ser una confabulación divina, porque hiciera lo que hiciera, siempre acababa teniendo que volver al rancho Brady.

—Perfectamente.

—Bien... Ah, por cierto, dígale a su novio que la próxima vez que aparque en las plazas reservadas al personal tendrá que ir a buscar el coche al depósito municipal. Hay una zona habilitada para visitantes, que la use.

Shannon tardó en contestar. Mark no solo se colaba por los controles como si fuera invisible, para entrar cada mañana a su despacho, además la comprometía, ocupando plazas reservadas. Se disponía a farfullar una disculpa cuando la mujer volvió a hablar.

—¿Qué? ¿Estaban ricos los bombones?

Mierda. Si lo sabía Ross, es que el tema había corrido cual reguero de pólvora, de despacho en despacho. La pausa debió ser excesivamente gráfica porque su jefa continuó.

—Tranquila, O'Neil, no me lo ha contado nadie. Pasé a verla más temprano y vi la caja sobre su escritorio —dijo en algo parecido a un comentario amable que a Shannon la dejó con la boca abierta—, pero lo del aparcamiento va muy en serio. Dígaselo.

Por supuesto que iba a decírselo. Personalmente.

Y sin perder un segundo.

♦ ♦ ♦ ♦ ♦

Mientras servía el café, John echó un vistazo rápido a la caja que Shannon había dejado junto a la silla. Sonrió para sus adentros y se dispuso a sacar ventaja de aquella ocasión llovida del cielo.

—¿Es para los niños? Vamos a tener que pensar en una sala de juegos o algo así para almacenar los juguetes. En su habitación ya no queda sitio.

Shannon sonrió a medias, incómoda. ¿En qué estaría pensando cuando decidió presentarse sin avisar con esa caja que cantaba tanto?

—En realidad, no, son míos. Y tampoco tengo lugar donde ponerlos, así que pensé —hizo una pausa. Lo que había pensado, ahora que estaba a punto de decirlo, le parecía una estupidez— devolvérselos a su dueño original.

—Bueno, puedes dejármela a mí —la miró sonriendo. Shannon creyó ver un punto de picardía en sus ojos—. O esperar a que acabe con el ganado y dársela tu misma —echó un vistazo a su reloj—. No creo que demore mucho más.

Ella se limitó a asentir y se dedicó a su café. Pensó que casi mejor invocaba a las fuerzas de la naturaleza para que la tierra se abriera bajo sus pies y la tragara a ella y a la bendita caja.

John la miró con cariño.

—O podrías volver a llevártela, y yo olvidarme de comentarle que has estado aquí.

Había sido una estupidez. Esa oferta generosa se lo estaba confirmando. Shannon se apartó un rizo de la cara, lo puso detrás de la oreja.

123

—No ha sido una buena idea, está claro. Pero es que... —lo miró con los ojos brillantes— está convirtiendo esto en la típica discusión de adolescentes. Colándose cada mañana por los controles de seguridad para dejar sus regalitos en mi despacho. Hoy me ha llamado la misma directora para pedirme que le dijera que no aparcara en las plazas reservadas al personal —John meneó la cabeza sonriendo, incrédulo—. Es mi trabajo. Soy una asistente social del Servicio de acogidas, y él, responsable de tres niños que ya no están a mi cargo por un conflicto de intereses que nadie, empezando por mí, quiere que trascienda.

John asintió, continuó observándola. Shannon, con expresión muy seria, revolvió su café.

—Y además, no fue una discusión de adolescentes. Esto no va a arreglarlo con regalos.

—¿Crees que lo hace por eso?

Shannon lo miró interrogante. Por supuesto que lo hacía por eso. Intentaba, con total descaro, ablandarla para salirse con la suya.

Y mal que le pesara, poco a poco, lo conseguía.

—Sí, señor Brady, a Mark no le cabe en la cabeza que haya algo que él no pueda conseguir si se lo propone.

—Es que no hay nada que él no pueda conseguir si se lo propone.

Era como oír a Mark con treinta años más pero con un añadido de dulzura tan grande que en vez de irritar, acariciaba.

—No va a ganarse mi confianza con regalos.

La mirada de John se volvió paternal.

—No son regalos, Shannon. Es intención, dedicación, tiempo. Es todo eso que no tiene precio. ¿Cuánto vale la determinación de hacerle saber a alguien que es importante en tu vida? ¿Un millón? ¿Cien? —Shannon apartó la mirada. Una parte de ella se sentía abochornada por ser tan corta de vista; la otra seguía aferrándose al recuerdo de esa mano sujetando el brazo de la camarera del Beer& Wine—. Lo de esa tarde estuvo fuera de lugar, yo lo llamo error. Pero si tú lo llamas falta de confianza, entonces, quizás, haya más cosas que yo ignoro. Porque basándome en lo que sé, mi hijo es, por encima de todo, un hombre en el que se puede confiar.

Y era palabra de John Brady, pensó Shannon con ironía.

Sin embargo, *había* más que él desconocía.

Y que no pensaba explicar. Apuró su café y se puso de pie.

—Tengo que irme —recogió la caja del suelo y la dejó sobre la mesa —. ¿Sería tan amable de decirle que no utilice las plazas reservadas del aparcamiento?

John asintió, miró brevemente la caja.

—¿La dejas?

Había más que esas dos palabras en la mirada del padre de Mark. Shannon lo sabía. Su propio cuerpo no dejaba enviarle señales de alerta. Estaba obrando mal y lo sentía en la piel, pero necesitaba...

Defenderse. Dejar de sentirse a su merced.

Y sí, también necesitaba devolver el golpe.

Shannon se irguió, respiró hondo y lo miró directamente.

—La dejo.

♦ ♦ ♦ ♦ ♦

Cuando John llegó al sector ganadero, Mark estaba inclinado sobre la pileta, con el torso desnudo, refrescándose la cabeza bajo el chorro de agua fría. Cerca, Jeffrey hacía lo propio con su caballo antes de llevarlo a la cuadra.

—¿Ya?

Mark se secó el pelo y el pecho y volvió a ponerse la camiseta.

—Sí, por hoy. Todo en orden salvo un alazán que tiene un casco jodido —se peinó el pelo mojado hacia atrás con los dedos y volvió a poner la toalla sobre la soga, extendida al sol—. Del papeleo se encarga Rick esta tarde, yo tengo adiestramiento. Y habrá que revisar una sección del sistema de riego en el patatal, los topos se han cargado dos tramos, pero veré que alguno de los chicos se ocupe a última hora. ¿Y tú? ¿en qué estás?

John siguió a su hijo dentro del comedor de los peones. Aceptó la cerveza sin alcohol que él le ofrecía.

—Shannon acaba de marcharse —vio que Mark dejaba de beber y lo miraba sorprendido. John asintió—. Sí, vino a pedirte que no uses el aparcamiento de empleados cuando vas a Acogidas —la expresión de Mark pasó de sorpresa a ironía—. Le han llamado la atención, hijo.

Mark volvió a beber un trago del botellín. John supuso que bebía para no hablar.

Y no se equivocaba. En la vida había hecho por una mujer las cosas que hacía por esa pelirroja. ¿Y lo único que ella tenía que decirle era que no usara el jodido aparcamiento de empleados?

—Y a devolverte los regalos —añadió John.

Mark se quedó en blanco unos cuantos segundos. No entendía nada.

—¿Ha traído las cosas que le regalé?

John asintió.

—Joder.

—Qué habrás hecho para que esté tan resentida contigo...

—No quieras saberlo —dijo él, sardónico—. Es una gilipollez como un piano.

—Bueno, no sé, hijo... Está claro que para ella es importante —sonrió con picardía—. La caja en forma de corazón está tal cual, ni le ha quitado el papel. Cuando una mujer no abre una caja de bombones... Mala cosa.

—¿Mujer? —dijo irónico—. Solo de a ratos. Tiene suerte de que esté tan loco por ella.

—¿Pasó algo con Annie, aparte de lo que Shannon vio ese día en el bar?

Mark miró a su padre sorprendido.

—Creí que tenías claro la clase de hombre que soy.

—Alguien como Shannon no hace lo que hizo hoy sin más.

Él se pasó las manos por el pelo en un gesto cansino. Era demasiado práctico para darle vueltas a ese tema.

—Fue hace mil años y fue una estupidez.

Notó que su padre lo miraba con interés. ¿Iba a tener que hablar de aquel asunto? Mark resopló, miró a otra parte un instante.

—Vale —dijo al fin—. Lo oyes y *no* lo repites. No quiero que circule por ahí, ¿está claro?

John se apresuró a asentir, ansioso por conocer la historia.

—Primavera del 93, último curso. Aposté cincuenta pavos a que en una hora me ligaba al bombón del instituto. Y gané.

Cuando Mark vio las cejas de su padre, dos arcos perfectos que le decían "¿tú has hecho eso?", empezó a sentirse incómodo.

—Tenía que colarme en una fiesta a la que no estaba invitado —continuó él— y me enteré de que ella tenía una hermana pequeña.

—Y usaste el atajo —concluyó John mirando a su hijo como si fuera un completo desconocido. Lo vio asentir.

John sacudió la cabeza, intentando en vano que las piezas del puzzle encajaran, y volvió a mirar a su hijo.

—¿Coqueteaste con su hermana en sus narices?

Sí, aunque en sus recuerdos no sonaba así de mal.

—Una hora no da para mucho, papá.

La mirada de su padre lo hizo sentir patético.

—A ver si lo entiendo bien —empezó a decir John. Mark se removió, incómodo—. De adolescente, le haces creer que te interesa y la usas de carnaza para pescar a su hermana por ganar una apuesta. Os volvéis a ver doce años después, la tienes a dos metros y ni siquiera la reconoces...

—Entonces, llevaba los pelos teñidos de azul —lo interrumpió Mark. Incluso a él le sonó intragable.

Su padre le echó una mirada irónica y continuó.

—Vuelve a salir contigo y tú *vuelves* a flirtear con otra mujer en sus narices.

—*No flirteaba.*

—Claro, porque tú lo digas... Ella no estaba cerca para oír lo que hablabais. Imagino que no serás tan estúpido de esperar que te crea, ¿o sí?

Mark vio a su padre dejar el botellín sobre la mesa y dirigirse hacia la puerta.

Y darle el golpe de gracia antes de marcharse.

—¿Sabes? —dijo John—. Creo que quien tiene muchísima suerte eres tú.

CAPÍTULO 19

De tanto en tanto, Shannon le echaba breves miradas mientras recogía unos expedientes y se preparaba para su ronda de visitas del día.

¿Era otra táctica o qué? Si su novio le hubiera devuelto una caja llena de regalos, ella no estaría tan tranquila. Pero ahí estaba Mark, a las nueve y media de la mañana de un día laborable, intentando "socializar" con ella como si no fuera primavera y en su rancho no hubiera un cerro de trabajo por hacer.

Como si el día anterior, ella no le hubiera devuelto la bendita caja.

—Así que pensé que... ¿Qué tal si te recojo y nos tomamos un café o algo?

Shannon se puso de pie, cerró la mochila.

—No sé a qué hora acabo hoy, Mark.

Él la miró mientras ella se ponía el macuto, cerraba con llave su escritorio y continuaba, evidentemente dispuesta a marcharse.

—Bueno, puedo aprovechar que Gillian recoge a los críos para adelantar trabajo y el café nos lo tomamos después. Me da igual la hora.

Shannon se detuvo junto a él. ¿Por qué no lo dejaba de una vez?

—*Después*, tengo una reunión en Solidarios —miró su reloj—. Es tarde, Mark, me tengo que ir.

Él suspiró, le acarició una mejilla con el dorso de la mano. Fue apenas un roce que a ella la hizo estremecer y a él, más.

—¿Y cuando acabes en Solidarios?

Shannon respiró hondo. Lo miró a los ojos unos instantes, intentado entender. Un segundo todo estaba claro, él no era de fiar; al siguiente...

—Si acabo temprano, te llamo.

No era una promesa, ni siquiera una expectativa. Tenía que saber que lo más probable era que cuando llegara el momento aunque fuera temprano, ella no lo llamara. Pero si Mark lo sabía, jugó a ignorarlo; una sonrisa agradecida iluminó su cara.

Se inclinó y le dio un beso suave en la frente.

—Ve, no te retrases más.

◆ ◆ ◆ ◆ ◆

Mark se subió al monovolumen, descansó la nuca contra el reposacabeza. La cosa estaba peor que mal. En casi dos semanas, apenas había conseguido un "si llego temprano, te llamo" que sabía positivamente no había sido más que una excusa, como tantas otras, para quitárselo de encima.

Por no mencionar el mensaje explícito de la caja con todos los regalos que le había dejado a su padre...

Ahí pasaba algo serio, estaba claro, pero ¿qué? Tenía que averiguar por qué aquella pelirroja se había vuelto tan inaccesible a todo lo que viniera de él.

Y solamente había una persona a quién podía preguntárselo.

◆ ◆ ◆ ◆ ◆

—Bueno, supongo que no es una visita de cortesía, así que dime ¿qué puedo hacer por ti? —dijo Cathy con picardía mientras le servía un café.

—Me parece que no estoy "viendo todo el bosque" y no puedo preguntárselo a Shannon —Mark se acomodó mejor, se corrigió—. *Puedo*, pero ni creo que deba hacerlo ni tampoco que ella vaya a ayudarme en esto.

—¿Por qué?

Mark hizo un gesto de duda con la boca, y sonrió con resignación.

—Me parece que he conseguido calentar la porción irlandesa de su sangre.

Cathy rió. Algo de eso había oído, sí.

—Ya veo. Y quieres saber dónde está el interruptor del frío, ¿no?

Mark revolvió su café. No le preocupaba el interruptor. Lo que quería eran datos. Información útil. Entender por qué lo de aquella tarde en el Beer&Wine se había ido de madre de esa manera. Cuanto más lo pensaba, más inverosímil le parecía que Shannon pudiera tomar en serio el asunto de la camarera. Aunque no estuviera lo bastante cerca para oír lo que hablaban, el lenguaje corporal podía leerlo, y además, era una estupidez pensar eso. No podía pensar seriamente que él estaba flirteando, y si no era eso, ¿qué era lo que la había enojado tanto?

Mark negó con la cabeza.

129

—Me ha dicho que "no se fía de mí" —Cathy abrió más los ojos—. Me ha devuelto todas las cosas que le regalé —los ojos de la mujer eran casi círculos perfectos—. Y la única vez que tuve la mala idea de llamarla "amor", casi hubo un terremoto.

Cathy sonrió, lo miró con cariño.

—¿Tiene razón en no fiarse de ti?

Por supuesto que no.

—¿Usted qué cree?

—Que Shannon no solo no se fía, Mark. No sabía que te hubiera devuelto tus regalos, y no está bien que lo hiciera, pero chico, que lo haya hecho es todo un mensaje viniendo de ella. Lo que yo crea no importa.

Mark apartó la mirada. Sí, entendía a la perfección la contundencia del mensaje, lo que no entendía era el porqué. No flirteaba con Annie. Desde hacía meses, no hacía más que pensar en Shannon todo el bendito día, como si no existiera nada más.

—Cada vez que me miro al espejo me parece que no soy yo el de la imagen —volvió la cara y miró a esa mujer que le recordaba tanto a Shannon con los ojos brillantes—. Es como si lo llevara escrito en la frente con un rotulador rojo... ¿Cómo es que no se da cuenta de que estoy loco por ella? ¿Cómo es que no me cree cuando se lo digo? *Sé* que soy el hombre más fiable del planeta —hizo una pausa—. ¿Por qué Shannon no se fía de mí?

—Porque la has desilusionado.

Mark meneó la cabeza, sardónico.

—Es demasiado inteligente para pensar que yo ligaba con esa mujer. Sabe perfectamente que le estaba parando los pies, y sabe que yo sé que lo sabe.

—¿Y eso qué te dice?

Él exhaló el aire en un suspiro que sonó en parte a cansancio y en parte a malhumor.

—¿Que las mujeres son un misterio?

Una sonrisa tierna apareció en la cara de Cathy, que se estiró por encima de la mesa y le palmeó la mano con cariño.

—Desilusión, Mark. Eso que le pasa a una mujer cuando descubre que su príncipe azul no está a la altura.

—*Estoy a la altura* —replicó él. Cathy notó una cierta desesperación en su voz—. La quiero con locura, vivo pendiente de ella y aunque no me haya lucido precisamente el otro día en el bar, no he hecho nada para que ella tenga derecho a sentirse "desilusionada".

—Hace doce años, sí. Lo de aquella tarde, se lo recordó.

Mark la miró interrogante.

—¿La desilusioné entonces?

Cathy lo miró con cariño y asintió. Entonces, lo vio ponerse de pie y darle la espalda como si no pudiera aguantarle la mirada.

Lo que para él había sido simplemente una apuesta, para Shannon, en cambio, había supuesto un planchazo en toda regla.

Desde que había visto la expresión de su padre al saber lo de la apuesta, el suceso cada vez le parecía un poco más bochornoso, menos inofensivo. Cathy había conseguido que tuviera ganas de zurrarse por haber hecho semejante idiotez. La emoción de saber que aquella peliroja estaba enamorada de él desde hacía tanto tiempo, quedó sepultada bajo la vergüenza de haberla decepcionado así.

Aquella noche volvió a su mente. Se vio riendo las bromas de Shannon con medio cerebro, y controlando su objetivo con la otra mitad. Recordó que había aprovechado que ella iba a por bebidas, para acercarse a su hermana y ganar la apuesta. "No tardo" y una sonrisa era lo último que recordaba de Shannon aquella noche. El resto podía suponerlo, pero sabiendo lo que ahora sabía, no era capaz de imaginar lo que ella debió haber sentido al volver con las bebidas y encontrarlo con Cheryl. Y aquel beso de película con el que había pretendido asegurarse de que ganaba por goleada... ¿Shannon lo habría visto?

—Joder... —murmuró Mark—. No me lo puedo creer.

♦ ♦ ♦ ♦ ♦

Estaba claro que Shannon no había dicho en serio lo de llamarlo. Mark apagó la televisión y se dirigió a su habitación apagando luces por el camino. Volvió a cerrar la puerta del cuarto de los niños sin hacer ruido y anduvo de puntillas hasta el de Patty. También dormía.

Desde el principio había contado con la posibilidad de que la pelirroja no lo llamara. Después de hablar con Cathy, mucho más.

Mark se echó en su cama.

Vale, y ahora qué. ¿Cómo se recuperaba la confianza de una mujer? ¿Dónde estaba la tecla que reiniciaba el sistema? Joder, era demasiado práctico para captar el concepto "desilusionar"...

Pero era un hombre.

E iba a hacer lo que hacían los hombres: plantarle cara al asunto. Herido, tal vez; vencido, ni hablar.

Como si lo hubieran enchufado a una corriente de energía, se sentó en la cama, cogió el móvil y seleccionó su memoria. Sonó unas cuantas veces hasta que Shannon contestó.

—*¿Tienes idea de la hora que es?*

Mark sonrió, echó un vistazo a su reloj digital.

—Cero horas cincuenta y tres minutos, doce segundos. ¿Qué tal fue la reunión en Solidarios?

La pausa fue larga. Shannon decidía si contestar o mandarlo a hacer puñetas. Mark cruzaba los dedos porque lo dejara tener al menos dos minutos de ella, diez palabras, algo.

—*Larguísima* —dijo al fin, él respiró aliviado—. *Mañana madrugo, Mark, y necesito dormir.*

—Claro —se apresuró a responder él—. Dime qué te apetece desayunar mañana y te dejo dormir.

—*No desayuno. Me falta tiempo y me sobran kilos.*

—A ti, amor, no te falta ni te sobra nada. Y desde mañana, me voy a ocupar de que empieces los días como te mereces: con un buen desayuno y un buen beso.

—*¿Ah, sí?* —replicó ella, irónica. Menudo capullo estaba hecho aquel *rubito*—. *Y dime, ¿puedo elegir quién quiero que me dé el beso?*

Mark sonrió masculino.

—Puedes elegir el desayuno, el beso corre de mi cuenta.

—*Mark...* —empezó a decir Shannon.

Él no la dejó continuar. Tomó la palabra y lo hizo como era habitual en él; con seguridad y muchísima dulzura.

—Puede que algunas cosas entre nosotros no hayan salido como esperabas, pero es por inexperiencia, no por falta de interés. La verdad es que haría cualquier cosa por ti.

Shannon apretó los párpados. ¿Cuántas palabras huecas más tendría que oír?

Estaba agotada. Necesitaba dormir.

—*Café negro solo. Me voy siete y media. Ni me besas ni te espero.*

Mark sonrió satisfecho. Iba a contestar, pero ella se despidió y cortó sin darle tiempo a más.

CAPÍTULO 20

La primera sorpresa para Mark fue que la puerta no se la hubiera abierto Shannon, sino Cheryl. La segunda, que Shannon miraba la escena con cierto aire desafiante.

—¿Te acuerdas de él? —le preguntó a su hermana mayor con el mismo tono desafiante que lucía en su mirada.

Cheryl lo miró coqueta primero *a él* y luego, al termo y el túper que traía en las manos. Por fin, abrió la puerta del todo para dejarlo entrar.

—Claro —respondió la rubia de las O'Neal—, como para olvidarlo. ¿Sigues besando tan bien?

Mark entró en el apartamento con tranquilidad. Había pensado mantener las distancias, respetar el "sin besos" de Shannon, pero se acercó a ella y... de pronto, todo estaba allí otra vez; el brillo en sus ojos, la esencia a buena gente que se respiraba a su lado... Cuando quiso darse cuenta, sus labios le rozaban la frente. Sintió cómo ella se estremecía y Mark tuvo que hacer el esfuerzo consciente de apartarse.

—Eso espero —miró a Shannon con dulzura—. Tú que opinas, ¿beso bien?

Y ella tuvo que hacer el esfuerzo consciente de dejar de pensar en lo distinto que era su mundo cuando Mark la besaba así, entre protector y tierno, y regresar a la realidad.

Cuando volvió la atención a su hermana, todavía algo conmocionada por la cercanía de Mark, ella los miraba con la incredulidad pintada en la cara.

—Las cosas que hacéis los tíos por echar un polvo... —Cheryl se cruzó de brazos y miró a Mark con desdén—. ¿Le traes el desayuno?

Ella seguía tal como él la recordaba; insoportable. Mark ignoró el comentario y se limitó a la pregunta.

—Y la Luna si me la pidiera, sí.

Shannon lo miró sorprendida; su hermana, airada.

—¡*Guau*, qué hombre! —dijo con socarronería. Acto seguido cogió sus cosas, pero antes de marcharse, dictó sentencia—: Si te has enrollado con este tío, es que eres más tonta de lo que yo pensaba.

Shannon asintió con la cabeza varias veces con la vista fija en la puerta por la que acababa de desaparecer su hermana. Desde luego, había hecho bastante más que "enrollarse con ese tío". Pero que a Cheryl le hubiera sentado tan mal, sin duda, era una buena señal.

—Así que me traerías la Luna si yo te la pidiera... Espero que no lo estés haciendo por llevarme a la cama, Mark.

Tomó la termojarra de manos de él. Tan pronto le quitó la tapa, el olor a buen café llenó el ambiente.

Él esbozó una sonrisa mientras destapaba el túper y dejaba expuesto un buen trozo de pastel casero de manzana.

—¿Después de dos semanas en dique seco? No tengas la menor duda, pimpollo.

Shannon le obsequió una mirada burlona.

—Otra cosa es que crea que vaya a funcionar —añadió Mark después de cortar un trozo de pastel con la cuchara.

Sus miradas se encontraron.

—Dime —acercó la cuchara a los labios de Shannon—, ¿va a funcionar hoy?

Volver a estar entre sus brazos, sentir la seguridad con que entraba en ella, aquella insólita mezcla de pasión respetuosa, casi veneración, con que la miraba y la tocaba. Dios, llevaba dos semanas muerta.

Shannon miró la cucharada que él le ofrecía, luego a él.

—Dije café negro solo.

Un segundo después vio que la cuchara cambiaba de rumbo y acababa en la boca de Mark, que sonriente, la disfrutaba con evidente gusto.

—Tú te lo pierdes —le dijo masculino después de guiñarle un ojo.

Shannon se dedicó a servir el café.

En eso estaban de acuerdo. Los pasteles de Eileen Brady eran casi tan tentadores como su hijo mayor.

Después de dos semanas, mucho más.

◆ ◆ ◆ ◆ ◆

Mark aparcó en la entrada de garajes, cerró el contacto. A su lado, en el asiento del acompañante, estaba la termojarra vacía y el túper con el resto de pastel de manzanas que Shannon ni siquiera había probado.

Ella era dura de pelar, pensó Mark satisfecho. Eso le gustaba, y además, tanta resistencia en realidad, lo favorecía. Lo obligaba a echar el resto en cada jugada y cada vez que lo hacía, volvía a tener la ocasión de demostrarle por qué para ella nunca nadie podría compararse con él.

Lo hacía por Shannon, sí. Y también por sí mismo. Quería verlo en sus ojos, oírselo decir. "Nadie, nunca, podrá compararse contigo".

Nadie. Nunca.

Dios, cuánto necesitaba oírlo de sus labios.

Una necesidad más de una larguísima lista de necesidades nuevas que aquella pelirroja había puesto en su vida desde el primer momento en que volvieron a verse.

Y acuciante como empezaba a ser, pensó Mark mientras dejaba las llaves sobre el mueble recibidor de la entrada y se dirigía a la cocina, era una minucia comparada con otras.

Los quince días en dique seco lo estaban convirtiendo en una bomba andante. Como no consiguiera enfriar pronto "la porción irlandesa de su sangre", esa mujer iba a provocar un cataclismo.

—¿Le gustó la tarta? —preguntó Eileen.

Mark se inclinó a darle un beso a su madre que guardaba en la alacena los platos que Patty iba sacando del lavavajillas.

—Café negro solo —dijo, imitando la voz de Shannon. Se acercó a saludar a Patty. Ella, a regañadientes, se dejó besar en la frente—. Ya caerá.

—Mañana va a ser tarta helada de chocolate con nueces —dijo Eileen animada—. A esta, te prometo que no se va a resistir. Tú no te preocupes, déjalo de mi mano.

—¿Preocuparse?

Mark miró a la niña sorprendido. Desde hacía varios días era telegráfica con él. Y cuando no, irónica.

—Él no se preocupa, *se ocupa* —Patty hizo una pausa—. De cagarla bien.

Eileen se dedicó a la vajilla, preguntándose cómo reaccionaría su hijo al desafío juvenil.

A Mark sentirse juzgado no le gustaba. Haber sido sentenciado, menos aún. Pero lo peor era descubrir que también había desilusión en Patty. Disfrazada de ironía, envuelta en actitudes desafiantes, lo que había era decepción.

—Me equivoqué, sí —admitió él. Eileen se volvió a mirarlo, orgullosa. La expresión iracunda de la mirada de Patty, sin embargo, no se modificó ni un ápice—, pero ni es lo que te imaginas ni voy a explicártelo porque no es asunto tuyo.

Patty apartó la mirada. Había preocupación además de decepción.

Mark se acercó a ella, la miró con cariño.

—No es lo que piensas —buscó su mirada—. Voy a arreglar esto.

Sí, ya había escuchado eso otras veces, pero de Mark no lo había esperado. Ilusa de ella. Todos los hombres que había conocido en su vida eran igual. Siempre tenían que acabar "arreglando las cosas" porque siempre la cagaban.

—Más te vale. O ya puedes hacerte con todo el gel frío del país.

Mark asintió con la cabeza mientras la niña, sin siquiera mirarlo, se puso de pie, dispuesta a irse. Su reputación había retrocedido al punto cero, al del día que se habían conocido, cuando Patty le había dejado saber lo que pensaba de los "tíos".

—Tranquila, me ocupo de mis asuntos —respondió él, conciliador—. Lo que me recuerda que todavía no me has dicho qué quieres para tu cumpleaños.

Patty paró en seco. ¿Pensaba arreglarlo con un caballo? ¿O iba a ser con tarta de chocholate y nueces? Lo miró iracunda.

—Quiero a Shannon. Estaba en mi vida antes de que te metieras por medio y lo jodieras todo. Devuélvemela. *Eso* quiero.

La estela de furia que dejó en el aire al marcharse, le dio a Mark de lleno en la cara.

—Se le pasará, no te preocupes —dijo Eileen.

Por supuesto que estaba preocupado. Muy preocupado. En ningún momento se le había cruzado por la cabeza que algo tan aparentemente normal como un rifirrafe entre novios pudiera tener semejante efecto en esa niña, y se sentía fatal.

Ahora cruzaba los dedos porque el suceso no afectara también a los dos más pequeños.

◆ ◆ ◆ ◆ ◆

Shannon ya había cenado y miraba la televisión en el salón cuando Cheryl llegó.

—¿Sola? —escuchó que su hermana le preguntaba con un punto de ironía, mientras dejaba sus cosas sobre la mesa y se acomodaba el cabello con aquel gesto de coquetería femenina que le resultaba tan familiar.

—Ahora no.

Cheryl se dejó caer a su lado, en el sofá, y cogió el mando a distancia.

—¿No hay alguna *peli*? —preguntó, y sin esperar respuesta se dedicó a hacer *zapping*.

Desconsiderada y egoísta, así era su hermana, pero aunque estaba acostumbrada, hoy no estaba de humor. Shannon recuperó el mando y volvió a poner el canal de deportes sin hacer comentarios.

—Baloncesto, vaya mierda —dijo la recién llegada, molesta—. A Mark le chifla el béisbol. Ese día me contó que era hincha de los Mets.

Shannon le echó una mirada con mensaje y siguió atenta a la televisión. Cheryl volvió a hablar.

—Joder, ese tío es como el buen vino. Dios, está que se sale... Pero si te enrollas con él, vas a sufrir.

De eso, nada. Mark no era hombre de deportes, pero de mirar, miraba fútbol, no béisbol. Y como Cheryl tuviera la mala idea de coquetear con él, le iba a poner laxante en el café y encargarse de tenerla una semana entera sin salir del baño.

A ver quién sufría más.

Pero en algo estaba en lo cierto.

—¿Buenísimo? —La mente de Shannon, como un proyector de diapositivas en automático, empezó a disparar mil imágenes de Mark. Y con cada una, ella se hacía más pequeña en el sofá, y su corazón más grande—. Bestial, querrás decir. Es un disparate de hombre.

La mirada socarrona de su hermana la traspasó de parte a parte, sacándola de su arrobamiento con una intensa sensación de bochorno.

—No seas tan estúpida de liarte con él, Shannon. Fóllatelo si te va, pero *no te líes con él*, hazme caso. Es el típico capullo machista que va de sabelotodo por la vida.

—¿También te lo contó aquel día?

—No, no habló mucho. Se entretuvo metiéndome la lengua hasta la garganta —Sí, pensó Shannon, su hermana, otra vez, estaba en lo cierto. Había tenido ocasión de verlo en vivo y en directo. El recuerdo ahora era mucho más doloroso que entonces, a pesar de lo cual se obligó a seguir mirándola mientras hablaba—. Es de los que se creen la leche y le dicen a todo dios lo que hay y lo que no hay. Primero, te va a tratar como una reina y cuando te tenga segura, va a controlar cada segundo de tu vida. Ese capullo va a querer decidir hasta el color de tus bragas.

¿Acertaba otra vez?

Mark se creía un hombre "en el más amplio sentido de la palabra".

Evidentemente, era de los que decidían. Era *Don Certezas*.

Y sin ninguna duda, la hacía sentir como una reina. A pesar del enojo, incluso de lo desilusionada que estaba, Mark hacía diana directo al corazón; cuando él la miraba, Shannon *se sentía* la reina del mundo.

Fuera una estrategia o simplemente su forma de demostrar afecto, muy a pesar suyo, conseguía el objetivo. La hacía sentir exactamente lo que necesitaba sentir.

Si tenía en cuenta el porcentaje de aciertos, probablemente su hermana tendría razón y lo más seguro fuera cortar con Mark. Cortar, definitivamente.

Pero había algo en él, en la forma en que hacía las cosas...

Podía haberla encarado directamente, preguntarle qué había querido decir Marian Ross aquel día, en la reunión. Era evidente que tenía que ver con él.

¿Y la caja con los regalos? Se la había devuelto sin siquiera molestarse en hacerlo cara a cara. Si él había metido la pata, la chiquillada de devolverle los regalos no la dejaba a ella en mejor lugar, precisamente. Otro le habría dicho un par de cosas. ¿Por qué él no? En un intento de darle de lleno en su vanidad, Shannon le había puesto en bandeja la ocasión de empardar la situación entre los dos.

Pero Mark no había acusado recibo.

Y eso sí que no le cuadraba para nada, a menos que no supiera que ella le había devuelto esa caja. Quizás su padre había decidido darle solo parte del mensaje, porque Mark no había vuelto a usar las plazas reservadas de aparcamiento, y eso no podía ser coincidencia.

O quizás, todo formaba parte del mismo plan para tenerla pensando en él, preguntándose porqués y cómos, esperando su próxima aparición triunfal, su próxima sorpresa.

Cada vez menos enojada, menos indiferente.

Y Dios, cada vez más enamorada.

Se había dado cuenta poco antes de que llegara Cheryl, cuando tras echar un vistazo a la hora, se descubrió ansiosa...

Y preguntándose por qué Mark aún no la había llamado para darle la brasa con lo del desayuno.

CAPÍTULO 21

Aquella noche Mark no la llamó. Y a la mañana siguiente, cuando Shannon se levantó después de haber dormido poco y mal, tampoco encontró mensajes en su móvil.

Nadie la esperaba en la puerta de casa, ni en el aparcamiento de Acogidas. Su escritorio estaba tan despejado como ella lo había dejado la tarde anterior. Excepto por los dos recados (ninguno era de Mark) pisados por el portalápiz, todo estaba igual.

A la rabia de pensar que él lo estaba haciendo a propósito, tuvo que sumar la impotencia de ver lo bien que le estaba funcionando.

Mierda, pensó, mejor que bien. Shannon giró en el sillón y dejó que su mirada se perdiera en algún punto fuera de la ventana.

Tenía mil llamadas que hacer, visitas, papeleo. Un día interminable por delante.

Y unas ganas locas de verlo. Tantas como de matarlo por el *jueguecito imbécil* que se traía entre manos.

Shannon meneó la cabeza, exhaló con gesto cansino.

No, las ganas de verlo eran más. Muchas más.

—¿Qué tal estás para un desayuno bien especial?

A Shannon el corazón le dio un vuelco cuando oyó su voz. Y un instante después tuvo que forcejear con los músculos de su cara, tan empeñados en hacerla sonreír. Se tomó unos cuantos segundos para recomponer su expresión antes de volverse, rogando que sus cuerdas vocales no se confabularan contra ella.

Pero cuando lo vio, supo que iban a hacerlo. Dos vasos de cartón de la cafetería de la esquina en una mano, vianda casera en la otra y un buzo negro, arremangado, con el anagrama de los Iron Maiden por fuera de unos tejanos de muerte, que unido a aquellos ojos color cielo lo convertían en un imán de mujeres. Especialmente del tipo pelirrojas con ascendencia irlandesa.

Dios, estaba tan segura que no le saldrían las palabras a la primera que eligió la vía segura, y carraspeó para aclararse la garganta.

—¿A estas horas? Me pillas por los pelos. Ya me iba —dijo evitando su mirada. Y se puso a sacar los expedientes de las visitas del día del archivador que había junto a la puerta. Cualquier cosa con tal de no mirarlo.

—Sí, lo siento —una mano salida de la nada le plantó el vaso de café delante de la cara. Shannon lo dejó sobre el archivador con un parco "gracias"—. Me retuvo la tutora de Matt. Estaba tan contenta que me daba no se qué interrumpirla... Estaba "superemocionada".

Ella le echó una mirada irónica.

—La emoción seguro que no era por Matt, pero de que era "super" no tengo la menor duda.

Mark, que se llevaba el vaso a la boca, dejó el movimiento a medias al oírla y la miró divertido.

—Era por Matt. Es su tutora y yo soy su padre.

Sí, claro. Shannon cerró el archivador de un golpe seco y se volvió de frente a él.

—No eres su padre —bebió un sorbo de café mirándolo desafiante—. Eres un tío diez encargado del acogimiento de Matt, y además de estar forrado, estás soltero. La emoción era por ti. Y según tengo entendido, es la tercera vez que se emociona en lo que va de mes.

Pero por *super* que fuera, no era nada comparada con la que Mark sentía al oírla.

—Los tecnicismos me traen al fresco, princesa. En mi corazón, soy su padre. Soy el padre de los tres. Y tampoco estoy soltero. Es solo que no he firmado la licencia... todavía —sus ojos la acariciaron durante una eternidad. Al fin, su sonrisa de niño terrible hizo acto de presencia—. Pero en lo demás, estoy de acuerdo.

Ese "todavía" seguía removiendo las emociones de Shannon, cuando él, en apariencia completamente recuperado, le acercó una cucharada de torta a la boca.

—Chocolate y nueces, con los saludos de mi madre —y su promesa de que no te resistirías más, por favor, Shan—. Es su especialidad.

Mark la vio mirar la cuchara y luego a él, igual que había hecho el día anterior. Y se esforzó por dominarse, por mantener firme el pulso y la mirada, pero la sensación dolorosa de vacío que se tragaba su estómago y amenazaba con seguir con el resto de él, hablaba claramente de lo importante de aquel momento.

Un gesto. Una señal de que había luz al final del camino. Algo. Lo que fuera, que le dejara ver que el error no había sido irremediable, ni la ilusión, irrecuperable. Lo necesitaba como el aire.

Y ella necesitaba salir de allí, o empezaría a derretirse igual que el trozo de tarta que él le ofrecía.

De un movimiento torpe evitó la cuchara y se apartó de Mark después de depositar un beso mucho más torpe sobre su mejilla.

Dejó el café, cogió los expedientes y sus cosas, y se detuvo brevemente en la puerta. Habló sin mirarlo, casi marchándose.

—Se me hace tarde. Tráemela a casa mañana. Siete en punto.

Mark tragó saliva. Durante unos instantes continuó mirando la puerta donde antes estaba Shannon, sin atinar a nada. Solo consciente del cosquilleo raro que empezaba en la mejilla que ella había besado, y le recorría el cuerpo entero.

Cuando puso la cuchara dentro de la tartera, notó que su pulso ya no era firme. Temblaba perceptiblemente, como todo él.

"Gracias, amor", dijo en un murmullo apenas audible.

◆ ◆ ◆ ◆ ◆

Mark sonrió para sus adentros cuando a "las siete en punto" del día siguiente, vio que quien le abría la puerta era Cheryl y no Shannon. No solo le decía sin palabras que no pensaba correr a recibirlo como si no pudiera esperar para verlo, también lo ponía bajo fuego cruzado dejando (puede que hasta enviando) al enemigo a abrir la puerta.

—¿Otra vez aquí? —preguntó Cheryl con ironía, abriendo del todo la puerta con gesto exagerado—. Chaval, sí que eres de los insistentes.

Mark le echó una mirada displicente y se limitó a entrar en el piso sin hacer comentarios. Recorrió la habitación de un vistazo rápido, comprobó que estaban solos.

Cheryl se recostó contra la puerta cerrada del piso y lo observó en silencio unos instantes. A pesar de lo que le había dicho a su hermana, no entendía qué hacía aquel hombre tomándose tantas molestias por una mujer. Menos aún por alguien como Shannon.

—Me parece que pasa de ti —dijo con picardía—. O a lo mejor está detrás de la puerta, pendiente de lo que hablamos. ¿Tú qué crees?

Creía que esa mujer que miraba sin el menor interés tenía tan poco que ver con Shannon que por momentos le parecía increíble que fueran hermanas.

Creía que si había un ejemplar femenino que se correspondiera al cien por ciento con el concepto que él tenía de las mujeres contemporáneas, era aquella que desde la puerta no dejaba de enviarle

141

miradas con mensaje mientras jugaba a ser sexy con un mechón de pelo. Lo único que emanaba de ella era envidia.

—Creo que se retrasa —respondió él con su habitual expresión neutra mientras dejaba sobre la mesa las cosas que traía—. Y que a ti se está haciendo tarde.

Cheryl echó un vistazo a su reloj y comprobó que era hora de irse. Pero antes...

—Puede que mi hermana se trague todo este rollo, pero yo no. Eres un lobo disfrazado de cordero, chaval. Y para tu información le dije bien clarito lo que podía esperar si hacía la soberana estupidez de liarse contigo —tomó sus cosas para irse—. Así que, por si las moscas, no te hagas muchas ilusiones de comerte un rosco —sonrió con malicia—. Me parece que vas a tener que conformarte con el café.

Mientras tanto, en el aseo Shannon echó un vistazo a la hora e hizo un gesto de disgusto. Era tardísimo, Cheryl cada vez tardaba más en prepararse por las mañanas. Acabó de lavarse los dientes, se enjuagó la boca y echándose un último vistazo en el espejo salió del baño a prisa. Atravesó la habitación nerviosa por la hora y ansiosa por verlo y abrió la puerta del salón sin saber que ahí, la tensión se cortaba con tijera.

—No conoces a tu hermana —dijo Mark—, porque si la conocieras sabrías que no te escucha, solo te oye. Es demasiado buena gente para ofenderte o herirte. Y de mí, no tienes ni idea. Lo que crees que sabes es de hace siglos y ni siquiera entonces era real.

—¿Qué quieres decir con eso?

Mark se disponía a seguir la dirección de la mirada de Cheryl cuando Shannon habló.

—No quiere decir nada y yo quiero que te largues de una vez. Ya me has retrasado bastante por hoy.

Shannon sintió la mirada de Mark, como una caricia sobre ella, que no dejaba de hacerla estremecer, contándole mejor que con palabras lo que él estaba pensando mientras la miraba.

Que a pesar de todo, seguía eligiendo no herir a su hermana diciéndole que no había sido interés lo que lo había llevado a Mark a acercarse a ella aquella noche, sino una apuesta.

Que la expresión de su mirada y su actitud mostraban claramente que no había estado escuchando a escondidas, y que si no había aparecido antes era porque su hermana, esa a la que insistía en proteger, la había retrasado.

Que cada segundo que Mark pasaba a su lado, cada cosa nueva que descubría en ella, la volvía más perfecta, más íntegra, más hermosa a sus ojos.

Quiso abrazarla fuerte, decírselo con palabras en un murmullo tierno al oído, pero no era oportuno. Se conformó con tomarle una mano y besarla suavemente, y con decirle a Cheryl, que seguía plantada allí a punto de saltarles a la yugular, algo que sabía que no le iba a gustar.

—Lo que quiero decir es que ni yo soy la clase de hombre que se "lía", ni Shannon la clase de mujer que se va a la cama con un tío sin más, por más desayunos que le traiga o regalos que le haga. No estamos liados, Cheryl. Tu hermana es mi novia.

Mark sintió que la mano femenina que sostenía entre las suyas se helaba y, enternecido, vio como un rubor hermoso se apoderaba de la cara de Shannon.

La reacción de Cheryl no se hizo esperar.

—¡Eres una *imbécil*, Shannon! —dijo en una explosión de rencor y rabia.

Y lo siguiente fue un portazo.

Shannon fue la primera en recuperarse y liberar su mano. Casi sin mirarlo, dispuso las cosas sobre la mesa para desayunar.

—Perdona la tardanza. Un solo baño para dos mujeres complica las cosas.

Con esas se sentó y lo invitó a hacer lo mismo con un gesto de la mano.

—¿Qué? —preguntó ella algo nerviosa mientras se llevaba el vaso de cartón a la boca. ¿Por qué la miraba así?

Él meneó la cabeza sonriendo.

—No puedo creer que no le hayas dicho lo nuestro.

Ni ella. Montones de veces había estado a punto, pero en el último segundo se mordía la lengua.

—A lo mejor no se lo dije porque no las tenía todas conmigo de que fuera a durar —lo miró brevemente, de reojo, después de asestar el golpe, y volvió a su café.

—A lo mejor pensaste que escuchar cómo se lo decía yo te iba a dar más gusto y a ella, más rabia.

Lo que siguió fue como un pelotazo en plena cara.

—*A lo mejor* es que no me da tanto gusto como piensas que sepa que acepté *otra vez* salir con el mismo tipo que hace una década acabó flirteando con ella en mis narices. Aunque fuéramos unos críos. Y aunque ella no sepa que fue por una apuesta.

Se hizo un silencio largo, intenso. Shannon bajó la vista, contrariada. Molesta con él, pero mucho más con esa parte de ella que parecía más interesada en recordar un pasado que ya no importaba, que en reconocer que el chico de la apuesta no tenía nada que ver con el hombre que se sentaba a su lado. Ese que desde que habían vuelto a verse, no hacía más que dar un paso tras otro hacia ella, con dedicación y amor.

Mark asintió, y decidió que ya era hora de hablar claro.

—No estás siendo justa —ella lo miró con recriminación en los ojos, él volvió a asentir—. No me merezco esto, Shannon, y lo sabes. ¿De qué soy culpable? ¿De no haberme enamorado de ti hace doce años? Estoy enamorado *ahora*. Me colgué de ti en el segundo que te vi subiendo el camino del rancho.

Ella bebió un sorbo de café que a estas alturas estaba casi helado, pero ni se dio cuenta. El frescor del líquido alivió la sensación ardiente que le atenazaba la garganta, producto del esfuerzo que estaba haciendo por contenerse y no echarse a llorar como una niña. Él, en cambio, se dedicó a mirarla con los ojos llenos de amor.

—No voy a dejarlo, Shan. Y me da igual si peinamos canas para cuando quieras perdonarme de lo que sea que me crees culpable —otra mirada irónica en la que él creyó adivinar un atisbo de que el muro empezaba a ceder—, pero la verdad, creo que lo que deberíamos hacer es disfrutarlo, porque ser el primer amor de la única persona de la que te has enamorado es lo más grande que te puede pasar en la vida —Shannon lo miró con los ojos brillantes y el corazón latiendo enloquecido. ¿Hablaba de él, o de ella?—. Así que dime cuál es el siguiente paso. Dime qué quieres que haga.

Pero Shannon todavía seguía atrapada en la frase anterior y le respondió con otra pregunta.

—Entonces... ¿sabías que yo... que entonces, yo...?

Él negó con la cabeza.

—Me lo dijo Cathy hace un par de días.

Cuando Mark vio aquellos ojos color café a punto de saltarse de las órbitas, no pudo reprimir la risa.

—¿Has ido a ver a mi abuela? —preguntó, alucinada— ¿Y ella te dijo eso?

Mark intentó hablar sin volver a soltar la risa.

—Me tenías contra las cuerdas, pelirroja. Necesitaba información para aclararme.

Shannon se dejó caer contra el respaldo de la silla. En el fondo, le parecía increíble que algo que para ella saltaba a la vista, para él hubiera sido tan difuso que necesitara "información para aclararse".

—No puedo creer que no te dieras cuenta... Dios, era *tan evidente*...

Shannon meneó la cabeza. Se puso a juguetear con el vaso de cartón sobre la mesa, sintiéndose cada vez más nerviosa.

—Hacía locuras por toparme contigo aunque fuera un segundo, en cualquier parte. No puedo creer que no te dieras cuenta, Mark.

Él puso su mano sobre el vaso evitando que ella siguiera haciéndolo girar.

—¿Y tú? ¿Te das cuenta de que antes hablaba de mí, no de ti? ¿Te das cuenta de que llevo meses inventando excusas para verte... Fabricando un tiempo que no tengo por la esperanza de ver una sonrisa que la mayoría de las veces, últimamente, ni siquiera me das... Intentando hacerte sentir lo especial que eres para mí, lo *desesperado* que estoy por tenerte un rato, aunque sea tomando un café en un bar rodeados de gente? Por favor, dime que sí. Dime que no estás tan resentida conmigo como para que todo esto no signifique nada.

Shannon, sorprendida por ver emoción donde acostumbraba a haber contención, le apoyó una mano sobre la mejilla. Lo sintió estremecerse y acariciarle la mano con cierta urgencia.

—Dime que no hablabas en serio cuando dijiste que no te fías de mí.

Entonces, incomprensiblemente, lo sentía así. Ahora, lo que Shannon sentía era vergüenza. Ni ella era de la clase de personas que iban por ahí haciendo daño sin miramientos, ni él alguien que se mereciera que le dijeran algo semejante.

—No sé lo que pasó, corazón...Te vi con esa mujer y todo se dio vuelta del revés —Shannon apartó la mirada. Era como invocar a las tinieblas: solo con pensar en aquella tarde, todo volvía.

En otros tiempos, a Mark le habría parecido estúpido lo que escuchaba. Del tipo de explicación solo apta para mujeres. Pero lo había llamado "corazón", la primera palabra tierna que salía de sus labios después de días de frases telegráficas, que desencadenó en él una cascada de emociones. Por un segundo, Mark pensó que si los recuerdos de aquella tarde eran para ella tan intensos como las sensaciones que oírla llamarlo "corazón" eran para él...

Se llevó la mano de Shannon a los labios, la besó una y otra vez con una suavidad que a ella le llegó al alma. Sus ojos volvieron a él y siguieron, brillantes, cada uno de sus gestos.

—Fue una apuesta, Shan. Una apuesta, nada más, te doy mi palabra. Y no sé lo que Annie habló contigo, pero lo que yo te dije es todo lo que hubo. Y no hay ni habrá nada más. Ni con ella ni con ninguna otra.

—Como me sueltes eso de que "no podrías serme infiel" me voy a reír un buen rato —dijo ella, con toda la socarronería del mundo.

Mark bajó la vista. Había hecho blanco porque cada vez que aquella pelirroja se salía por peteneras en un momento intenso, era una maniobra de distracción. Además, que ella, suavemente, hubiera recuperado su mano y se dedicara a tomar café como si tal cosa, confirmaba el blanco.

Volvió a buscar la mirada femenina. Esta vez, la maniobra de distracción no iba a colar.

—*Podría* —dijo Mark. Claro que podría, pensó Shannon, los hombres siempre "podían" y ocasiones no le faltaban al muy cretino—. Si quisiera.

Mark no continuó, pero a ella las palabras le resonaron en la mente como si las estuviera oyendo. Pertenecían a otro momento, pero comunicaban el mismo mensaje: "quiero que cuando me mires veas el hombre de tu vida, que para ti, nunca nadie se compare conmigo, y que dentro de ochenta años sigas sintiendo exactamente igual".

Shannon volvió a juguetear con su vaso de café. Mark era como una topadora, arrasando inexorablemente todos sus murallas.

—No habló conmigo —admitió ella, y lo espió por el rabillo del ojo. Lo vio fruncir el ceño—. Se limitó a acuchillarme con la mirada y meterse en la sección de los congelados. Y yo, a poner mi mejor cara de póquer y zambullirme en la sección de "dietéticos".

Sintió como él la besaba con la mirada.

—¿Desde cuándo compras "dietéticos"?

—Desde que tengo a una hermana viviendo conmigo, que cuida su talla treinta y ocho como si fuera un tesoro.

Mark se puso de pie tirando suavemente de Shannon; ella lo miró socarrona, pero lo dejó hacer.

—Por cierto, ¿cuándo se muda?

—¿Por qué? ¿Te preocupa? —preguntó ella justo cuando los brazos de Mark le rodeaban la cintura y la atraían con suavidad y determinación.

Los dos se estremecieron al sentirse cerca.

—Fastidia mis planes —respondió Mark, envuelto en un suspiro. Hundió la nariz en el cuello de Shannon y aspiró despacio. Su voz sonó grave, sugerente cuando habló—. Me quiero ligar a su hermana... Es una pelirroja que está de infarto, ¿sabes?

Lo que estaba era a punto de darle uno, pensó Shannon.

Él la empujaba suavemente, sin soltarla, hacia al dormitorio, y si tanta proximidad después de dos semanas no era suficiente para hacer que el mundo se detuviera, además estaban las palabras y el tono con que las decía.

—¿Quieres ligar conmigo?—susurró ella, jugando a atrapar el labio inferior de Mark entre sus dientes cada vez que él intentaba besarla.

Habían llegado junto a la puerta de la habitación. Él la empujó suavemente, pegó su propio cuerpo al de ella, buscándola, y tardó siglos en contestar.

—Quiero que se vaya, Shan. Dime qué le hace falta y lo tendrá.

Dinero, referencias, lo que sea... Necesito esos ratos contigo después del trabajo, solos tú y yo, y es tu hermana, sí, pero no es buena compañía para ti y lo sabes...

Sí, Shannon lo sabía. Pero ignoraba que él la necesitara hasta ese extremo. Era un hombre familiar, acostumbrado a vivir rodeado de gente.

Shannon tomó la cara masculina entre sus manos; él le robó un beso corto cuando se disponía a hablar, haciéndola sonreír con picardía.

—Deja de achucharme porque no voy a traspasar esa puerta, corazón. Tengo que irme a trabajar, y tú también. Pero para que te consueles, te diré que Cheryl ya tiene apartamento, así que este fin de semana, tú y yo le ayudaremos con la mudanza, ¿te parece bien?

Mark no perdió tiempo festejando la buena nueva. En cambio, se coló en la boca de Shannon, apasionado, y dejó que sus manos se encargaran de hacerla cambiar de idea.

Diez minutos después, mucho más ligeros de ropa y fundidos en un abrazo, Mark y Shannon "traspasaron esa puerta".

CAPÍTULO 22

Los trabajos en el área ecológica avanzaban sin prisa pero sin pausa, lo que para Gillian tenía un doble valor. Por un lado, era su gran proyecto tomando forma material; por otro, el efecto definitivo que participar en él estaba teniendo en Patty. Era un gusto verla implicarse en todo con aquel interés inédito, descubrir lo mucho que disfrutaba de trabajar al aire libre, cómo le cambiaba la expresión de la cara cuando sus ojos se perdían en el horizonte...

Pero desde hacía varios días, Patty parecía ausente. Y aquel gesto hosco, propio de alguien enfadado con la vida que traía aquel día cuando llegó al rancho Brady, había regresado.

Gillian se acomodó mejor el cabello, volvió a ponerse la gorra de béisbol y decidió aprovechar el efecto sedante que tanto horizonte y tanto sol tenían sobre su colega.

—Estoy muerta, ¿nos sentamos un rato a la sombra?

Patty dejó la asada a un lado y miró el trabajo que aún quedaba por hacer.

—Es un poco pronto para estar muerta ¿no? Como doscientos metros pronto...

—Deberíamos esperar a que Jeffrey arregle la motoazada, pero alguien que miro y no nombro, últimamente parece que no se puede estar quieta dos minutos.

Patty sonrió de mala gana, la siguió campo a través hasta el roble bajo cuya sombra dejaban el piscolabis.

—Ese pasa más tiempo mirándote el culo que trabajando. Si dependemos de él, estamos jodidas —Gillian la miró riendo, pero no encontró ni rastro de humor en su joven amiga que, sentada con la espalda apoyada en el árbol, miraba más allá—. Tío tenía que ser... No sirven ni para avisar quién viene.

Gillian le pasó la botella de agua. Había un tormenta eléctrica en esa niña que había empezado a formarse cuando Shannon, enojada con Mark, había dejado de pasarse por el rancho. Hacía dos semanas que Patty evitaba al mayor de los Brady, que le contestaba con segundas o en plan telegrama. Y ahora hablaba de Jeffrey, pero en realidad, se refería a Mark.

—Es un *plasta* zalamero, sí... No sé cómo se las arregla para tener siempre un piropo en la punta de la lengua —procuró relajarse y que su voz no mostrara lo mal que toleraba las críticas sobre cualquier cosa o persona de ese rancho—, pero si la motoazada no está lista no es por su culpa. Tenía trabajo extra esta mañana —concretamente sustituir a Mark para que él pudiera ayudar a Shannon con la mudanza de su hermana— y yo le dije que no se preocupara, que vamos bien de tiempo... Porque vamos bien de tiempo, ¿no?

Patty le echó una mirada de reojo, bebió un sorbo de la botella.

—¿Por qué me lo preguntas a mí? Ya sabes que vamos bien de tiempo.

—Para que te des cuenta de que *me doy cuenta* de que llevas dos semanas usando cualquier excusa para meterte con Mark, y que, aunque no te haya dicho nada hasta ahora, no me parece bien.

La primera reacción de Patty fue de sorpresa. Que Gillian dejara su *omnipresente* sonrisa a un lado y hablara de lo que le parecía bien y lo que no, era nuevo. La siguiente fue indiferencia, no quería hablar de los Brady ni escuchar hablar de ellos. Quería a Shannon y no la tenía.

—Pues lo siento.

—Haces bien en sentirlo. Porque te estás metiendo en un asunto que no es de tu incumbencia y encima, haciendo juicios equivocados —Patty la miró desafiante. No se equivocaba. Mark la había fastidiado, él lo había admitido—. Se quieren y esto no es más que una tormenta de verano que por lo que sé, ya se ha pasado —la miró con cariño—. No lo tomes a mal, Patty, pero francamente, no creo que la razón haya sido Mark. Y no culpo a Shannon, de verdad que no... Sé que puede ser muy duro manejarse con alguien que siempre tiene las ideas tan claras, pero lo conozco muy bien, sé lo que Mark es capaz de hacer por las personas que quiere, y a Shannon la adora. No le haría daño, Patty. Pero si estás enojada con él, deberíais hablar. Pídele que te explique lo que no entiendas, que te aclare lo que te preocupa...

Patty se revolvió molesta.

—Ya me dijo que "no era asunto mío".

—Es que, estrictamente hablando, *no es asunto tuyo*. Tienes quince años ¿qué te hace pensar que debo darte explicaciones?

Gillian miró a Mark con una sonrisa.

—¿Y tú de dónde sales?

Él se sentó frente a las dos mujeres, sobre la hierba y se cruzó de piernas al estilo indio.

—Subí el camino, salté la alambrada y atravesé matojos de este alto, pero se ve que estabais muy entretenidas cotilleando sobre mí...

Patty miraba la botella de agua con la que jugueteaba y Mark la miraba a ella, con cariño pero cierto malestar. Gillian decidió dejarlos hablar tranquilos.

—Bueno, te dejo con mi lugarteniente, yo voy a seguir doblando la espalda un rato.

Mark asintió.

No le apetecía hablar del tema, y tampoco creía que tuviera que explicarle nada a una cría, pero su preocupación era tan evidente y estaba complicando tanto las cosas, que intentaría, al menos, suavizar lo que pudiera. Se disponía a hablar cuando ella se adelantó.

—¿Has arreglado las cosas con Shannon?

Sus miradas se encontraron, y ella la sostuvo.

—Claro.

Patty asintió.

—¿Te ha perdonado?

Mark se tomó su tiempo para responder. Así que ella creía que haber reconocido que él se había equivocado era sinónimo de haber hecho algo por lo que Shannon debiera decidir si perdonarlo o no. Por más pinta de luchador de sumo que tuviera, aquella niña era un exponente humano con cromosomas XX.

—Vale, a ver —empezó él con un punto de ironía—. Que haya arreglado las cosas no quiere decir que haya sido el culpable del desarreglo, ¿sabes? Solamente quiere decir que hacía falta arreglarlas, alguien tenía que hacerlo y me ofrecí voluntario porque esa pelirroja que tú tanto veneras no se ofreció. Es complicado ya lo sé, pero seguro que en un par de años te haces con el tema...

Ella no solo no apartó la mirada, enarcó la ceja imitándolo con total descaro. Mark tuvo que contenerse para no soltar la risa.

—Vale, a ver —empezó ella, imitándolo otra vez—. Le dijo a John que "esta vez no lo arreglarías con regalitos" y te dejó una caja de las grandes, hasta arriba de paquetes sin abrir, encima de la mesa de la cocina. Si no has sido tú el que la fastidió, ¿por qué la freíste a regalos, y por qué ella te los trajo de vuelta como diciéndote "mételos donde te quepan"?

De esforzarse iba la mañana, pensó Mark intentando disimular el disgusto que le provocaba que aquella niña estuviera al tanto del asunto de la caja.

—Ella no estaba bien —respiró hondo. Dios, se le daba fatal hablar de sus asuntos—. Hacer coincidir horarios cuando uno de los dos no está en plan cooperativo es complicado. Y yo necesitaba que tuviera algo de mí, que sintiera que... —hizo una pausa y volvió a mirarla. La niña aguardaba en silencio, con expresión algo desafiante—, que para mí ella es fundamental, ¿entiendes? Pero se ve que no lo tomó de esa manera, que pensó que... No lo sé; ha sido un malentendido, y ya está.

Patty sonrió irónica.

—Ya. Y digo yo, ¿por qué la caja sigue en el garaje? Si solamente fue un malentendido y habéis arreglado las cosas... —sonrió con malicia—. No me lo digas; todavía no te ha dado tiempo a devolvérsela.

Benditos críos. Veían a través de las paredes y lo oían todo. Aunque no siempre entendieran... Mark pasó revista a sus alternativas y empezando por encontrarse, voluntariamente, dando razones a alguien que doblaba en edad, no le gustó ninguna. Podía mentir, ofrecerle otra vez un "no es asunto tuyo" por respuesta... O decir la verdad. Bueno, parte de ella.

—No sabe que tengo la caja —vio las cejas de aquella criatura transformarse en una cúpula perfecta bajo la cual dos ojos llenos de ironía le decían que le fuera con el cuento a otro—. Se la dejó a mi padre, no a mí, ¿o me viste en algún momento desde dondequiera que escucharas a escondidas? —Patty le echó una mirada burlona y miró a otra parte. Mark decidió acabar con el tema de una vez—. Vale, las cosas están así: ella no lo sabe, yo no voy a decírselo y como no es asunto tuyo, tú te dejas de meter las narices en el tema. Nunca has visto esa caja, ¿estamos?

—No —replicó ella—. Todo esto me huele a quemado porque a ver, ¿por qué quieres hacerle creer que no sabes de lo que va? ¿y por qué crees que voy a mentir por ti? De eso, ni hablar.

Bueno, lo había intentado. Mark se puso de pie. Se sacudió la tierra de los pantalones con la mirada desafiante de la niña clavada en él.

—Ni ella dijo nada sobre la caja, ni yo se la menté. Y nadie te está pidiendo que mientas —la miró directamente a los ojos—. De no haber estado donde no debías escuchando lo que no te incumbía, no estaríamos hablando de este tema... Lo que, por cierto, me recuerda que no he venido a darte explicaciones.

Dejó de hablar a propósito, buscando alguna reacción en la niña que seguía con la vista en lo que hacía Gillian. Y fue en aquel instante, cuando vio el brillo rabioso de sus ojos, la fingida indiferencia, la actitud desafiante de prestar abiertamente atención a cualquier otra cosa excepto a él...

—Tuvo una mala idea en un momento pésimo, nada más —dijo Mark y meneó la cabeza—. Quiero a esa pelirroja con toda el alma —notó que la niña lentamente volvía la cara hacia él—, y ella a mí. Solamente fue... —sonrió. Iba a decir "cosa de chicas", pero en el último momento se mordió la lengua— un malentendido.

Patty tardó un siglo en mostrar alguna reacción. Al final, simplemente lo miró y asintió.

—Toma —dijo él, y revoleó al aire un llavero que la niña cogió a tiempo. Ella reconoció al momento las llaves de la pickup Ranger de John. Cuando volvió a mirarlo, Mark notó que su expresión había cambiado completamente. Había ilusión, cierta excitación que nunca había visto en sus ojos—. Como no me has dicho qué querías de regalo, aparte de que "te devolviera a Shannon", cosa que he hecho, y ya tienes edad... Si sacas la licencia, puedes ir en estas cuatro ruedas. Así tus amigos no se reirán en tus morros y yo no tendré que hacer de chófer de una cría arisca el resto de mi vida...

—¿En serio? —Patty se puso de pie mirando el llavero como si fuera la lámpara de Aladino y el duende estuviera listo para concederle tres deseos—. ¿Puedo usarla...?

Esta vez fue él quien se tomó su tiempo para contestar. La cara, todo su lenguaje corporal había cambiado tanto en un segundo. Esta era otra niña. Lamentó no tener una cámara, el móvil... algo para capturarlo y guardarlo para la posteridad.

—Sí, en serio. Habla con el dueño del llavero sobre las clases de conducción y las normas de la casa, ¿vale?

Ella asintió con una sonrisa. Mark decidió que era hora de acortar las distancias que esa niña llevaba dos semanas poniendo y dio un paso adelante. Patty, uno hacia atrás.

—Ni se te ocurra. ¿Una Ranger del año del caño? Para que te deje besuquearme, necesitarás como mínimo una coupé Chevy —sonrió con picardía—. Pero gracias, mola.

Con esas se dio la vuelta y se alejó a paso vivo en dirección a Gillian a quien mucho antes de tener cerca ya estaba poniendo al día de las buenas nuevas.

Salvado por los pelos, pensó Mark algo más tranquilo. Llevaba quince días haciendo malabarismos por conservar lo que le importaba, consciente de que ahora las implicancias de lo que hacía o no hacía eran muchas más. Esto no aparecía en su libreto y estaba improvisando. Cada día se sacaba un conejo de la chistera y en vez de aplausos, lo que recibía era silencio. O rechazo. Como las frases telegráficas de Patty o sus miradas escasas y críticas. Como la bendita caja con regalos que Shannon le había devuelto y que él se había limitado a quitar de la vista sin mencionar el tema. No quería ponerla en la situación de tener que disculparse porque, simplemente, no quería que algo que había nacido con la intención de hacerla sentir especial, acabara convertido en un mal recuerdo para los dos.

Y porque tampoco quería desenterrar la intensa sensación de rechazo que él había sentido al verla sobre la mesa de su cocina. Ponerla en el garaje había sido una forma de seguir adelante.

Junto a ella también había apartado una buena ración de ego herido, que sangrante, no dejaba de decirle que alguien tan inmaduro como para devolver regalos no podía cualificar como candidata para su proyecto de vida.

CAPÍTULO 23

Patty tampoco se había librado de su torta de cumpleaños con dieciséis velitas. En medio de sus gestos de adolescente al que su familia adoptiva dejaba en evidencia con una costumbre para la que se consideraba demasiado mayor, era posible reconocer cierta emoción. Especialmente, cuando un coro de ángeles bastante afinado le cantó el "cumpleaños feliz" seguido por las habituales muestras de afecto. Lo mucho que había cambiado su vida en los dos meses que llevaba en el rancho Brady no solo se notaba por las personas con quienes elegía estar, también por aquellas con quienes elegía *no estar*. A sus tres compañeros de colegio les dedicaba la atención mínima imprescindible, nivel que Mark se encargaba de marcar con observaciones del tipo "tu amiga tiene el vaso vacío" o directamente echándole una mirada de ceja alzada, la misma que hacía unos instantes le había indicado que se quedara junto a Mandy y Eileen y las ayudara a servir tarta a todos los presentes.

—Toma —dijo Mandy, alcanzándole un plato con un trozo de tarta a Patty—, pásasela a tu amiga...

—¿Es "light"? —replicó burlona, y añadió una cucharilla al plato—. No come otra cosa.

Eileen la miró brevemente y continuó cortando la tarta. Mandy le pasó.

—¿Noto cierta borrasca? —dijo Mandy al tiempo que le entregaba otra ración de tarta—. ¿Qué? ¿Hubo bronca?

Patty se encogió de hombros.

—Desde que dejé el *cole* ni los veo —miró hacia la otra punta de la mesa, donde estaban sus amigos. Esos no necesitaban tarta. A su amiga le vendría de perlas un babero y a ellos, un baño frío—. Vaya trío de gilipollas...

Mandy les echó un vistazo, y una sonrisa pícara le iluminó la cara. La jovencita se había unido al grupo de hombres y seguía la conversación moderada por Jason completamente abstraída en las vistas del *quarterback*. Junto a ellos, los dos chicos hacían que jugaban a las prendas con Gillian, Shannon y los hermanitos White, pero se dedicaban a tontear con ellas. En realidad, la única que se había salvado de la exhibición de testosterona había sido Eileen; con las jóvenes no se habían cortado.

—¿Para qué los has invitado? —preguntó Mandy, mientras le entregaba una tercera ración del pastel de cumpleaños.

Patty soltó una risita sardónica.

—¿Y cómo se le dice que no a Gillian?

Mandy meneó la cabeza, divertida. La entendía perfectamente. Ella misma, después de tantos años, continuaba sin averiguarlo.

A la comida en el río había seguido una cena familiar en la cocina. Había sido un día ideal, y Patty estaba feliz, pero como los dos necesitaban tiempo a solas y estaba claro que mientras estuvieran en el rancho no iban a tenerlo, en el momento que Shannon dijo que era hora de marcharse, Mark ni corto ni perezoso se fue a buscar las llaves para seguirla en su coche.

Ahora, llevaban más de una hora despidiéndose en la puerta de la casa de ella y cada vez que parecía que él al fin se subiría al coche, alguno de los dos hacía un comentario y volvían a enfrascarse en otra conversación.

—¿Lo has pasado bien?

—Claro, me encantan los tuyos.

Mark asintió varias veces y volvió la cabeza para mirarla. Ella, apoyada contra el monovolumen a su lado, lo miraba completamente atenta.

—Tienen sus días, como todo el mundo. Seguro que a mí también me gustan los tuyos... —hizo una pausa a propósito, vio que ella lo miraba divertida—. Cuando los conozca.

Seguro que no, pensó Shannon. ¿Cómo iba a gustarle un hombre que pasaba meses sin ver a sus hijas? Por no hablar de la mujer que dormía a su lado, ocupando un lugar que siempre le quedaría demasiado grande... Y en última instancia, tampoco tenía ninguna prisa por comprobar si se equivocaba o no.

—Patty me dijo que le regalaste la libertad para su cumpleaños... ¿te parece buena idea dejarla conducir? Es muy cría todavía...

Mark no contestó de inmediato. Se preguntó si lo estaba cuestionando de verdad, o simplemente evadiéndose de un tema delicado en el que prefería no entrar. Y, como otras veces con Shannon, le picó que la única mujer que adoraba en el mundo no se deshiciera de gusto porque su hombre dejara claro que quería algo más formal. Y también, como otras veces, un segundo después la adoró el doble por impulsarlo a echar el resto.

Él asintió varias veces con la cabeza, aceptando el reto que nadie había puesto en palabras y se colocó de pie, delante de ella.

—Independencia, no libertad y sí, me parece buena idea. Es capaz de hacerse cargo de su vida, y además, lo necesita.

Shannon continuó mirándolo. Lo veía crecerse ante sus propios ojos, cada vez más decidido, inapelablemente solícito, definitivamente protector, y no acababa de dar crédito a lo que veía.

—Quiero que me presentes a tu padre y a su mujer... Quiero que nos veamos las caras, decirles lo que siento por ti... —le tomó una mano, se la acercó a la boca y continuó hablando. Ella, con los ojos brillantes y el corazón a la carrera, siguió el movimiento de sus labios mientras él hablaba— . No voy a dejarlo estar, Shan.

Ella suspiró, asintió con los ojos brillantes. Él se inclinó, le besó la nariz y no se apartó.

—Vale —susurró sobre los labios femeninos—. ¿Qué quieres desayunar mañana?

"A ti", pensó Shannon. Se acurrucó contra su pecho. Cada día quería más de Mark y él se lo daba sin reparos, sin medias tintas. ¿Cómo había sido capaz de decirle que no se fiaba de él?

—No eres comestible, así que supongo que tendré que conformarme con bombones.

Él se apartó un poco para poder mirarla. Shannon vio que aquellos ojazos color cielo brillaban tanto o más que la sonrisa feliz que le iluminaba la cara. Volvió a acomodarse contra su pecho. Y esta vez, no buscaba solamente cercanía.

—Quiero unos bombones en particular —añadió suavemente—. Vienen en una caja con forma de corazón envuelta en papel rojo, con un lazo dorado y un sobre que pone "para mi amor"... ¿Sabes cuáles te digo?

Sus miradas se encontraron, la de él transmitió sin palabras lo que cada célula de su cuerpo repetía con creciente emoción.

La amaba, sí, con toda el alma. Asintió, la abrazó fuerte, buscó su calor.

"Veré que puedo hacer" le escuchó decir Shannon un segundo antes de que la dulzura de sus besos volviera a hacer llover polvos de hada.

A la mañana siguiente nadie tocó el timbre del apartamento de Shannon. No hubo café en termojarra ni las buenas vistas de Mark al otro lado de su puerta a las siete en punto. Pero cuando dos horas después, entró en su despacho la emoción le cerró la garganta.

Sobre el escritorio, junto a su caja de bombones en forma de corazón, había otra inmensa que reconoció al instante. Sonriendo y de a ratos, lagrimeando, abrió uno por uno los regalos que Mark había envuelto de nuevo. Leyó las notitas tiernas que él había vuelto a escribir y con cada palabra y cada lágrima, sintió en su piel la caricia amorosa de aquel hombre.

Shannon suspiró, cogió un bombón y cerró los ojos, saboreándolo.

Cada vez que mirara esa caja, que tocara uno de esos peluches, la piel le recordaría este instante...

Y la devoción inapelable de Mark la envolvería completamente, haciéndola sentir el ser más especial sobre la faz de la Tierra.

CAPÍTULO 24

Que Mark se creía capaz de hacerle recuperar la ilusión, Shannon empezó a verlo claro un instante después de haberle dicho que "no se fiaba de él", cuando en vez de ver rencor en su mirada, lo que vio fue una dulzura que le acarició el corazón.

Que Mark *era* capaz de hacer que ella, además, reuniera el coraje necesario para hacer las pertinentes presentaciones formales con su familia, tardó exactamente cuarenta y cinco días en demostrarlo sin la menor sombra de duda.

Los primeros momentos habían sido algo tensos como suelen ser las presentaciones familiares, pero así como los Brady contaban con los abrazos magnéticos de Eileen y la alegría incombustible de Gillian, los O'Neil tenían a Cathy, la septuagenaria abuela materna, sociable y alegre como buena irlandesa.

Durante la cena en la que los Brady hacían de anfitriones, los respectivos cabeza de familia habían dirigido la conversación. Los temas, cómo no, habían tratado sobre historias de infancia y adolescencia de sus hijos, con algunas incursiones en cómo habían cambiado las cosas en Camden desde entonces.

Shannon se sentía demasiado ansiosa por lo que estaba ocurriendo no solamente allí, en ese momento, sino en su vida desde hacía un mes y medio, como para prestar atención a algo diferente que al metro casi noventa de hombre que la mantenía flotando entre nubes, sin tocar el suelo, solamente con mirarla desde el otro lado de la mesa.

Mark, consciente de la importancia de aquel momento para los dos, había activado todos sus sensores. La mayoría de las veces que alguno enviaba una señal de alarma, eran tensiones esporádicas, principalmente provenientes del matrimonio O'Neil. Shannon no veía mucho a su padre desde que él había vuelto a casarse; no era raro que se sintieran extraños sentados a esa mesa.

El sensor que controlaba a Cheryl había empezado a pitar tan pronto la treintañera había puesto un pie en el salón de los Brady, y dos horas después, lo hacía cada vez más fuerte. Su incomodidad era tan evidente que hasta Patty había empezado a prestarle atención. Y cuando no había incomodidad, había miradas desafiantes a veces hacia su hermana, generalmente hacia Mark.

Cuando Eileen apareció en el salón empujando un carro con tres tortas, los pequeños de la mesa lo celebraron a gritos y el ambiente se volvió distendido y cordial.

Cathy, tan aficionada a la repostería como la propia Eileen, se ofreció de inmediato a ayudar a servirlas.

—¿Moras, chocolate o naranja, muchachito? —preguntó Cathy a Matt, sonriendo.

Él se relamió.

—De las tres, por favor.

Hubo risas y comentarios. Jason le tomó el pelo.

—Te vas a poner fondón y a los Brady...

—Ya lo sé —interrumpió Matt burlón e imitó su voz—. *A los Brady los fondones no nos gustan...*

Jason asintió, divertido.

—Un trozo de cada una, no más —contestó el niño mostrando su dedo índice—. Tengo permiso, ¿no? —miró a Mark que asintió—. Pues eso, de las tres, por favor señora Murphy.

—Cathy —lo corrigió ella mientras le servía sus tres trozos de tarta y le entregaba el plato.

La sonrisa golosa de Matt le ocupaba toda la cara cuando se dispuso a dar cuenta de los manjares.

La ronda llegó a Shannon y Mark se fijó en Cheryl.

—¿Y a ti, cariño? —preguntó Cathy—, ¿qué te sirvo?

—Me parece que voy a seguir el consejo de Matt; un trozo de cada una, no más.

En aquel instante, el sensor que controlaba a Cheryl pitó tan fuerte que Mark pensó que lo iba dejar sordo.

—Querida, es un milagro que hayas entrado en ese vestido, pero te aseguro que si catas las tres, no sales de él... Por cierto, es un vestido precioso, ¿dónde lo has comprado?

Negro, de aspecto aterciopelado, razonablemente largo con mangas cortas que hacían las veces de tirante y dejaban los hombros prácticamente al aire, en la caja le había parecido sobrio. Una vez puesto, el tejido se le ajustaba al cuerpo haciendo que el largo le pareciera menos razonable, y el escote, Dios, vertiginoso.

"Precioso y *provocativo*, no me lo recuerdes", pensó Shannon con cierto apuro.

El silencio se podía cortar con serrucho.

Mark vio a su novia coger el plato y guiñarle un ojo a Cathy, y luego, mirar a su hermana como si no hubiera oído la primera parte del comentario.

—Pues lo siento —replicó mientras cortaba un trozo de tarta de chocolate, despreocupada—. No puedo prestártelo. Además de ser varias tallas más grande que la que tú gastas, es un regalo personal —miró a Eileen y le hizo un signo de victoria con el dedo pulgar hacia arriba—. Está buenísima…

"Tú estás buenísima, por dentro y por fuera". Eso decían los ojos de Mark, pero ella no lo vio. Cathy, sí.

Las carcajadas de Cheryl lo devolvieron a la realidad.

—¡Venga ya! ¿Regalo personal? —dijo Cheryl. Miró a Cathy que le ofrecía tarta—. No, yo paso, gracias —volvió a Shannon que disfrutaba de la suya sin signos de incomodidad—. ¿Quién te ve tan sexy como para regalarte algo así?

La voz de Mark sonó con tal determinación que todas las miradas se centraron en él, incluido los niños.

—Se lo regalé yo. Y "sexy" se queda muy corto. Sexy es *la Jolie*, tu hermana es una diosa del Olimpo.

Mark notó tres reacciones bien diferentes. Su novia, con la mano sosteniendo una cucharada de torta como en una imagen congelada, lo miraba enamorada. Su familia intentaba mantener a raya la sonrisa, sin conseguirlo del todo. Y Cheryl estaba verde de envidia.

—¿No me digas? —replicó la hermana de Shannon, apartándose coqueta el cabello de la cara.

La ceja enarcada de Mark, que según Jason funcionaba con todo el mundo, tuvo un efecto inmediato en la treintañera, que miró a otra parte con un rubor delator en las mejillas, y no dijo nada más.

♦ ♦ ♦ ♦ ♦

Para Mark, sin embargo, no fue suficiente. Desde el principio, las veces que habían coincidido los tres, él había presenciado escenas parecidas: Cheryl siendo deliberadamente hiriente; Shannon poniéndole al mal tiempo buena cara, e ignorando la intencionalidad de los comentarios de su hermana.

Decidió que no presenciaría más, ya que él se ocuparía de que no hubiera más.

Familia e invitados se habían acomodado en los sillones y charlaban dispersos en pequeños grupos cuando Mark vio a Cheryl salir del salón. Echó un vistazo rápido. Shannon conversaba con Cathy y Gillian.

—Ya vuelvo —les dijo a John, Jason y Jordan, con quienes estaba, y se puso de pie.

Jason le echó una mirada divertida a su padre. Jordan meneó la cabeza y siguió a Mark con la vista hasta que desapareció del salón.

—Estaba claro —comentó John. Miró hacia el grupo donde estaba Shannon. Ella también se había percatado de la jugada, igual que Gillian, pero ambas continuaron charlando con Cathy—. Cuando vi esa ceja levantada…

Mark esperó pacientemente en el pasillo a que Cheryl saliera del baño y cuando ella asomó un pie fuera, lo siguiente que vio fue a Mark, completamente serio, que la instaba con la mirada a que entrara en la cocina.

—Normalmente dejo que las cuestiones de familia se resuelvan en familia —Mark entornó la puerta de la cocina. Se puso las manos en los bolsillos de sus pantalones y la encaró sin preámbulos—, pero si llego a oírte un comentario ofensivo más es bastante posible que me olvide de que soy un caballero y te diga un par de cosas esté quién esté delante. Así que escucha...

La vio cruzarse de brazos airada y bajar la cabeza como si estuviera a punto de explotar. Mark hizo una pausa. Pensó cuánta razón tenía Cathy cuando decía que las dos hermanas eran el día y la noche. A esta cuánto más las trataba, menos la soportaba. Su vanidad extrema y su tontería caprichosa le provocaban un rechazo visceral.

—Ni me gustan tus maneras ni me gustas tú.

—Pues hace doce años te gustaba un montón, juraría que hasta se te puso dura y todo.

Si la interrupción le calentó la sangre, la observación y el tono desafiante que usó, completaron el cuadro. Mark tomó conciencia de que podría empezar a poner sus pensamientos en palabras y tres días después seguir soltando sin miramientos, así que decidió atajar el asunto.

—Hace doce años hice alguna que otra cosa que no estuvo a la altura del hombre que soy, y te pido disculpas —ella lo miró interrogante—. No me interesabas para nada. Casi no sabía quién eras, pero Jimmy Coach dijo que estabas colada por él, que pasabas de los demás, y la vanidad me pudo —Mark vio cómo la expresión de ella se descomponía al tiempo que sus ojos se llenaban de rencor—. Fue una apuesta.

Cincuenta pavos y una hora para ligarte. Lo siento, Cheryl.

—¿Esperas que me lo crea? —preguntó ella sin mucho convencimiento.

—¿Crees que me importa? —él la miró desafiante—. Si hubiera querido algo contigo no me habría ido, ¿no te parece? —ella lo miró con desdén—. O te habría seguido llamando, cosa que *no pasó*. Es lo que hay y así puede quedar, pero si me entero de que te sigues metiendo con Shannon, si oigo o me cuentan que te oyeron un solo comentario ofensivo más, del tipo que sea, es bastante posible que me apetezca empezar a contar por ahí anécdotas del pasado. Ya sabes, cosas de adolescentes.

—Que nadie se creería...

Se miraron un instante. Mark le contestó sin usar ni una palabra.

Lo creerían.

—Eres un *capullo* —sentenció ella, airada, y abandonó la cocina.

CAPÍTULO 25

Cheryl volvió directamente al salón desde la cocina, pero Mark no. Cuando Shannon vio la expresión de la cara de su hermana, aquel brillo rabioso en sus ojos, comprendió que lo que fuera que hubiera ocurrido había sido breve y efectivo, al mejor estilo Mark Brady.

Hacía mucho tiempo que ella había elegido poner coto a las andanadas hirientes de su hermana, ignorándolas. No siempre lo conseguía del todo, pero siempre lo intentaba. Simplemente, no quería dejarse arrastrar por la rabia. No quería ser ese tipo de persona.

Además, tampoco la juzgaba. Para las dos había sido un golpe tremendo perder a su madre, y el cabeza de familia había empeorado las cosas casándose otra vez poco tiempo después. Diez años más tarde, Shannon seguía sin recuperarse del todo y no tenía la menor duda de que Cheryl tampoco lo había hecho.

Pero Mark acababa de entrar en el salón y la atención de Shannon abandonó a su hermana y se centró en el hombre completamente vestido de negro que se dirigía hacia ella.

—¿Qué haces? —le preguntó cuando él se puso de cuclillas frente a ella. Por el rabillo del ojo vio que todos dejaban de hacer lo que hacían, y ponían su atención en ellos.

—Darte mi regalo de aniversario —respondió él, sonriendo masculino. Se giró un poco para mirar a los demás y aclaró—. El jueves cumplimos dos meses.

Shannon sonrió nerviosa.

—Ya me has dado mi regalo… —contestó ella diciéndole con los ojos que no estaban solos, y que empezaba a ser violento.

Mark negó con la cabeza.

—Este vestido fue un capricho —le tomó una mano y la besó. Notó que estaba helada y no pudo evitar sonreír con ternura—. Fue un regalo, pero no *el* regalo.

Shannon suspiró, miró a su alrededor. No volaba una mosca. Todo el mundo atendía la escena sin perderse gesto. Podía sentir las miradas pícaras lloviendo sobre ella. Y oír las risitas cómplices de los críos.

Carraspeó y volvió su vista a Mark.

—Nos están mirando —le dijo entre dientes—. Me voy a morir de un ataque de vergüenza aquí mismo.

"Dios, qué loco estoy por ti". Y no acabó de pensarlo que se acercó a ella y la besó. Ocurrió en una fracción de segundo. Cuando Shannon quiso darse cuenta, Mark se había metido en su boca sin que ella atinara a nada. Se quedó tal cual estaba hasta que él, suavemente, dejó su labios robándole besos pequeños, y se apartó un poco. Entonces se dio cuenta de que la sala se había llenado de comentarios y picardía, y de que las mejillas le ardían.

—Mi regalo de aniversario es este —Mark sonrió suavemente. Ella bajó la mirada hasta su mano y contuvo la respiración—. La tradición dice que primero necesito el permiso de tu padre, pero según tu abuela lo tradicional no te va nada… —miró al padre de Shannon—. Me fio de Cathy, espero que no le importe señor O'Neil.

El hombre, tan sorprendido como su hija, sonrió y negó con la cabeza. Mark volvió a concentrarse en Shannon, ella con una media sonrisa nerviosa en la cara, se apartó el pelo de la cara en un gesto que a él le inspiró tanta ternura que tuvo que contenerse para no abrazarla.

—¿Te acuerdas ese día que me preguntaste bastante cabreada cómo encajabas tú en mis planes?

Ahora no solo se sentía helada de los nervios, tampoco podía dejar de temblar. Claro que recordaba aquel día, como para olvidarlo. Lo recordaba perfectamente, como también recordaba perfectamente otra cosa.

—Me acuerdo de que no me respondiste —le dijo con un punto desafiante que provocó sonrisas en todos.

Pero Mark y Shannon no sonreían. Había tanto silencio en la sala como emoción en ellos dos.

—Sin ti, no hay plan —dijo él suavemente.

Definitivo, devastador. Y certero.

Apuntaba al corazón y hacía diana siempre. Shannon suspiró cuando sintió que los ojos se le llenaban de lágrimas, lo que despertó ternura en todos, y en Mark, una vez más esa intensa necesidad de estrecharla fuerte. Nunca había conocido a nadie que lo hiciera sentir locura por hacerle el amor un instante y al siguiente, aquella imperiosa necesidad de protegerla, de abrazarla y susurrarle al oído "estoy aquí, no pasa nada".

—Me freías a calabazas, pimpollo —su sonrisa paternal tuvo el mismo efecto que un abrazo sobre Shannon—. ¿No esperarías que me pusiera en plan romántico con una cría respondona que no me daba ni la hora, no?

Ella respiró hondo. Con un nudo en la garganta de la emoción y los ojos llenos de estrellas, se esforzó por sostenerle la mirada.

—Eres mi vida, Shannon —ella se estremeció, suspiró sin darse cuenta. Y él también—. ¿Me harías el inmenso regalo de casarte conmigo? Por favor…

La intensa emoción que ella sentía estalló en un llanto acongojado que inspiró ternura en quienes lo presenciaban y sorpresa en Mark. Era la primera vez que la veía así, y su intensidad, pasado el primer instante de sorpresa, lo conmovió profundamente.

—Oye… —dijo él con dulzura, rodeándola con sus brazos—, si no me dices que sí, vamos a ser dos llorando a moco tendido…

Por toda respuesta, ella se acurrucó contra él y lo abrazó más fuerte. Lloró un buen rato, tras el cual, se apartó. Echó la cabeza hacia atrás y respiró hondo.

—Está claro que crees que voy a decir que sí, o no habrías reunido a toda tu familia y la mía… —él no respondió. Shannon asintió con la cabeza—. Claro, eres demasiado correcto para decirlo, pero lo crees… *Lo sabes*. Eres *Don Certezas*, y lo sabes.

Él continuó mirándola en silencio. En aquel preciso momento, lo que "Don Certezas" sabía sin la menor sombra de duda era que todo su futuro, su vida entera, dependía, por primera vez, de la decisión de otra persona; de Shannon. De una palabra suya que necesitaba oír. Desesperadamente, pensó con ironía, aunque no sonara nada al tipo controlado que se jactaba de ser.

—La mayoría de la gente pensaría que es una locura, que dos meses es muy pronto para tomar una decisión así…. Seguro que en esta sala hay quien lo está pensando ahora mismo… Pero tú, lo tienes claro.

Mark la vio bajar la cabeza y volver a respirar hondo. Sintió el corazón bombeando a destajo y se obligó a mantenerse sereno, pero cuando ella volvió a mirarlo, él se estremeció. Fue físico, no solo emocional, y evidente para todos.

—Es una locura que me pidas que me case contigo. Y si te digo la verdad, eso es justamente lo que me está gritando el cerebro, pero has dicho que soy tu vida —él asintió con los ojos brillantes. Ella también—. Sí... No le puse nombre, pero cuando te oí decirlo comprendí que sí, que lo que me haces sentir es eso, y… son las tres palabras más alucinantes que me han dicho jamás. *Y son ciertas*... Dios, podría seguir llorando de la emoción los próximos cien años...

Shannon le acarició la nariz con un dedo. Mark lo besó y no lo soltó.

—Haces que suspire. Que me sonroje y se me llenen los ojos de lágrimas... Que salte de la cama cuando suena el despertador y corra al trabajo solo porque sé que vas a estar ahí cuando abra la puerta. Y si no estás tú, estará tu rosa o tu bombón, o sonará el teléfono... Haces que me muera por verte... Es una locura que me pidas que me case contigo y tengo miedo, pero como lo tienes todo así de claro, esto también lo sabes... ¿Hacemos lo correcto? —le preguntó casi en un murmullo.

Mark la abrazó fuerte y buscó su mirada.

—Sí.

—¿Va a salir bien?

Cuando él vio aquellos ojos brillantes, su expresión de pura preocupación le llegó al alma.

—Mejor que bien. Te prometo que nunca vas a arrepentirte de esto.

Shannon sonrió con ternura.

—Y es palabra de un Brady...

—Sí, es palabra de Mark Brady.

Con el corazón bailándole un mambo en mitad del pecho, la vio apartarse el cabello y arreglarse el vestido, coqueta.

—Sí —dijo ella al fin, mirándolo con una sonrisa dulce—. Quiero casarme contigo.

Dos letras, solo dos letras que la mente y el corazón de Mark repitieron como un eco. Durante una interminable fracción de segundo, un remolino de sentimientos lo paralizó.

Pero una fracción de segundo después, el más cerebral de los Brady reaccionó. Fue un auténtico espectáculo de locura que arrancó sonrisas y llenó de sorpresa a los que lo conocían bien; se puso de pie manteniendo a Shannon abrazada, la alzó tres palmos del suelo y cuando tuvo su boca a nivel, se dedicó a besarla apasionadamente, como si allí no hubiera nadie más.

Es que para Mark no había más que aquella mujer que, con solo una palabra, acababa de poner en marcha el mayor proyecto de toda su vida.

CAPÍTULO 26

Mark abrió los ojos con evidente esfuerzo. Respiró hondo y se inclinó un poco para poder hablarle al oído. Bailaban un tema lento, pero El Gato Negro, como todos los viernes por la noche, estaba lleno. Había mucha gente en la pista y la música estaba alta.

—¿Bien? —murmuró y aflojó el abrazo. Se apartó un poco para mirarla.

Shannon se acomodó mejor contra su pecho y habló sin abrir los ojos.

—Muy bien…

Él apoyó el mentón contra la cabeza femenina y miró como ausente lo que los rodeaba. Mucha gente. Alguna que otra escena subiendo temperatura. Jordan y Mandy bailando y, de a ratos, conversando. En la otra punta, Jason y Gillian, "pasándoselo de miedo".

Se le iba la cabeza otra vez. Era aquel olor suave, delicado, indefinible, que le anunciaba la presencia de Shannon, medio metro antes de que la tuviera lo bastante cerca para tocarla. O aquel vestido negro que no disimulaba unas formas que a él lo volvían loco. Las delineaba, no demasiado, pero suficiente. Definitivamente, suficiente para Mark.

O las sensaciones que lo sacudían como un terremoto cada vez que tocaba, cada vez que palpaba la solidez del cuerpo de aquella mujer. Iban de la yema de los dedos a la parte baja de su vientre y de ahí, subían en una columna de fuego por la espalda, directamente al cerebro. No había huesos pinchándolo. Ni músculos confiriendo fortaleza donde una mujer no la necesitaba, ni convirtiendo en ángulos, formas que debían ser redondeadas. No había vientres chatos conseguidos a golpe de dieta y privaciones. Ni silicona. Había…

De todo lo que a Mark le gustaba, y en cantidad.

Shannon era justamente el prototipo femenino que aparecía en la mente de Mark cuando pensaba en una mujer. Y más. Mucho más, porque además, era suya; hacía una semana que había conseguido ponerle el anillo, y ahora, estaba completamente concentrado en hacer que ella firmara la licencia de matrimonio cuanto antes.

Shannon sintió que él volvía a besarle la cabeza y esbozó una sonrisa. Ya conocía la ruta; empezaba por el pelo, seguía por la frente y bajaba, besándolo todo a su paso con besos pequeños y tiernos, hasta que llegaba a la boca. Entonces, sus besos se tornaban apasionados y la intensidad se disparaba hasta el límite de la censura.

—¿Has pensado algo sobre la boda?

Si quería una respuesta tendría que dejar de colarse en su boca de esa forma, pensó Shannon. Y tampoco estaría mal que esa mano que, subrepticiamente, subía por el perfil de su talle, se quedara quieta.

—Repite… —susurró Shannon, buscando su besos con tanta locura como él.

La pausa, esta vez, fue larga. Sus lenguas se enredaron en un beso más intenso y cuando él dejó su boca, se deslizó en un camino descendente a lo largo de su cuello, con los labios entreabiertos.

Su mano, la del talle, subió dos palmos de la cintura y se quedó ahí, provocativa y caliente, moviéndose sobre la base de la copa de su sostén.

—La boda, ¿has pensado algo? —repitió él.

Shannon sintió su aliento caliente en el cuello, en el hueco del esternón, justo donde la sensibilidad de su piel era tal que invariablemente una corriente eléctrica la recorría de parte a parte, provocando movimientos involuntarios en los hombros.

Y otros voluntarios; apretó sus pechos contra él.

—No. Sigo en el Limbo —respondió ella, con un hilo de voz.

Mark volvió a su boca. Le acariciaba los labios con la lengua, y disimuladamente, el costado de un pecho, con tanta sensualidad como delicadeza.

—¿Te apetece que lo veamos juntos este fin de semana? —le preguntó, pegado a su boca.

—Contigo, me apetece todo.

—Dios… —susurró él—. Eres…

No completó la frase. Cuando sintió que ella le tomaba la cara entre sus manos impidiéndole hacer otra cosa más que besarla, cuando sintió su perfume a prado en primavera, cuando esa dulzura que irradiaba de ella, hiciera lo que hiciera, lo rodeó con brazos invisibles, simplemente cerró los ojos y se dejó llevar.

Besó con pasión, buscando paladearla, descubrir como era de dulce cada rincón de su boca, como era de suave su lengua.

Besó y se dejó besar. Y lo hizo con cada milímetro de su piel. Lo hizo con toda el alma.

Cuando dejaron de besarse al fin, se abrazaron fuerte y siguieron bailando.

—*Guaaau* —murmuró Shannon.

Mark con los ojos aún cerrados, sonrió.

—¿Te ha gustado?

—Un montón. Repite cuando quieras...

—No te insinúes, pelirroja —la apretó más contra su cuerpo—, o vas terminar la noche desnuda sobre el capó de un coche en un aparcamiento oscuro...

—El sátiro de los rizos dorados... ¡qué sexy!

Mark soltó la risa.

—¿Sátiro yo? ¿Con esta cara de perro bueno?

Shannon lo miró de reojo sonriendo pícara.

—¿Perro bueno? Te voy a decir una cosa, corazón... —él la abrazó por la cintura y se apartó un poco para no perderse gesto. Ella le rodeó el cuello con los brazos—. Si me sigues besando así, el que va acabar desnudo vas a ser tú. En una cama: la mía. Voy a cerrar la puerta, voy a tirar la llave por la ventana, y hasta que algún alma caritativa venga a rescatarte, no vas a hacer más que...

Ella dejó la frase a medias. Mark sonrió de oreja a oreja.

—Complacerme, como si fueras mi esclavo —añadió finalmente, y se quedó mirándolo con su sonrisa de niña traviesa.

Mark volvió a la carga. Shannon lo dejó cargar.

Y cuando él dejó, momentáneamente, de besarla, un siglo más tarde...

—¿Sabes? Todavía no me lo creo —dijo en un suspiro.

Mark la miró masculino. Ella había recostado la cabeza sobre su pecho, y jugueteaba con su crucifijo de madera.

—¿No crees, qué?

—Que estemos juntos, que seas tan alucinante... Cada vez que me miro la mano —Shannon extendió los dedos. Se había quitado todos los anillos excepto uno de platino con incrustaciones de diamante—. Nunca imaginé que llevaría uno de estos... La *gordita* de los pelos azules, ¡imagínate! Pero que además sea tuyo... —lo miró con los ojos llenos de ilusión—. Me pillaste completamente desprevenida y aunque pensé que me iba a dar algo de la vergüenza, hiciste que me sintiera tan especial...

—*Eres* especial.

Shannon se estiró y le dio un beso en el mentón. Lo miró con picardía.

—Y tú un encanto, pero ¿sabes? Cuando tienes por hermana mayor a una preciosidad con sonrisa de anuncio para la que te pasas toda la adolescencia haciendo de telefonista, aprendes muy pronto qué es lo que la gente, principalmente los chicos, entienden por "especial". Soy buena persona, es lo que siempre me esforcé por ser, y no me importa que la "especial" de las O'Neil sea Cheryl. Hubo un tiempo que sí, que estaba harta de mirarme al espejo y ver una *gordita* simpática —lo miró con ternura—. Ya no.

Mark no dijo nada. Continuó mirándola masculino, comiéndosela con los ojos.

—Desde que me regalaste este vestido, menos todavía —lo miró de reojo con picardía—. Cuando me lo puse y me vi en el espejo... ¡Dios, me dieron ganas de matarte! Pensé: "yo no salgo así a la calle".

Shannon volvió a juguetear con el crucifijo de madera de Mark.

—Ahora no me lo quitaría ni para dormir... Me gusta cómo me miras cuando lo llevo.

—Pues yo me muero por quitártelo —dijo él, mirándola con los ojos brillantes y una expresión que no dejaba dudas sobre la clase de pensamientos que le estaban cruzando por la mente.

Ella lo miró sonriendo, divertida. Él, en cambio, no sonreía.

—¿En serio?

Él asintió con la cabeza una vez y continuó mirándola.

—¿Te pone verme con este vestido?

Mark volvió a asentir. Lo ponía a mil. Ella, no el vestido.

Shannon se quedó mirándolo, dudando si tomarlo en serio o no. Para el resto del mundo ella era una talla cuarenta y seis, lo tenía bien asumido y ya no le importaba, pero para Mark era una "diosa del Olimpo" y verla con ese vestido le inspiraba ideas locas...

Una sonrisa de "no cuela, pero gracias, corazón", que Mark llevaba mucho tiempo sin ver, le confirmó que había algo en lo que esa pelirroja era igualita que sus contemporáneas; se fiaba más de lo que decía una báscula que los ojos de su hombre.

Él se inclinó hacia ella y jugueteó con sus labios sin dejar de mirarla. Al final se lo dijo, robándole besos cada vez más largos.

—Todos los tíos tenemos una fantasía de mujer en la cabeza, tú eres la mía y este vestido... Seguro que lo hicieron pensando en mí.

Shannon lo miró con expresión mitad enamorada, mitad incrédula. Mark se inclinó hacia ella, buscando su cuello sensualmente, y cuando habló, lo hizo casi en un murmullo.

—Tu corazón me encanta, y si no fueras buena gente no estarías en mi vida, pero lo demás de ti me pone ciego... Ciego, tipo hacer de cuenta que eres un crep cubierto de sirope de caramelo y comerte muy despacio... —le lamió los labios de manera deliberadamente lenta— con la lengua...

Shannon suspiró, se apartó un poco de Mark. Lo miró buscando creerle y lo que vio en aquellos dos trocitos de cielo le produjo un escalofrío. Se pegó a él buscando sus besos apasionada, y él se los dio.

—Creo que en casa tengo sirope... —murmuró Shannon.

Mark se dobló sobre ella, lloviendo besos en sus labios, metiéndose en su boca.

—El caramelo eres tú —le dijo al oído en un susurro caliente—. ¿Nos vamos cuando acabe esta canción?

Shannon asintió, se acurrucó contra él. Mark la estrechó más fuerte.

Luego, cerró los ojos y siguió bailando pegado a ella.

CAPÍTULO 27

Era su tema, el que a Jordan le gustaba tanto. Mandy pensó que no tendría mejor ocasión que aquella, así que se arregló el cabello con coquetería, se acercó a él y le ofreció su mano.

—¿Quieres bailar con la que canta?

Por el rabillo del ojo, Jordan vio la expresión pícara en la cara del gigante forzudo y la enana de pelo largo que junto a él, hacían que charlaban sin perderse dato de lo que ocurría.

—Con la que canta quiero hacer lo que sea —respondió, seductor—. Bailar también.

Cuando Jordan tomó la mano que ella le ofrecía notó que estaba fría. La miró con dulzura. Ella sonreía con sus ojos celestes brillando como estrellas y sus mejillas arreboladas.

Día de cosas importantes, pensó. *De acuerdo, amor, dímelo.*

Bailar su canción favorita con aquella mujer era sumar locura a una locura aún mayor: la que Mandy le inspiraba desde hacía la friolera de quince años. Solo eso, tenerla entre sus brazos, oler su pelo, sentir el contacto furtivo de su pierna al bailar, era suficiente para él. Pero iba a haber más. Lo intuía. Lo sabía. Y casi no podía contener el júbilo de su corazón, que dentro del pecho, bailaba un *rock and roll* frenético desde que al tomar la mano helada de su chica, Jordan supo que era día de temas importantes.

Bailó. Esperó con la mayor calma que pudo que ella se tomara su tiempo como hacía siempre.

Mandy se tomó tres canciones. Cuando empezó la cuarta, ella se apartó un poco para poder mirarlo mientras hablaba. Jordan tragó saliva y se esforzó por evitar que su expresión, algo en sus ojos o en su sonrisa, dejara ver lo mucho que él llevaba esperando aquel instante, las palabras que estaba a punto de oír...

Mandy desplazó la mano que tenía sobre el pecho de Jordan un poco más arriba. Él la sintió jugar con un dedo en su pelo. A veces, la yema le rozaba la oreja. No pudo evitar pensar que como siguiera tocándolo así la conversación se iba a acabar antes de empezar.

—Estuve pensando —dijo ella al fin, mirándolo de forma casual—, que estaría bien construir una casita en el rancho.

Jordan respiró hondo.

—A tus padres les vas a dar un alegrón, eso está claro, pero pensé que querías estar con ellos... —la miró sonriendo—. *Ellos-ellos*, ya me entiendes.

Se dedicó a observarla. Le había costado años y muchas discusiones comprender los procesos de Mandy, pero al final lo había conseguido. Y lo encontraba fascinante. Sabía exactamente que vendría primero y qué después, y aún así, no podía dejar de mirarla; quería verlo suceder delante de sus ojos. Lo necesitaba. De ella, lo necesitaba todo.

La vio apartarse el cabello de los hombros con esos movimientos delicados y sensuales, luego tocarse las pestañas con un dedo como si algo le estuviera molestando en el ojo, y volver a mirarlo.

¿Ya lo tienes? Vale, amor. Dispara.

—A veces, me apetece un poco de intimidad —dijo Mandy con naturalidad y apartó la vista—. Y si a mí me apetece supongo que a ti, con más razón. Después de todo son mi familia, no la tuya.

Suponía perfectamente.

—Sí, en eso tienes razón. Si puedo elegir, prefiero que me pongas sin público —dijo con picardía.

Mandy lo miró burlona.

—¿Que *yo* te ponga? Tú te pones solito, chaval. No me hace falta mover un dedo...

—Eres mi debilidad, ya lo sabes —replicó él, igual de burlón.

—¿Entonces qué? ¿Te parece bien? —dijo Mandy. Tenía su sonrisa de niña feliz en la cara.

—¿Ponerme sin público? Claro, dime dónde hay que firmar.

Mandy sonrió suavemente y apartó la mirada.

Jordan la miró con los ojos llenos de amor.

Pero ella no lo vio. Miraba más allá, a las parejas que bailaban allí cerca, a las luces que se apagaban y volvían encenderse al compás de la música. Miraba sin mirar. Ganaba tiempo. Buscaba las palabras adecuadas para decir cosas que nunca había dicho. Cosas que nunca había sentido la necesidad de decir y que le producían miedo, incertidumbre. Cosas que sabía que tenía que decir, aunque la asustaran.

Aunque en aquel mismo momento, una parte de ella lo deseara con toda el alma, mientras la otra solo quería echar a correr.

Cuando Mandy volvió la cabeza y lo miró, Jordan sintió que el suelo se abría bajo sus pies. Sonrió en un intento de evitar aquella sensación. Vio esos ojos celestes mirarle los labios y luego subir, lentamente hasta encontrar su mirada.

—Me gustaría tener un lugar donde… —Mandy hizo una pausa—. Donde podamos estar juntos a nuestro aire cuando volvemos de las giras…

"Tranquilo, tío, tranquilo. No lo estropees". Fue como un mantra que resonó en cada rincón de Jordan, casi con desesperación. Ella lo miraba con los ojos brillantes.

—¿Quieres decir… tú y yo *juntos*? —preguntó él, con el ceño fruncido.

—Bueno —se apresuró a decir Mandy con una sonrisa nerviosa—, sin agobios, ya sabes… Si volvemos de una gira y estamos hasta el gorro de vernos las caras, me voy con mis padres o tú a tu piso…

—¿Te parece? —insistió él, pensativo.

—Me gustaría, sí… ¿Qué opinas? —dijo con su sonrisa sensual—. ¿Quieres vivir conmigo?

¿Que si quería? Tenía gracia que lo preguntara; quería *cualquier cosa* mientras fuera con ella.

Jordan movió la cabeza a un lado y a otro, como si pensara.

—Podría estar bien… —admitió al fin.

Ella le dio un beso en la punta de la nariz.

—¿Eso es un sí?

—Sin agobios, ¿vale? —precisó, mirándola masculino mientras la abrazaba por la cintura.

Mandy no tenía la menor idea de cómo se las había arreglado aquel vikingo para hacerla desear tanto algo que sonaba tan poco a ella, pero…

—Sin agobios, *guaperas*.

—Entonces, es un sí —respondió él, sonriendo de oreja a oreja.

Mandy, ardiente y apasionada como era habitual en ella, no sonrió.

Se pegó a él y lo besó con locura.

◆ ◆ ◆ ◆ ◆

En la otra punta del local, cerca de la puerta-ventana que comunicaba con la terraza desde la que se veía la ciudad, Jason y Gillian se lo "pasaban de miedo" haciendo algo que los dos hacían muy bien y les encantaba hacer; bailar. No eran lo que se dice una pareja conjuntada porque un doble XXL como él no conjuntaba con ninguna mujer, pero sí una muy compenetrada.

Jason acomodó mejor el brazo de Gillian sobre su hombro y sonrió con picardía mientras miraba algo, detrás de ella.

—¿Qué? —ella volvió la cabeza para mirar y también sonrió—. Son alucinantes…

—Sí, alucinante que vaya tan bien y alucinante que un tío le dure a Mandy seis meses… *Seis meses*, ¡es para el *Récord Guiness*! —apuntó Jason, riendo incrédulo.

Gillian asintió, y volvió a echarles un vistazo. Jordan sonreía y la miraba; Mandy hablaba.

—Y está encantada, me dijo que es un *tío alucinante* —Gillian movió las cejas sensualmente. Jason soltó la risa—, "que se lo pasan genial porque *él* parece como si siempre supiera cuándo hablar y cuando cerrar la boca, y especialmente, porque no la asfixia". Cita textual, ¿qué te parece?

—Sí, y además tiene que ser un tigre en la cama porque si no, dudo que a mi hermana le durara… —añadió él, riendo, y haciendo reír a Gillian.

Y por la forma que ella reía, Jason lo tuvo claro.

—*Es* un tigre, ¿a que sí? —buscó su mirada. Gillian había bajado la cabeza, muerta de risa— ¿Uno de Bengala? —preguntó él, abriendo los ojos sorprendido—. ¿Para tanto es el chico?

Cuando ella volvió a mirarlo, lloraba de la risa.

—Venga, dímelo…

—Lo escuché. Por favor, no me hagas repetirlo. No creo que pudiera —dijo ella aún riendo mientras se secaba las lágrimas.

Gillian no era especialmente vergonzosa así que…

Jason silbó.

—¡Joder con el chico! ¡Menuda fiera!

—Ya, entre fieras anda el tema esta noche… —replicó ella, indicándole con la vista que mirara a su otro hermano.

Jason se tapó los ojos haciendo el ganso.

—¡Joder! ¿No hay horario de protección al menor en este local?

No muy lejos, Mark y Shannon se besaban, y de a ratos, bailaban. Ya era raro ver a aquella pelirroja tan desmelenada, ella tan formal siempre; verlo a Mark dándole esos besos de tornillo en público resultaba insólito.

—¿Alguna vez has visto a mi hermano morrearse así?

—*Ná*... —respondió ella mirando el espectáculo sorprendida—. Seguro que lo recordaría… Me gusta Shannon, es "cool" como dice Matt, y está preciosa. Me encanta ese vestido.

—Y a mí el tuyo, te queda genial —Jason la apartó un poco y le mantuvo los brazos abiertos para mirar su túnica naranja, larga hasta los tobillos. Ella puso pose de modelo, haciendo el monigote—. Me gusta muchísimo.

—Es mi *autoregalo* de cumpleaños, ¿sabes dónde la compré? —Gillian volvió a poner una mano sobre el hombro masculino. La canción de Mandy había terminado y ahora sonaba una de Mariah Carey—. ¿Has visto esa tienda nueva del centro, la que tiene el escaparate pintado como una selva?

—¿Tienen ropa para vestirse ahí? Lo que yo recuerdo es más bien para des-vestirse…

—Sí, también —admitió con picardía—. Tienen unas cosas preciosas, caras pero preciosas. Así que ya sabes…

Jason la miró de reojo.

—¿"Ya sé" *qué*? La lencería te la compras tú, guapa.

Gillian soltó una carcajada.

—¿Lencería? ¿Para qué? Desde hace tres meses lo único que hago por las noches es estudiar…

Jason la miró con ojos de *no-me-lo-creo*.

—No me mires así porque es lo que hay. —A dos semanas de los exámenes finales, a punto ya de convertirse en la nueva Ingeniera Agrónoma de la familia, la mayoría de sus noches, estudiaba—. *Vaaale*, con algún que otro día de fiesta.

—Lo dicho, pimpollo —apuntó él, socarrón—. Recomiéndale esa tienda al que se va de fiesta contigo.

—Lo decía por ti. ¿No tienes a ninguna chica nueva a la que encandilar?

—No cambies de tema... Dime, ¿con quién te has ido de fiesta?

—Yo pregunté primero —replicó ella con cara de diabla—. ¿Qué? ¿Hay chica nueva, o no?

Él sonrió vanidoso.

—Siempre hay chicas nuevas, enana. Soy Jason Brady.

Gillian meneó la cabeza divertida.

—¿Es guapa? —le preguntó en confidencia. Lo vio asentir—. *¿Muy* guapa?

—Vale, a ver, se llama Victoria, es de Dallas y es modelo. Rubia, alta, dice que tiene veintiséis... Está buenísima. Ahora tú. ¿Algún plan interesante a la vista?

—Podría —contestó ella con picardía.

—¿Podría o puede?

—No lo sé. En teoría son la repera limonera; en la práctica, no tanto.

Jason sonrió travieso.

—¿Lo conozco?

—No lo creo. Solamente lleva un par de meses en la ciudad.

—¿Ah, sí? —dijo él sonriendo, interesado—. ¿Y cómo lo conociste?

—En la facultad. Es ayudante de cátedra.

Gillian estaba siendo escueta a propósito. Le encantaba picarlo.

—¿Agrónomo?

—Matemático.

—¡*Guau!* —Jason rió—. Un cerebrito, como a ti te gustan… Y dime, ¿está bueno?

Pedirle a un cerebrito que además estuviera bueno era pedir demasiado. Jason era el único macizo y cerebrito que conocía. Damien era cerebrito y simpático, macizo no.

—Es alto, castaño, ojos bonitos. Y simpático —Gillian bajó las manos del hombro a la cintura de Jason—. Está bien.

—El diez estoy en Houston… ¿Qué te parece si te hago una visita de médico, y aprovechas y me lo presentas?

A Gillian le sonrió el corazón. ¿Iban a volver a verse?

—No creo que me dure hasta el diez —replicó riendo—, pero ¡hecho!

Lo dijo por decir, naturalmente. Aunque siguiera viéndose con Damien, cosa que dudaba, no estropearía las pocas horas que disfrutaba de su amigo metiendo por medio a alguien que no le importaba en lo más mínimo.

Jason soltó una carcajada.

—Aunque pensándolo bien, se me ocurren mejores maneras de pasar una tarde contigo que limpiándole las babas a uno de tus admiradores. Por más cerebrito que sea.

Él tampoco iba a malgastarlas.

Gillian asintió sonriendo y de pronto cayó en la cuenta…

—¿El diez no es domingo?

Jason la miró encantado y asintió. Ella frunció el entrecejo.

—¿Y qué vas a hacer un domingo en Houston? La pretemporada no empieza hasta agosto…

Él dejó de bailar y tiró de ella hacia la terraza, bajo su mirada intrigada. Y una vez allí…

—Iba a ser mi regalo de cumpleaños, pero se retrasó más de lo previsto —hizo una pausa para disfrutar de la alegría que estaba a punto de darle a su amiga del alma—. Los Dallas Cowboys quieren ficharme.

Vio la expresión de Gillian volverse radiante, exultante de alegría y a ella, taparse la boca, alucinada.

—¿Te voy a tener a doscientos kilómetros? —le preguntó riendo feliz.

Jason asintió.

—Si cerramos el acuerdo, sí. ¡Feliz cumpleaños, Gill!

Ella, loca de contenta, se le colgó del cuello.

—¡Dios, qué maravilla!

Maravilla y con mayúsculas, sí. Habían pasado diez años desde que él decidiera lanzarse a la aventura.

Diez larguísimos años.

Era hora de emprender el regreso a casa.

CAPÍTULO 28

Después de una noche de sirope de caramelo y locura, Mark y Shannon habían cambiado de estancia. Ahora, más reposados y vestidos, estaban en la cocina de ella planeando la luna de miel.

—Podríamos irnos esa semana entre Navidad y Año Nuevo —dijo él señalando el calendario—, y después tomarnos otros diez días antes de la primera siembra en primavera… ¿Qué te parece?

Shannon se sentó a la mesa, a su lado, y le pasó una jarra de café mientras bebía un sorbo de la suya.

—Un sueño imposible —replicó ella, con voz quejosa—. No puedo irme en las fiestas, es la peor semana del año en Acogidas.

Él frunció el ceño.

—No vas a estar en Acogidas para entonces, ¿o sí?

—¿Ah, no? —preguntó ella, divertida— ¿y dónde voy a estar?

La respuesta fue como un disparo de bazuca.

—En el rancho Brady, casada conmigo.

Shannon pestañeó varias veces. Lo miró unos instantes intentando acertar si iba en serio o le estaba gastando una broma, pero su lenguaje corporal no dejaba lugar a dudas.

Iba en serio.

—A ver un momento… —empezó ella— ¿Esperas que deje Acogidas?

—Quiero una mujer que ejerza de mujer. ¿Acogidas es compatible con eso? A mí me parece que no.

Y a ella, que él no podía estar hablando en serio.

Shannon se dejó caer contra el respaldo de silla.

—Dime que estás bromeando.

Mark no contestó. No hizo falta. Todo él era un gran cartel de neón con la palabra "no".

—¿Mujer que ejerza de mujer? ¡Dios, Mark! —dijo ella mirándolo incrédula— ¿Y eso qué coño quiere decir? ¿Ahora de qué ejerzo?

—De novia ocupada. Si te digo la verdad, *demasiado ocupada* para mi gusto.

Hacía mil juegos malabares por día para poder estar con él aunque fuera un rato. Corría como una loca haciendo chicle el minutero, y resultaba que el señor Brady seguía pensando que su novia "estaba demasiado ocupada para su gusto".

—Trabajo menos horas que tú —dijo clavándole la mirada. Empezaba a ser cáustica—. Y yo no te digo a ti que estás demasiado ocupado ¿por qué tu sí crees que puedes decírmelo?

Mark empezaba a pensar menos y a hablar más. Se daba perfecta cuenta de que el tema iba a escapársele de las manos, pero no quería evitarlo. Puede que no fuera la mejor forma pero, definitivamente, era el momento; mejor ahora que después de casados.

—Te lo digo porque puedo decírtelo. Quiero una mujer que ejerza de mujer porque soy un hombre que ejerzo de hombre —ella rió sardónica; él ignoró la burla y continuó mucho más serio—. Dirijo el rancho más grande del condado. Ocupo el lugar que John Brady ocupó, *y en ese lugar*, el pan de cien familias depende de mí. Soy responsable del bienestar de mi gente, del de mi familia, y también voy a ser responsable del tuyo y nuestros hijos. Son cosas serias y yo no juego con cosas serias. Puedo protegerte, asegurarte que siempre vas a tener todo lo que necesites. Pero no puedo convertir cuatro paredes en un hogar. No puedo gestar hijos ni parirlos, ni cuidar de ellos como solamente una madre puede hacer; con dedicación. *Eso* tienes que hacerlo tú. Y si estás fuera de casa doce horas, cinco días a la semana, no vas a poder hacerlo. Es así de simple.

Con cada frase de Mark, la boca y los ojos de Shannon se abrían un poco más. Era más que sorpresa, más que perplejidad. Era...

De locos. ¿Pero cómo tenía el atrevimiento de...?

—Perdona —dijo ella, cuando al fin consiguió articular palabra—. Yo solamente tengo un puesto de perritos calientes… De mí, no dependen más que unas cuantas salchichas, así que supongo que no estoy cualificada para dar mi opinión sobre el tema.

Shannon se puso de pie.

—Vale. El tipo de mujer que tú buscas es alguien con el cerebro programado para complacer a su *maridito*, cambiar pañales, y pasárselo de fábula decorando la casa y haciendo punto —él también se puso de pie. Se miraban completamente concentrados en lo que ocurría en los dos metros cuadrados que ocupaban—. Con todos mis respetos a esas mujeres, no soy miembro del mismo club. Así que —respiró hondo y cuando lo miró había desafío en su mirada— no hay boda. Fue un pésimo plan desde el principio.

Él bajó la cabeza un instante. No era pesar y Shannon lo sabía muy bien. Igual que sabía que lo que viniera a continuación sería "escandalosamente sincero", al mejor estilo Mark Brady.

—Vale —dijo él—. Eso es lo que *no* eres. ¿Sabes *qué* eres?

Ella se irguió.

—Soy Shannon Diana O'Neil, la más joven de las asistentes sociales del Servicio de acogidas en Camden, especializada en adolescentes problemáticos. Alguien a quien le encanta lo que hace y además, lo hace muy bien. Y alguien que no está acostumbrada a que le digan cómo tiene que vivir su vida, ni lo va a aceptar. Aunque venga de ti, Mark.

Él cogió sus cosas y enfiló en dirección a la salida, pero antes de salir, habló.

Fue escandalosamente sincero.

—*Tú no tienes ni puta idea de quién eres, Shannon.* Sigues permitiendo que la cría de los pelos azules y la cazadora de clavos campe por tu mente, a sus anchas. Tu mundo está lleno de rebeldía imbécil, pavor a comprometerte y egoísmo disfrazado de buenas intenciones. Ya no tienes edad para tanta gilipollez. Madura de una vez, ¿quieres?

Shannon miró la puerta cerrada con los ojos como platos.

Se había ido.

La había llamado inmadura, egoísta y gilipollas. Y se había largado.

Le dolía que le hubiera dicho que ella no tenía idea de quién era. Y le dolía porque viniendo de alguien que lo había sabido de sí mismo siempre, alguien a quien además quería con toda el alma, era peor que la peor de las ofensas.

Lo había dicho *Don Certezas*. Y si él lo había dicho, era porque era cierto.

Aunque odiara admitirlo, incluso ante sí misma, era cierto.

Sabía quién no era, pero *quién era,* no.

CAPÍTULO 29

Cathy supo que algo serio pasaba cuando su nieta se presentó de visita un sábado a las nueve de la noche. Lo primero que notó fue que donde debía estar su flamante anillo de compromiso había otro de plata mexicana que ella le había traído de Acapulco, hacía años; lo siguiente, que Shannon había estado llorando; tenía los ojos enrojecidos. Suficiente información para deducir que lo que sucedía tenía que ver con la rebeldía de su nieta y con la claridad de ideas de su prometido.

Dos horas después, Shannon seguía tan enfadada como al principio.

—La culpa es mía. Cuando Cheryl se enteró de que salía con Mark me lo dijo clarito "ese capullo va a querer decidir hasta el color de tus bragas"... Y está claro que va por ese camino. Soy una idiota.

—¿Desde cuándo tienes en cuenta algo que diga Cheryl? —Cathy la miró con cariño—. Además, cariño, no saques las cosas de contexto... Por lo que me has contado, él siempre te ha hablado claro y esto, seguro, lo imaginabas, ¿o no?

La expresión de Shannon se encendió.

—¡¿Pero cómo voy a esperar que un tío de treinta años me diga una cosa así?! *¿Qué deje de trabajar y me dedique a ejercer de mujer?* — Shannon se puso de pie de pura rabia—. ¡Dios! ¿Pero quién se cree que es para decirme eso? ¿Qué pasa? ¿Solamente ejerce de mujer la que se queda en casa limpiando mocos y poniendo lavadoras?

—No saques las cosas de contexto... —repitió Cathy con tono maternal. Shannon bufó rabiosa, volvió a sentarse—. Cuando dos personas discuten, las formas suelen estar equivocadas. Apártalas y céntrate en lo importante. Es un hombre de familia y quiere formar una igual a la familia en la que él creció. Tú misma me has dicho un millón de veces que ese rancho te parece el paraíso. Mark se equivocó al no respetar que tú vienes de otro entorno, y que posiblemente no estés preparada para ser una mujer como Eileen Brady —Shannon asintió, desafiante. Cathy le palmeó la mano con cariño—. Tú te has equivocado al esperar que un hombre como él viera de buen grado que sigas con un trabajo que se lleva todas las horas de tus días y te deja agotada. Acogidas no te deja tiempo ni para encargarte de tus propios asuntos. ¿Para qué vas a casarte, Shannon? ¿Para sentirte culpable por no tener tiempo de ocuparte de tu matrimonio? Las cosas importantes de la vida requieren tiempo y dedicación, cariño. Si no estás dispuesta a cambiar tu lista de prioridades, entonces, tal vez deberías reflexionar mejor sobre el tema. Quizás no estés preparada todavía para formar una familia. No tiene nada de malo que no lo estés, pero si es así, deberías decírselo, ¿no crees?

Ella miró a la anciana, rabiosa.

—Me llamó inmadura, rebelde, egoísta y gilipollas. Me soltó en toda mi cara que no tenía ni zorra idea de lo que quería. *Lo que creo*, abuela, es que uno, debería disculparse y dos, debería plantearme las cosas como una persona normal. De igual a igual. No como si yo fuera su posesión y él tuviera todo el derecho del mundo a decidir qué puedo hacer y qué no… *Eso* es lo que creo.

Cathy no dijo más. Le gustaba Mark. Le parecía un hombre de los pies a la cabeza y había conectado con él desde el primer momento, pero estaba claro que había conseguido volver a calentar la porción irlandesa de sangre que corría por las venas de su nieta.

Efectivamente, si quería que Shannon desacelerara, iba a tener que empezar por disculparse y esforzarse por hablar del tema con ella, de igual a igual. De lo que tampoco tenía ninguna duda, sin embargo, era de que Mark estaría tan enojado como Shannon.

Seguramente, más.

◆ ◆ ◆ ◆ ◆

Mark estaba mucho más que enojado, estaba dolido. Desde el principio le había dicho a Shannon claramente que quería una mujer que lo pusiera delante de todo lo demás. Había puesto las cartas encima de la mesa y había sido consecuente con cada una de las palabras que le había dicho. Si ella le hubiera planteado la menor controversia, él no habría llegado tan lejos. Y desde luego, no le habría pedido que se casaran. Se sentía estafado.

Pudo leer en las miradas de los suyos que sabían que algo le pasaba, pero no se sentía capaz de hablar del tema. Por eso, en cuanto vio la ocasión, se fue a su habitación, a contar musarañas e intentar serenarse.

—¿Puedo pasar?—escuchó que preguntaba una voz femenina.

Mark se incorporó, se sentó en la cama.

—Pasa.

Patty asomó la cabeza y lo miró.

—¿Estabas durmiendo?

Él negó con la cabeza; la niña entró, cerró la puerta y se acercó un poco.

—Gillian y Jason nos han invitado a ir a Little Rock mañana, ¿podemos ir?

Aquella criatura había cambiado tanto en tan poco tiempo, que le parecía increíble que solamente hubieran pasado tres meses desde que la viera por primera vez, con un ojo morado.

—Claro. ¿A qué hora estaréis de vuelta?

Patty se encogió de hombros.

—Media tarde, supongo...

—Vale, ¿alquilamos alguna *peli*?

Ella se lo pensó unos instantes.

—De acción, ¿si?

—De acción —repitió él—. ¿Necesitas dinero?

—No... Todavía me quedan veinte pavos y no creo que Gillian me deje gastarlos...

Patty se acercó un par de pasos más. Mark la vio hacer una pausa durante la cual se dedicó a mirarse los pies, así que esperó a que se decidiera a decirle lo que, evidentemente, le rondaba la cabeza. Al final, ella volvió a mirarlo.

—Podrías venir con nosotros... Digo, si no tienes otros planes.

El la miró irónico.

—¿Quieres que os acompañe? —Esto era decididamente nuevo.

—Sí —Patty sonrió a medias y se apuró a corregir—. Bueno, no... Quiero decir... s*í*... Eres bastante soportable y vas a pasarlo mejor con nosotros que quedándote aquí a comerte el coco.

—Bastante soportable, ya... Te agradezco el cumplido —sonrió—. ¿Por fue eso, no? —Patty lo miró burlona—. Pero tengo otros planes.

—Peleaste con Shannon, colega —le dijo, irónica—. ¿Qué otros planes tienes?

—No es asunto tuyo.

Patty rió. Se sentó al lado de Mark, en su cama.

—¿Sabes por qué la quiero tanto? —dijo ella, mirándose las zapatillas.

Él permaneció en silencio. Le resultó completamente inesperado que aquella niña hablara de sentimientos.

—Porque sé que nunca me va a dejar tirada. Cuando se cabrea es la leche, pero es auténtica, y si te quiere se va a dejar la piel por ti. Y a ti te quiere. No te cabrees con ella...

Mark enarcó la ceja, ella soltó una carcajada nerviosa y se puso de pie.

—Vale, vale, ya me voy, pero la invitación sigue en pie —dijo cerrando la puerta tras de sí.

Él volvió a recostarse en la cama. Si Patty empezaba a hablar de afectos y de las personas de su vida significaba que se sentía menos vulnerable. Le gustaba que de a poco se integrara en la vida de los Brady, y que se sintiera lo bastante cómoda como para conocerlos y dejar que la conocieran.

También le gustaba que "quisiera tanto" a Shannon, y no se equivocaba en lo más mínimo; ella no iba a dejarla tirada.

Ni a Patty ni a ninguno de los niños y adolescentes que tenía a su cargo.

Se sentía responsable de ellos, tanto como él se sentía responsable de su gente, de su familia, de los críos, incluso de la misma Shannon. Como solía ocurrir con todas las grandes virtudes de las personas, esta también tenía una contrapartida para Mark; la facilidad que Shannon tenía para conectar con el corazón herido de aquellos críos era un don. Su bagaje. Venía con ella.

En su vida siempre habría adolescentes conflictivos a los que guiar.

De la misma manera que en la vida de Mark, siempre habría familia, niños de acogida y trabajadores de los que sentirse responsable.

¿Compartirla con ellos era una opción? ¿Era una opción que él permitiera que sus hijos compitieran con una larga lista de adolescentes problemáticos por la atención, el cariño y la energía de Shannon?

No, no lo era.

CAPÍTULO 30

Todos lo habían intentado, incluso Eileen. La respuesta de Mark había sido la misma; "es asunto mío y no voy a hablar del tema". El enojo inicial, veinte días después, aunque seguía ahí, no era evidente para los demás. En su lugar, había silencio y un algo nuevo en su mirada muy parecido a la melancolía. Los Brady habían decidido, unánimemente, mandar al frente a su último reservista, Jason, aprovechando que su visita sorpresa les había traído una gran noticia: empezaría la pretemporada jugando con la equipación de los Dallas Cowboys.

—Bueno —empezó Jason, acomodándose en uno de los sillones de mimbre y cruzando las piernas sobre uno de los listones de la barandilla del porche—, ahora que estamos solos, cuéntame de qué va todo este rollo de que has roto con tu chica —sonrió desafiante y tanteó el terreno —. La última vez que te vi parecías a punto de meterte en el baño de El Gato Negro con ella y bloquear la puerta…

Mark se removió incómodo en su asiento. Incómodo por la observación: siempre había sido un tipo poco dado a demostraciones públicas de afecto, menos de la clase "meterse en el baño y bloquear la puerta"; porque lo interrogaran sobre cuestiones que eran claramente asunto suyo, y por lo que el súbito recuerdo de aquella noche trajo consigo: la realidad de que llevaba tres semanas sin ella.

Jason, por las dudas, se adelantó.

—No se te ocurra decirme que es asunto tuyo como le has dicho a los demás porque la verdad, tío, cuando reúnes a toda tu familia y la de tu chica para pedirle que se case contigo, después no puedes cambiar de planes y no decirle ni mu a nadie. Así que desembucha.

Mark volvió la vista al frente. No le apetecía hablar ni de ese tema ni de nada. Y además, precisamente Jason, no era el interlocutor adecuado.

No lo entendería.

—Cuando tenga algo que decir, lo diré. Es lo que hay y me da igual si te parece mal.

Jason lo miró desafiante.

—Si no hablas claro, das lugar a que especulemos. Y también a que nos preocupemos, tío, porque ¿qué es tan dramático que no quieres contarle ni siquiera a los tuyos?

Mark sonrió de mala gana.

—Pues cumple, y ve y diles que no tienen de qué preocuparse. Todo está en orden.

Jason asintió repetidamente con la cabeza y se cruzó de brazos.

—¿En orden? Gillian dice que llevas más de quince días sin ver ni hablar con Shannon. Ni la llamas ni te llama.

—Gillian debería ocuparse de sus asuntos. Y lo mismo deberías hacer tú y los demás.

Jason puso gesto de "tal vez", pero volvió a la carga.

—Si ella no te llama es que la has cabreado… ¿Qué pasó? ¿Le soltaste a la cara alguna de tus revolucionarias ideas sobre la familia, y ella no tragó?

Solo el brillo de sus ojos delató a Mark, que se mantuvo en silencio con la vista fija en el horizonte.

—Caliente, caliente… —apuntó Jason, sonriendo. Vio como su hermano le echaba una mirada desdeñosa de reojo y volvía la vista al frente—. Es un pulso, y no debería serlo.

Mark meneó la cabeza, molesto.

—No es ningún pulso, tío. ¿Por qué hablas de lo que no sabes? Yo no juego pulsos con mi vida.

—Porque te conozco bastante bien. Eres como un perro de presa, siempre con el objetivo a la vista, sin distraerte... Y siempre te he respetado por eso, pero… entre un hombre y una mujer no funciona así. Por lo menos, no si quieres tener algo con la mujer, ya me entiendes…

Mark continuó en silencio.

—Como sospechen que estás intentando imponerles algo, adiós. Da igual si son sumisas como gatitas o un clon de Madonna. Siempre hay algo que es "a su manera" y como metas la pezuña, la has jodido bien. Conociéndote, seguro que has entrado como un elefante en una cacharrería… Y viendo lo pelirroja que es ella, *y lo irlandesa*, seguro que te mandó a la mierda.

Jason calló unos instantes y se dedicó a estudiar a su hermano. Continuaba con los ojos perdidos en el horizonte, pero el brillo seguía delatando que él estaba hurgando en el centro de la herida. Ahora, además, añadía una tensión de mandíbulas, inusual en Mark.

—No entiendo de amores, pero de mujeres sí —Jason tocó el brazo de su hermano para llamar su atención. Él lo miró, con la ceja enarcada, que Jason ignoró completamente—. Cede, Mark. No importa quién tiene razón, *tú cede*. Después, busca otra forma de llevarla a tu terreno, una más sutil. La mayoría de las veces, el problema no es lo que quieres, tío, es cómo lo pides.

Ceder, ya.

Ni había entrado "como un elefante en una cacharrería" ni le había dicho nada nuevo a aquella pelirroja. Desde el primer día, le había dejado meridianamente claro qué esperaba de ella. Y además, Shannon ya no era una cría por más que muchas veces lo pareciera. Era hora de que madurara de una vez, y asumiera las consecuencias de sus decisiones.

Jason miró a su hermano con cariño. Por más cerebral que fuera, seguía siendo un Brady de los pies a la cabeza.

—Si no te gusta la palabra "ceder", cámbiala por otra —dijo Jason. Lo vio respirar hondo y supo que había dado en el blanco—. ¿Qué tal "sé práctico"?

Jason sonrió para sus adentros al ver que su hermano le echaba una mirada cargada de ironía.

—Tío —añadió el *quarterback* con premeditación y alevosía—, ya eras mucho hombre hasta para las maduritas que solamente usabas para que te calentaran la cama…

Mark miró a su hermano, desafiante.

—Soy mucho hombre, punto.

Bingo, pensó Jason, sonriendo igual de desafiante. Y remató la faena.

—Entonces, ¿a qué coño estás esperando? Ve y resuelve esta historia de una puta vez.

Mark volvió la vista al frente sin decir ni mu. Jason se puso de pie, le palmeó el hombro y entró en la casa.

Shannon se dispuso a servir el café e intentar ignorar el parloteo que su hermana mantenía desde hacía diez minutos, que básicamente podía resumirse como un "te lo dije". Se había presentado en la sede de Solidarios poco antes de que empezara el partido de baloncesto y dos horas después, seguía pegada a su sombra. ¿Qué hacía usando su mañana de domingo para algo tan impropio de Cheryl como acompañarla en un momento bajo?

Estaba claro lo que hacía; arrimar leña al fuego.

—Fue una estupidez liarte con ese capullo, no hablemos comprometerte con él… ¿En qué estabas pensando?

Shannon se sentó a la mesa de la cocina con aire resignado. Le pasó una jarra de café a su hermana y bebió un sorbo de la suya.

Ni era asunto de Cheryl, ni había sido ninguna estupidez. En el momento de la discusión, lo había pensado, incluso había llegado a decírselo a Mark. Veinte días después, tenía clarísimo que la estupidez había sido dejarlo. Solo que ahora, no sabía cómo rectificar.

—¿Qué quieres, Cheryl? —dijo con voz cansina—. Te agradezco que vengas a verme, pero no me apetece hablar del tema.

—Pues necesitas hablar del tema —Cheryl le palmeó la mano suavemente— con alguien que, preferentemente, no piense que Mark Brady es el *no va más*, como la abuela, por ejemplo.

No necesitaba hablar de él. Lo que necesitaba, como el aire, era a Mark. Y todas las cosas que se habían ido con él; ilusión, ternura, alegría, serenidad…

—*Es* el no va más —se descubrió diciendo como si pensara en voz alta.

—¿Ah, sí? ¿Y eso por qué? ¿Porque te llamó "diosa del Olimpo" y te puso en el dedo un anillo de veinte mil dólares? —Sheryl miró a su hermana con rabia; Shannon con sorpresa—. Es un gilipollas machista que lo único que quiere de ti es media docena de hijos y convertirte en una esclava que lo obedezca sin rechistar.

Shannon pestañeó, alucinada.

—¿Cómo sabes lo que vale mi anillo? —atinó a decir, sin salir de su asombro—. Ni yo lo sé… ¿cómo lo sabes tú? ¿Has estado averiguando? —Shannon se puso de pie de pura rabia—. Dios, eres… —meneó la cabeza y se mordió la lengua—. Mira, va a ser mejor que te vayas, Cheryl…

—Que me pidas que me vaya no cambia las cosas, querida. Si yo no tengo razón, si él es un tipo encantador que lo único que quiere es hacerte feliz, ¿dónde coño está ahora? —se puso los brazos en jarra y miró a su hermana airada—. Le dijiste que no dejabas de trabajar y se largó. En tres semanas no ha dado señales de vida, ¿o sí?

Shannon dio media vuelta y enfiló para el salón. No necesitaba que le recordaran que llevaba veinte días muriéndose por verlo, y él ni siquiera la llamaba. Y tampoco era asunto suyo. Cheryl la siguió furiosa. Tocaban el timbre, pero ella continuaba destilando veneno sin darse por enterada.

—Le has mostrado las uñas y *se largó*. Lo siento por ti pero no estoy equivocada.

Shannon soltó un bufido, y se dirigió a la puerta. Cuando miró por la mirilla, el suelo tembló bajo sus pies.

Al instante de consternación, siguió otro de conciencia total.

Estaba horrible. Ni siquiera se había dado un baño después del partido, seguía con la misma camiseta sudada. Temblando de los nervios, se pasó las manos por el pelo y procuró, en vano, adecentar su apariencia.

Su corazón había vuelto a dar señales de vida y ya ni se acordaba de que Cheryl seguía allí, rabiosa, mirándola con el ceño fruncido.

Abrió la puerta conteniendo el aliento...

Y sus ojos se encontraron con los de Mark después de veinte eternos días.

CAPÍTULO 31

Habría corrido a sus brazos. Se habría acurrucado contra su pecho, sin decir nada.

Pero su querida hermana estropeó el momento.

—Vaya, mira a quién tenemos aquí... El señor Brady... ¿Qué? ¿Qué traes preparado ahora? ¿Una serenata bajo su ventana? *¿Otro vestido sexy?* —Cheryl lo miró con el mismo rencor que él había visto en sus ojos el día de la conversación privada—. Ni Shannon es *tan crédula* como para tragarse dos veces la misma mierda, tío.

A Mark no le hizo falta molestarse en contestar.

—Ni tampoco *tan paciente* —dijo la aludida, y cogió las cosas de su hermana, se las tiró encima y le señaló la puerta—. O te vas ahora mismo, o te parto la cara.

Mark, impresionado por la inesperada reacción de la dueña de casa, se hizo a un lado para dejar pasar a Cheryl, que airada pero sin decir palabra, acomodó sus cosas en el brazo y se fue.

Shannon tardó unos cuantos segundos en volver a tomar conciencia de que él seguía allí. Y con la conciencia, volvieron los latidos, los temblores y los nervios.

—Pasa... —atinó a decir, sin mirarlo, mientras se hacía a un lado.

Mark entró con las manos en los bolsillos de sus vaqueros y esperó de pie en el medio de la estancia. Se suponía que había ido a casa de Shannon para hablar con ella. En el coche, mientras conducía, el diálogo fluía normalmente en su mente.

Ahora, estaba mudo.

Había sido verla y quedarse mudo. Tenían que hablar, pero lo que de verdad necesitaba no eran palabras. Necesitaba...

La necesitaba a ella, sentirse aturdido con su perfume, sentir su cabeza apoyada en el pecho, sus dedos jugueteando con el crucifijo de madera...

La vio cerrar la puerta, restregarse el cabello nerviosamente un instante, como si estuviera decidiendo el siguiente paso y al final, volverse y mirarlo con los ojos brillantes.

—No soy ninguna gilipollas. Ni mucho menos egoísta —Shannon elevó el mentón, y respiró hondo—. Y si soy inmadura, rebelde y tengo pavor a comprometerme, que me lo soltaras en plena cara y te largaras, no fue ni lo más adecuado ni muy propio de alguien maduro, responsable y comprometido.

No, no lo había sido. Mark la miró con ternura. Ella se puso un rizo rebelde detrás de la oreja y se cruzó de brazos. Era pleno verano y ella estaba helada.

—¿Vas a decir algo o a seguir ahí como una momia?

Mark se quedó mirándola, estudiándola unos instantes. "Sé práctico", pensó.

—Te quiero, Shannon —vio los ojos femeninos brillar sospechosamente, y su expresión volverse mucho más suave—. No es lo que eres lo provocó esa discusión, amor. Es lo que haces. Y la forma en que lo haces.

Shannon suspiró. No pudo evitarlo. Durante tantos días había forcejeado con la sensación de haberlo perdido irremediablemente, la necesidad de hacer algo para evitarlo y la duda de no saber cómo encarar a un hombre que lo tenía todo tan claro... Oírlo fue como si le hubieran quitado la soga que la estaba asfixiando. Se llevó las dos manos al pelo y lo empujó hacia atrás, agotada.

Fue entonces cuando Mark vio que donde debía estar su anillo, había otra cosa.

—¿Dónde está el anillo?

Shannon lo miró conteniendo el aliento. Su voz había sonado muy mal.

—Guardado —respondió ella, apenas en un murmullo.

Sintió que la cara le ardía de vergüenza. Había sido una reacción de quinceañera. Eso era lo que le decía aquella ceja enarcada.

Mark contó hasta veinte antes de volver a hablar.

—Tráelo.

Cuando Shannon volvió al salón, lo encontró sentado en el sofá, con la mirada fija en algún punto de la moqueta azul.

—Ven... —le dijo al verla—, siéntate aquí... —palmeó la mesilla pequeña frente a él.

Su voz volvía a ser dulce. Shannon obedeció hecha un manojo de nervios.

—Dámelo —le dijo suavemente. Ella metió la mano en el bolsillo monedero de sus vaqueros y lo sacó despacio. Con cuidado, lo cogió con dos dedos y se lo dio.

Mark le quitó el anillo de plata que llevaba, lo dejó sobre la mesilla y volvió a ponerle el de pedida. Se quedó con su mano.

—Es el compromiso más importante de nuestra vida. Por favor, no vuelvas a quitártelo.

Shannon negó con la cabeza. Se sentía abochornada, no solo estúpida. Él asintió y continuó.

—Quiero que dos segundos antes de saltar como un resorte por algo que yo diga o haga, mires este anillo y recuerdes que eres mi vida, y que nada ni nadie va a cambiar eso nunca.

Shannon bajó la cabeza. Los ojos se le habían llenado de lágrimas y se sentía igual que aquel día, cuando lo oyó por primera vez; a punto de romper a llorar como una loca.

Él le levantó suavemente la barbilla con un dedo, y buscó su mirada.

La sentía temblar, su perfume había empezado a aturdirlo. Se esforzó por ignorar lo que su piel le pedía a gritos...

Y siguió siendo práctico.

—Quiero ser lo primero en tu vida, amor. Es lo que te dije y es lo que quiero.

—*Eres* lo primero ¿cómo puedes dudarlo?

—¿En serio? ¿Igual que tu padre te decía que tú y Cheryl erais toda su vida, y nunca tenía tiempo para venir a veros? —Shannon desvió la vista—. ¿Le creías? —Mark se acercó a la mesa y buscó su mirada—. *¿Le creías?*

Ella permaneció en silencio.

—No —sentenció él—. Es posible que en su corazón fuera así, pero lo que decía y lo que hacía eran cosas diferentes. Nunca consiguió que tú sintieras que le importabas. Y si no lo sentiste, Shannon, ¿qué más da lo que él dijera?

—Palabras huecas —murmuró ella, pensando en voz alta.

Como las que había oído la mayor parte de su vida y de las que había dicho estar tan cansada. Mark asintió.

—Acogidas se lleva diez horas de tus días. Solidarios, la mitad de tus fines de semana. Si tú no fueras una prioridad en mi vida, dudo que nos hubiéramos visto más de diez veces en estos cuatro meses... ¿Cuál es tu plan, Shannon? ¿Qué abra la cartera y mire tu foto para acordarme de cómo es la cara de mi mujer? —Mark volvió a buscar su mirada—. ¿Qué una canguro me ayude a ocuparme de mis hijos mientras tú te dedicas a enderezar la vida de hijos ajenos? ¿Tiene algún sentido?

Shannon soltó un suspiro. Lo miró brevemente y al fin, negó con la cabeza.

—Quiero entrar en casa y verte, que huela a ti, sentir tu calor. Hacer una pausa en el trabajo y tomarme un café contigo, abrazados en el jardín. Quiero a mis hijos con su madre, no con alguien que los quiere a cambio de dinero. Crecí en el hogar de una pareja en la que cada cual asumía su rol, con amor y con responsabilidad. Me educaron dos ángeles, Shannon. Y ahora quiero casarme con otro, y quiero que mis hijos tengan la misma suerte que he tenido yo.

Ella lo miró con desesperación.

—Soy responsable de esos críos. Para muchos de ellos, soy la única persona en el mundo en quien confían, la única a la que escuchan. ¿Qué sugieres? ¿Qué los deje, y ya? ¿Qué les diga que me importan, pero que no tengo tiempo para ocuparme de ellos? —Shannon lo miró con los ojos llenos de lágrimas—. ¿Más palabras huecas? ¿En qué clase de persona me convierte eso?

Mark se tomó su tiempo. La miraba y procesaba. No quería compartir su energía y su cariño con nada ni nadie más. Eso era lo que le decía cada centímetro de su piel. Su cerebro todavía seguía abogando por la practicidad.

Respiró hondo.

—No necesitas estar en Acogidas para ocuparte de ellos —la miró a los ojos—, ¿o sí?

Shannon pestañeó y lo miró interrogante.

—¿Qué quieres decir?

—Lo que estoy diciendo. Deja Acogidas, y usa *parte*, una parte *pequeña*, del tiempo que liberes, en seguir ocupándote de esos críos.

—¿Y de qué vivo? ¿De ti?

Mark volvió a respirar hondo. Sus ojos indicaban claramente que no le gustaba el tema, pero cuando habló fue...

Práctico.

—De mí, no. De lo que será tan tuyo como mío. Pero si te gusta más, busca la forma de convertir ese tiempo en dinero. Colabora más activamente con Solidarios... En el rancho sobra sitio... Gillian va a enseñar agricultura ecológica, tú podrías hacer algo dirigido a esos críos.

Los ojos de Shannon se iluminaron.

—¿Hablas en serio?

—Tendrías que desarrollar un buen proyecto y presentárselo a mi padre... —Mark la miró con ternura—. Y él es un hueso mucho más duro de roer que yo, pero si Gillian pudo, tú te las apañarás bien.

Ella bajó la cabeza, pensativa. Mark volvió a ser consciente de los gritos que estaba dando su piel justo en el momento en que sintió las manos de Shannon rozar sus dedos, primero de forma casi imperceptible, luego deliberadamente.

Cuando ella empezó a hablar, casi en un susurro, sus dedos se enredaban en los de Mark, y él sintió una descarga que se clavó entre sus piernas y explotó, imparable.

—No puedo irme sin más. Necesito tiempo para...

Él la hizo callar con un beso mientras tiraba de ella, que sin ofrecer resistencia, se acurrucó contra su pecho, buscándolo con tanta avidez como él.

—Cuánto.

Volvió a meterse en la boca de ella. Sus manos empezaron a buscar tocar piel con urgencia.

—No lo sé... Unos meses... —susurró Shannon.

Mark la abrazó apasionadamente, se puso de pie y besándola enloquecido caminó con ella hasta que encontró la pared.

—¿*Meses*? —repitió con desesperación, forzando la boca de Shannon a una máxima apertura con un beso pleno. Sus manos, ardientes, bajaron por sus dos perfiles, lentamente, apretando carne.

—Seis —susurró ella, liberando su boca justo lo suficiente para hablar.

Mark se apartó apenas un poco para mirarla. Pegó sus caderas al vientre femenino, haciéndole sentir su erección.

—¿Tienes una idea de lo buena que vas a tener que ser conmigo hoy para que trance por seis largos, interminables... *jodidos* meses?

Shannon entreabrió los ojos y enfocó en él. Saboreó su beso y suavemente, dejó que su mano bajara del pecho de Mark a su miembro erecto. Lo acarició, como él la acariciaba a ella, apretando carne.

—Voy a ser buenísima —alcanzó a decirle antes de que él la aprisionara contra la pared, y entrara en su boca en un beso ardiente.

CAPÍTULO 32

Shannon miró a su alrededor intentando situarse en la realidad: su cama, el cuarto en penumbras por la tenue luz de unas cuantas velas, las sábanas hechas un ovillo... Estaba de espaldas sobre la cama y toda ella vibraba, la cabeza le daba vueltas. Respiró profundamente. Él había parado, ahora lo sentía jugando en su ombligo. Jugaba a besarlo, y de a ratos, dibujaba el contorno con la punta de la lengua.

—Me voy a volver loco... —susurró él—. Seis meses más con tan poco de ti... Quédate a dormir en mi casa los fines de semana...

—¿Y los niños? —dijo ella con un hilo de voz—. ¿Qué les decimos?

Tenía razón. Empezaba a estar tan desesperado que le resultaba imposible pensar con coherencia. Así que, mejor no pensar.

Shannon contuvo el aliento. La boca de Mark sobrevoló su ombligo, en vuelo rasante, y siguió hacia abajo. No se detuvo hasta el final.

—Dios... —susurró ella con desesperación, cubriéndose la cara con la almohada—. Se va a enterar todo el edificio...

Y casi lo hizo.

Jadeó, gimió, perdió toda noción de tiempo y espacio. Cuando volvió a la realidad, él, situado con parte del cuerpo sobre la cama y parte sobre ella, la miraba con fuego en los ojos.

Sus labios estaban húmedos y brillantes. Mark se acercó más, la besó sin dejar de mirarla.

—Sabes a mí... —dijo ella volviendo a buscar sus besos.

Lo sintió estremecerse, y a continuación, él tomó una mano femenina y la guió entre sus piernas, en una caricia larga y sensual.

—Tú no —dijo él, en un suspiro envuelto en palabras. Volvió a besarla.

Shannon también suspiró. Se volvió sobre él y descendió con sus labios entreabiertos sobre el pecho de Mark, lloviendo pasión a su paso.

Tampoco se detuvo hasta el final.

Cuando los jadeos empezaron a dejarlo sin resto, un segundo antes de abandonarse a la pasión que ardía en cada rincón de su ser, Mark se volvió sobre Shannon y entró en su cuerpo con tanta locura como lo hizo en su boca.

Se amaron con desesperación, sedientos de cada beso y cada caricia, hambrientos de ese abrazo íntimo que cada segundo necesitaban más.

Al final, cayeron rendidos, uno junto al otro, intentando recuperar el aliento.

Después de un buen rato, Shannon se incorporó sobre un codo y lo miró con ternura.

—Me muero de hambre, ¿y tú?

Mark dejó que los ojos se llenaran con su belleza, con su ternura, con toda la sensualidad de aquella mujer, de la que ella ni siquiera era consciente. Su olor lo envolvió y se sintió embriagado.

—Casémonos —le rogó, mirándola enamorado mientras volvía a empujarla contra las sábanas y entraba otra vez en su cuerpo otra vez—. Casémonos, Shan. Pongámonos con el tema mañana mismo, acabemos los preparativos y casémonos... Por favor, dime que sí.

Ella se acomodó en su abrazo y buscó una penetración más lenta y más profunda.

—No —le dijo al oído.

Los ojos de Mark, llenos de preocupación, buscaron los de Shannon.

—¿Por qué no?

Ella no respondió de inmediato. Se entretuvo en besarlo y en avivar su deseo.

—Porque me prometiste la Luna, y ahora la quiero. —Tras una breve pausa, pegó su boca al oído de Mark, y le habló en un susurro caliente.

Entonces, lo sintió temblar y cuando buscó su mirada, lo que vio en ellos, la hizo estremecer de la cabeza a los pies.

—¡Dios, qué loco estoy por ti, amor! —murmuró él, y al segundo siguiente, la besaba, ardientemente.

Y le hacía el amor con frenesí.

◆◆◆◆◆

Cuando Mark volvió a entrar en la cocina del rancho, era la una de la tarde del lunes, su familia estaba de sobremesa y había un montón de miradas risueñas lloviendo sobre él.

—¿Café? —ofreció John, gentil. Mark vio a los demás esconderse detrás de sus respectivas tazas; alguno tuvo la súbita necesidad de recoger algo del suelo. Menos Jason, estaban todos allí, niños de acogida incluidos.

Mark negó con la cabeza. Le dolía todo, le faltaba una noche de sueño y mataría por un buen café, pero era tardísimo y sabía que después del café vendrían las preguntas.

—Siéntate y recupérate, tigre —oyó que Mandy le decía en tono de guasa.

Él volvió a negar con la cabeza.

—Es tarde y tengo mucho que hacer, ya me recuperaré después.

El ambiente se llenó de picardía y cierta expectativa, pero lo vieron dirigirse a la puerta.

Y detenerse justo cuando estaba a punto de salir.

—Por cierto —dijo sin volverse—, anoche me casé con Shannon.

Cerró la puerta, y esperó con los párpados apretados la explosión de algarabía, que tardó menos de un segundo en producirse.

Fue cuando estaba saliendo del jardín que escuchó que Mandy lo llamaba y se volvió sonriendo divertido, dispuesto a adelantarse a la jugada.

—No me lo digas. ¿Te debo doscientos pavos, no? —dijo él.

Mandy asomada a la ventana de la cocina, lo miraba con una sonrisa radiante.

—¡Te han cazado! ¡Dios! —exclamó ella, frotándose las manos—. Se lo tengo que decir a Jason, ya mismo. ¡Va a alucinar!

Cuando su hermana desapareció detrás de las cortinas, Mark reanudó la marcha, sonriendo más feliz que nadie.

De que su hermano iba a alucinar, no tenía la menor duda: ¿Mark Brady casándose en Las Vegas, con dos desconocidos por testigos y alianzas prestadas?

Iba a alucinar.

Seguro.

CAPÍTULO 33

La algarabía en el salón era total y principalmente corría a cargo de los más pequeños de la casa, Matt y Timmy, que festejaban a los gritos cada nuevo regalo que encontraban bajo el árbol de navidad. Siguiendo una tradición Brady que se repetía cada año desde hacía treinta, toda la familia, la mayoría aún en bata y pantuflas, se reunía en el salón a las ocho en punto la mañana de Navidad, para la sesión de regalos, risas y fotos. Hoy había sido igual.

O casi.

Faltaban dos personas por aparecer; Patty y la invitada especial de Jason, Victoria Marrow.

—¿Y Patty? —preguntó Gillian a Mark, que avivaba el fuego de la chimenea.

—Debería estar aquí.

Shannon se cerró mejor la bata en un gesto de frío. Sabía muy bien por qué no estaba aún allí.

—Sus últimas tres Navidades las pasó en el orfanato —Gillian la miró interrogante. Mark dejó el fuego y se volvió para mirarla—. Las familias tienen invitados o viajan a casa de sus familiares… Si hay un momento del año cuando un crío acogido es un incordio, es justamente este. Así que, creo que va a ser mejor que la montaña vaya a Mahoma…

—Pobre cría —dijo Mark, contrariado.

Las dos mujeres lo vieron salir del salón a paso vivo. Lo oyeron abandonar la casa y volver a los pocos minutos. Pero en vez de entrar en el salón, enfiló directo hacia la primera planta con algo bajo el brazo. Gillian y Shannon fueron tras él.

◆ ◆ ◆ ◆ ◆

Mark golpeó la puerta de Patty. Como nadie contestó, la abrió un poco y asomó la cabeza.

—¿Puedo pasar? —preguntó en voz alta. Dejó la caja que traía en el suelo.

Patty salió de debajo de la almohada. Torpemente, encendió la luz y lo miró con el pelo enmarañado y ojos de dormida.

—¿Qué pasa...?

Mark entró y cerró la puerta. Se apoyó en ella y la miró sonriente.

—Eso digo yo; ¿qué pasa? ¿Por qué no estás abajo como todo el mundo?

—Seguro que sobrevivís sin mí... —volvió a taparse la cabeza con la almohada.

Él la miró con cariño, se acercó a ella y tiró de las mantas.

—¡Arriba! ¡Vamos!

—Qué *pesadito* eres temprano por la mañana, colega...

—Yo soy pesado las veinticuatro horas del día, pimpollo —dijo Mark sonriendo—. En Navidad, muchísimo más, así que ¡arriba! Los Brady tenemos nuestras tradiciones, *colega*. Navidad. Ocho de la mañana en punto en el salón. Lo siento, no puedes faltar. Llegar tarde, por esta vez, sí.

Patty se sentó en la cama refunfuñando.

—Yo soy Jones, no Brady, ¿también estoy invitada? —le dijo con retintín, mirándolo de reojo.

—Por supuesto.

—¿Aunque haya *cateado mates*? —volvió a mirarlo de reojo.

—A ver... deja que me lo piense —contestó Mark, burlón. La miró con ternura—. *Sigues* invitada a la gran reunión matutina de Navidad.

Ella jugueteaba con la manga de su pijama. Todavía no había acabado de preguntar. Mark se sentó junto a ella en la cama y estiró las piernas.

—¿Aunque todavía no te haya dicho qué he.... —hizo una pausa y se aclaró la garganta— qué he decidido hacer con mi vida? —añadió con aire formal.

—¿No me lo has dicho o no lo has decidido? —preguntó él, intentando mantener a raya la sonrisa.

Patty se restregó el pelo en un gesto nervioso. La pausa fue larga.

—No te lo he dicho —Mark sonrió para sus adentros y se dispuso a escuchar algo que llevaba seis meses esperando—. Quiero dos cosas, pero una... No depende de mí.

Miró a Mark brevemente y siguió estrujando la manga de su pijama.

—Me gustan los animales. *Muchísimo más* que las personas, así que mi plan es acabar el instituto y estudiar Veterinaria. Tendré que buscarme un trabajo... —añadió, pensativa. Esta vez, Mark tuvo que hacer un esfuerzo serio por no soltar la carcajada— ¿Por qué algo tan rollo como ir a la universidad cuesta tanta pasta? Debería ser gratis.

—Parece buen plan —comentó él, con aire casual aunque casi no podía aguantar la sonrisa de satisfacción que le provocaba oírla—. ¿Y lo otro?

Patty se encogió de hombros. Siguió estrujando la manga de su pijama.

—Es igual... —dijo al fin, y se puso de pie—. ¿Se puede bajar en pijama, o me tengo que cambiar?

Mark la tomó por la cintura del pantalón y tiró de ella hasta que, a regañadientes, Patty volvió a sentarse.

—Soy todo oídos, pimpollo.

La niña suspiró, resignada.

—John me dijo... —meneó la cabeza irónica—. Se enrolla como una persiana, pero me dijo que eligiera *cuidadosamente* a quiénes dejaba "entrar" en mi vida...

Él asintió. Conocía la idea muy bien.

—¿Y?...

—Si pudiera elegir...

—*Puedes* elegir.

Patty lo miró de reojo.

—Te has casado... Seguro que Shannon y tú tendréis una docena de hijos... Suena bien decir que puedo elegir lo que yo quiera, pero no es verdad. No depende de mí.

Mark la miró sonriendo, desafiante. Se cruzó de brazos.

—¿Hablas de mí? ¿Del pesado que te besuquea?

—Ja. Ja. Ja —replicó burlona mientras Mark le plantaba un beso en la frente, que ella no hizo ademán de esquivar.

—Si hubieras querido irte, te habrías largado, *pero estás aquí*, aguantando mis besuqueos —sonrió encantado—, ¿y sabes por qué? Porque en el fondo, fondo, fondo sabes muy bien que aunque te fueras, vayas donde vayas, siempre me llevarás contigo. Claro que depende de ti. Siempre, todo dependerá de ti, si tú quieres que sea así... —Mark se puso de pie y se dirigió a la puerta—. Yo también quiero que te quedes conmigo. Hace dos meses pedí a Acogidas tu tutela provisional hasta que seas mayor de edad.

La cara de Patty se iluminó.

—¿En serio?

Mark asintió. Vio que a ella los ojos se le habían puesto vidriosos y atajó el temporal, sonriendo.

—No te emociones, pimpollo, no es nada *cool* —abrió la puerta y casi se dio de bruces con su mujer y con Gillian, que escuchaban detrás de la puerta.

Después de un pequeño lío de tropiezos, él cogió la caja que había dejado fuera y la entró en la habitación

—Y ahora, lo que quiero –continuó Mark, abriendo las tapas de par en par—, es que te pongas a pensar cómo lo vas a llamar.

Ante la expresión alucinada de Patty, Mark cogió el cachorro de Husky, que apenas tenía unas pocas semanas, y se lo puso sobre la falda.

Blanco, regordete, con un gran lazo rojo atado al cogote, parecía un peluche.

Esta vez no hubo broma que contuviera la emoción de Patty, que con un brazo sostuvo al cachorrillo y con el otro se abrazó a Mark, llorando a moco tendido.

Las espectadoras, que asomaban la cabeza por la puerta, miraron emocionadas como Mark abrazaba a la niña con una sonrisa de pura felicidad en la cara.

—Vaya… Ahora además de besuquearte, también voy a abrazarte… ¡qué bien! —apuntó él, riendo mientras buscaba la mirada de Patty con cariño—. ¿Era el que querías?

Ella asintió todavía llorando. Por momentos, se calmaba, pero cuando miraba al cachorrillo, volvía a llorar. Mark la mantuvo abrazada hasta que ella, después de un buen rato, se apartó suavemente.

—Tu mujer tiene razón, colega —admitió todavía llorosa, restregándose la nariz con la manga del pijama—. Tú vienes de otra galaxia...

Él le revolvió el pelo enmarañado y se dedicó a juguetear con el perrillo, que intentaba trepar por el brazo de la niña.

—Lo dicho —murmuró Gillian, rodeando el hombro de Shannon con su brazo—. Mira lo que tu marido ha conseguido de esa criatura en seis meses. Aunque fuera vanidad, que no lo es, ¿de verdad, importa? Es un pedazo de tío, alucinante como todos los hombres de esta familia.

Shannon apoyó la mejilla contra el marco de la puerta y miró la escena con orgullo. Para ella, *alucinante* era al principio, cuando Mark se esforzaba por hacerle sentir que ella era lo primero en su vida, lo más importante.

Ahora, era mágico.

CAPÍTULO 34

Cuando Mark entró en su habitación, Shannon estaba calzándose las botas.

—Hola, corazón —dijo ella alegremente—. Ya casi estoy…

Él sonrió y la recorrió de arriba a bajo con su mirada sensual. Los pantalones de montar convertían un trasero que para él era la novena maravilla del mundo, en maravillosamente tentador.

—Estás de muerte… —se acercó hacia ella—. Me parece que vamos a dejar el paseo para otro momento…

Shannon rió de buena gana.

—¿Vas a faltar al tradicional paseo navideño a caballo por la orilla del *Ouachita*? —tomó la cara de Mark entre sus manos y le plantó un beso de ruido en los labios—. Gracias por tus piropos, me encantan, pero yo no pienso perdérmelo por nada del mundo, corazón. Gillian lleva hablándome del acontecimiento desde que nos casamos…

Mark sonrió divertido.

—A Gillian le vale cualquier momento que nos reúna a todos. Si estamos todos, es un "acontecimiento" y ella es feliz… Es alucinante.

Shannon lo miró con ternura.

—Pues, ella opina lo mismo de ti…

Él negó con la cabeza.

—Yo jugué con ventaja. Una ventaja enorme… ¿Sabías que todavía se ocupa de su madre?

—¿Vive? —preguntó Shannon, sorprendida, él asintió—. Pensé que era huérfana.

—Ojalá —dijo Mark. Se puso las manos en los bolsillos y soltó una especie de bufido—. Su viejo murió en la cárcel, de sobredosis, cuando Gillian era pequeña. Y su madre siempre ha sido una alcohólica que se bebía hasta el dinero del alquiler…

—¿Te lo contó ella? —Shannon le acarició la mejilla suavemente. La mirada de Mark se había vuelto gris.

—No, nunca habla de sus padres. Nos lo dijo la asistente social que se encargaba de Gillian… Y lo demás lo sé por Jason. Él suele acompañarla cuando va a visitarla a la clínica… Ayer, de hecho, fueron a verla. Es el único de nosotros que la conoce personalmente.

Shannon asintió decidida a cambiar de tema y volver a ver el sol brillando en aquellos ojos preciosos.

—¿Era por eso? Pues, menudo enfado tenía Victoria cuando John le dijo que habían bajado a la ciudad. Me parece que Gillian no le cae nada bien…

Mark rodeó la cintura de Shannon con sus brazos, se coló en su cuello y empezó a besarlo.

—¿Qué te apetece hacer después de comer?

Shannon suspiró.

—Estar contigo.

Él sonrió y buscó su mirada.

—Ya *estás* conmigo. Quiero decir hacer algo; ver *tele*, pasear, llevarnos a los niños por ahí…

—Si estás tú, da igual qué.

—Vaya, gracias… ¿Seguro que no quieres cambiar paseo a caballo por… —los ojos de Mark se desplazaron a los labios de su mujer. Los lamió suavemente— *mimos*?

—No me tientes, corazón. Hoy no podemos. Así que mejor… —ella le dio un beso en la nariz e hizo el ademán de apartarse, pero él la retuvo y se quedó mirándola a los ojos, escrutándola.

—Vamos, Mark… —insistió ella, a regañadientes.

—Podemos lo que tu quieras, amor —susurró él, mirándola a los ojos; una media sonrisa, entre violenta y enamorada, apareció en la cara de Shannon. Él le besó la frente con dulzura—. Ahora, paseo a caballo. Después, sesión de mimos. Solamente mimos, ¿te parece bien?

Mark no esperó respuesta, abrió la puerta del dormitorio y salió al pasillo con ella tomada de la mano.

—Espera…. —pidió Shannon; él se volvió a mirarla sonriendo. Ella le echó los brazos alrededor del cuello y lo abrazó fuerte, ante su expresión de sorpresa—. Eres un sueño… *Mmm…*, me pasaría el día así, pegada a ti, sintiendo cómo late tu corazón…

Él se estremeció.

Habría retrocedido veinte pasos con ella entre sus brazos. Habría vuelto al dormitorio, cerrado la puerta y tirado la llave.

Lejos.

Muy lejos.

Antes de besarla por primera vez, ya se sentía así. Arrebatado por ella, *grogui* por su dulzura, encendido por cada centímetro de su piel. Tres meses después de haberse casado con ella, después de noventa días despertándose con la visión de aquella mujer durmiendo a su lado...

Sus miradas se encontraron.

Él vio que en la de aquel ángel pelirrojo había deseo, y dejó de pensar. La besó con pasión. Ella se dejó besar y abrazar como si el tiempo se hubiera detenido, y solo existieran ellos dos.

Mark retrocedió hacia el dormitorio un paso, tentativamente, y se detuvo esperando una reacción de Shannon que no llegó.

Un instante después, lo que llegó fue el sonido de una voz femenina que, canturreando, se acercaba por la escalera. Era Eileen.

Mark dejó de besarla y se apartó un poco. Shannon suspiró, lo miró con *ojitos* brillantes y una media sonrisa dulce.

—Mejor vamos, corazón —le dijo en voz baja.

—¿Adónde? —susurró Mark, todo él dándole a entender que estaba abierto a propuestas. La vio mirarlo con tal dulzura que estuvo a punto de conseguir que él se olvidara de que estaban en pleno pasillo, con su madre de espectadora en tribuna preferente.

Y ella, a punto de dejar de resistirse a la tentación.

A punto, casi...

Shannon, de mala gana, se puso en camino hacia la planta baja con Mark tomado de la mano, y una sonrisa resignada en la cara.

Cuando se cruzaron con Eileen y ella vio el rubor en la cara de Shannon y la expresión en la de su hijo, quien no pudo resistir la tentación fue ella.

—Lo siento —dijo con los labios, sin emitir sonido, cuando pasó junto a su hijo, y se detuvo un instante a ver el espectáculo.

Los ojos de Mark brillaron como dos faros en medio de una cara completamente roja, de quinceañero al que sus padres acababan de pillar con su novia del *cole* en el sofá.

Para Eileen era un espectáculo entrañable.

Y muy esperado.

Se sentía orgullosa de sus tres hijos, pero Mark para ella siempre había sido palabras mayores. Él era John elevado a la enésima potencia.

Sí, había esperado con ansia el día en que su cerebral hijo perdiera la cabeza por una mujer.

Con ansia y cierta preocupación, porque los años pasaban y él continuaba solo. Porque convertirse en padre de acogida había sido para

Eileen una señal de que Mark, quizás, también había empezado a pensarlo...

Y porque sabía que encontrar una compañera adecuada no le resultaría fácil. A veces, no podía evitar pensar que su hijo debió haber nacido un siglo antes, cuando la integridad y el sentido del honor eran las cualidades que definían la valía de un hombre.

Alguien como Mark se merecía un ángel. Sin embargo, el único que Eileen conocía y quería como si fuera de su propia sangre, no estaba destinada a él.

Pero digno hijo de John Brady, hasta eso lo había hecho con sobresaliente, pensó Eileen satisfecha.

Mark se había enamorado de una mujer que tenía un corazón generoso y valiente, una sonrisa dulce por la que él hacía locuras...

Y *alitas* invisibles.

EPÍLOGO

Viernes 30 de diciembre de 2005.
Rancho Brady.
Camden, Arkansas

Mark se bajó del monovolumen y esbozó una sonrisa al ver que el coche de Shannon estaba aparcado junto a la pickup Ranger de John. No eran ni las seis, ¿qué hacía la pelirroja tan pronto en casa?

Aunque era cierto que cada vez llegaba más temprano, nunca antes de las siete.

Apuró el paso sin darse cuenta cuando recordó que temprano o no, hacía doce horas desde que había visto su cara preciosa por última vez.

Doce horas. Una eternidad. Los días de diario se le hacían cada vez más largos y los fines de semana, un suspiro de cortos; con tanta familia alrededor era difícil tener un rato a solas para estar tranquilos.

Bueno, lo de estar tranquilos era una forma de decir, pensó mientras colgaba el abrigo y se dirigía a la cocina, porque a cuenta de la luna de miel que aún no habían disfrutado, sus ratos a solas eran de todo menos tranquilos. Pero hoy era viernes, su mujer ya estaba en casa y con dos días enteros por delante para disfrutar de ella sin horarios, iba a dedicarse a fabricar cuantos más ratos mejor.

—¿Has olido el café o qué? —dijo John a modo de saludo.

—¿Café? —intervino Jason, burlón—. Lo que ha olido es que Shannon está en casa ¿a que sí, *machote*?

En casa, sí, pero no en la cocina, pensó Mark mientras echaba una mirada rápida, buscándola. Estaban todos, menos ella.

—¿Y tú qué, *machote*? ¿Otra vez aquí, no vivías en Dallas? —replicó igual de burlón mientras repartía besos entre los pequeños y las mujeres de la casa.

—Ventajas de estar a doscientos kilómetros y llevar una moto; me pongo aquí en un pispás. Acostúmbrate, porque me verás a menudo...

Mark sonrió, le palmeó el hombro.

—Seguro que hay cosas peores —se picaban por deporte. La idea de volver a tenerlo en casa, en realidad, le encantaba—. Bueno, voy a ver qué está haciendo mi mujer. Luego nos vemos.

—¡Cenamos en una hora! —exclamó Eileen cuando Mark había desaparecido de la cocina.

Él volvió sobre sus pasos, asomó la cabeza. Toda la vida habían cenado a las siete ¿por qué su madre se lo estaba recordando? ¿Y por qué todos lo estaban mirando de aquella forma?

—¿Me estoy perdiendo algo?

Eileen se apresuró a negar con la cabeza, los demás a poner cara de póquer.

—Por si acaso... —dijo ella con una sonrisa radiante.

Mark tuvo una sensación rara. Se estaba perdiendo algo, estaba claro.

—¿No sabe nada? —preguntó Jason cuando su hermano ya no podía oírlo.

—Ni una palabra —dijo Gillian feliz—. Llevo un mes mordiéndome la lengua.

—Muy aguda, mamá —apuntó Jason, riendo mientras los demás se desternillaban.

Eileen con las mejillas coloreadas, asintió sonriendo.

◆ ◆ ◆ ◆ ◆

Shannon se cerró la bata de toalla y limpió con el puño el espejo empañado por el vapor.

Le gustó la imagen que se reflejaba allí.

Por primera vez, en toda su vida, la mujer que veía le parecía guapa. Feliz.

Y no era solamente locura de recién casada. Su mente y su corazón ya no estaban repartidos, sino concentrados en el hombre que había conseguido que ella se pasara el día mirando la hora, deseando que llegara el momento de regresar a casa. Concentrados en él y en su mundo, que ahora era también el mundo de Shannon.

Decían que los grandes descubrimientos solían ocurrir en circunstancias banales, y por regla general, exentos de grandiosidad. El de ella había tenido lugar la tarde de Navidad mientras preparaba café para todos en un desastre de cocina llena de restos de comida, botellas vacías y vajilla por lavar. Fuera, nevaba tanto que no apetecía salir, pero los niños no parecían afectados por eso; desde el salón le llegaban sus gritos. También podía oír las chanzas de Gillian y Mandy metiéndose con Jason, y las risas de Mark.

Fue como una revelación. Una especie de certeza que se instaló en su ser en aquel preciso instante, haciendo algo tan normal como repasar las cucharillas de café; se dio cuenta de que todo lo que había imaginado cuando soñaba despierta con cómo sería su vida, era así. Una casa llena de vida, un hombre que no le pusiera fronteras a su cariño, un hogar donde sus hijos biológicos crecieran a salvo y los adoptivos tuvieran otra oportunidad.

Este era su sueño hecho realidad, condimentado con el sabor real de las pequeñas cosas cotidianas.

—Cómo se nota que cada día estás más loquita por verme, pelirroja...

Shannon se volvió sonriendo. Mark, junto a la puerta, la miraba.

Se moría por verlo, sí, y ahora que lo tenía a tiro, no escatimó.

Dios, le encantaba aquella camisa de leñador roja. El corte destacaba unos hombros de por sí poderosos y el tercer corchete estaba a una altura que, con según qué movimientos, permitía que la camisa se abriera lo justo para dejar expuesto el crucifijo de madera que Mark llevaba siempre junto con varias gargantillas de cuentas. Para más, hoy llevaba la camisa por dentro de los tejanos, *señores tejanos* de tiro corto con un calce no apto para cardíacas. Un pedazo de hombre plantado sobre unas botas rancheras, cuyos tacones lo ponían apenas por encima del metro noventa.

Ideal.

—¿Sabes, corazón? Si la Sports News sacara un póster contigo así, sí que estarías en mi pared —dijo ella con picardía, trayendo a colación la conversación de principios de año, el día del cumpleaños de Timmy cuando Mark le presentara a Jason.

La vanidad de su marido acusó recibo.

—¿*Estaría*? Llevo años en tus paredes, pelirroja, aunque patearas al ángulo con lo de ese *rubito* que canta country, pero gracias.

Así que se había dado cuenta del farol, pensó Shannon mientras le echaba los brazos al cuello, y, aún riendo, le daba un ligero beso en los labios.

Él le rodeó la cintura en un abrazo flojo, la apartó un poco para poder mirarla mientras hablaban. Llevaba el pelo envuelto en una toalla, colocada a modo de turbante, y toda ella olía gel. La piel, sonrosada por efecto de la ducha, para él normalmente era una invitación a dejar volar la imaginación, pero hoy había algo más. Un brillo nuevo en sus ojos castaños, algo que fluía de ella, vibrante, lleno de energía, lo que sumado al recordatorio innecesario de su madre y a la mirada burlona del resto de la familia, lo ponía como un flan.

—En mis paredes y en mi corazón —confirmó ella, con dulzura—. Siempre ha sido tuyo. Siempre, siempre.

Apasionante como resultaba oírla diciéndole esas cosas, ellas no hacían más que confirmar que, *definitivamente,* algo pasaba. Algo que todos sabían, excepto él. La mente de Mark empezó a barajar posibilidades y la única que le pareció plausible, por un segundo, lo dejó sin aliento. Solo con pensarlo, el corazón se puso a latir frenético de la emoción...

Pero aquello no era posible. Sabía con seguridad que su mujer, por desgracia, no estaba embarazada y si no era eso, ¿qué era?

—¿Y el resto de ti? —preguntó seductor, disfrazando una ansiedad que crecía por segundos—. Porque ya sabes que aunque tu corazón me encanta...

Ella sonrió de oreja a oreja, se mordió apenas el labio inferior como disfrutando con anticipación.

—Soy toda tuya —susurró mientras lo besaba una y otra vez, sin dejar de mirarlo—. Desde hoy a las cinco de la tarde soy... ¿cómo lo llamaste? —se apartó apenas un poco y lo miró con picardía haciéndose la pensativa—. Ah, sí... "Una mujer que ejerce de mujer"...

Él continuó mirándola con los ojos brillantes, escrutándola, como si dudara de lo que oía. Como si temiera malinterpretarla. Sin reaccionar. Shannon meneó la cabeza, lo miró con ternura.

—Eres una locura de hombre, corazón. Sí, es lo que piensas; he dejado Acogidas.

Ahora sí que Mark reaccionó.

Suspiró como si acabara de ganar un maratón, cerró los ojos con fuerza y la abrazó sin decir una sola palabra. La mantuvo pegada a él, en silencio, durante una eternidad, y cuando al fin se apartó y la miró con intención de hablar, solo pudo decir una palabra, que a Shannon la hizo estremecer más que el más apasionado discurso.

"Gracias".

Gracias a él, por enseñarle una dimensión de amor que no conocía. Por hacerla sentir querida y valorada las veinticuatro horas del día, siete días a la semana. Por hacer que cada segundo tuviera sentido. Por saber escucharla como a una mujer, y mimarla como a una niña, por...

Por una lista interminable de razones de las que se sentía incapaz de hablar, sin añadir más emoción a aquel momento.

—De gracias nada, corazón —dijo poniendo una sonrisa seductora en aquella cara masculina que adoraba—. Tengo planes para este cuerpo diez y su señora esposa.

Mark, con expresión satisfecha, la acomodó mejor contra su cuerpo y volvió a rodearle la cintura.

—¿Cuáles?

—Para empezar, que nos mudemos. Los quiero un montón, pero me apetece intimidad...

Pues ya eran dos. Uno a punto de volverse loco de las ganas.

Él sonrió con picardía y la hizo reír.

—¿Quieres acosarme?

Shannon asintió con la cabeza varias veces y una sonrisa traviesa en los labios.

—Quiero cuatro paredes que huelan a Mark y Shannon. Y ya sé que aquí te sientes como pez en el agua, pero este es el mundo precioso, entrañable de Eileen Brady, y necesito saber cómo es el mundo de Shannon Brady.

Era la primera vez que aquella pelirroja se refería a sí misma usando el apellido de casada. Un estremecimiento le recorrió el cuerpo, mezcla de gusto y deseo. El gusto se materializó en forma de sonrisa; el deseo, como solía hacerlo en los ejemplares machos de la especie humana, pero notó que ella solo se percataba de lo primero.

Dios, la luz que irradiaba la sonrisa de aquel hombre podría perfectamente iluminar las tinieblas, pensó Shannon. No pudo evitar reír.

—Sí, has hecho que lo quiera. Así que ahora, corazón, tendrás que hacer los honores...

Como Mark continuaba en silencio, mirándola con picardía y su sonrisa de hombre realizado, Shannon continuó.

—¿Te cuento mi idea? —él asintió en silencio—. Hablamos con tu padre a ver si nos deja ocupar un tiempo la casa de los guardeses... Yo me encargo de hacerla habitable —dijo controlando brevemente con los ojos si sus palabras tenían buena acogida—. Nos compramos lo básico para empezar. Preparamos una habitación para Matt y Timmy, otra para Patty y cuando todo esté listo, en un mes o así, nos mudamos. Más adelante, después de la cosecha, cuando tengas ganas podemos empezar a pensar en nuestra casita ideal...

Shannon miró a Mark y se echó a reír. Tenía la expresión más encantada que había visto en toda su vida; aquellos *ojitos* eran dos líneas brillantes que casi se perdían entre una melena de bucles dorados que enmarcaban su cara de niño guapo, y su inmensa sonrisa. Estaba feliz.

—Seguro que sonríes menos cuando te regañe por no limpiarte las suelas en la alfombrilla de la entrada y pringarlo todo de barro.

—O por no tapar el dentífrico —apuntó él, desafiante.

—Los que compro ahora da igual que no los tapes.

Ya se había dado cuenta. Aquella criatura aprendía la practicidad de los Brady a velocidad de vértigo.

—Detrás de esa cara de cría y esos rizos rebeldes, eres una mujer como la copa de un pino —le dijo, y suavemente le quitó la toalla de la cabeza. Algo en sus ojos hizo que Shannon adivinara lo que vendría a continuación—. ¿Qué te parece si...? —tomó su cara entre las manos y le susurró al oído. Luego se apartó para mirarla.

—Tentador... —respondió ella.

Mark sonrió y volvió a la carga, pero ella lo detuvo poniéndole una mano sobre el pecho.

—Pero ahora no, corazón, mejor después —le acarició el cabello—, con música suave, una botella de vino... y tiempo. *Muuucho tiempo.*

Él sonrió sensualmente, le deshizo el lazo de la bata y dejó que lo que entraba por sus ojos avivara el fuego que ardía en sus entrañas desde que oyera las palabras "Shannon Brady".

—Mejor ahora —sentenció Mark, y se dobló sobre ella al tiempo que le abría la bata de par en par—. Y después, *también.*

Sus manos ardientes estaban por todas partes y a ella empezaba a írsele la cabeza. Deslizó con suavidad una pierna entre las de Mark; él empujó su pelvis contra ella, exigente.

—Mark... la cena...

Él, sin hacer el menor ademán de apartarse, enredó los dedos en la mano de ella y la guió hasta su miembro. Ella jadeó.

—Hoy, *corazón*, tu cena soy yo —replicó él, con sus labios pegados a la oreja de Shannon.

Y qué cena, pensó ella con la mente en fuga, pero había un problema.

—Mark... —repitió con un hilo de voz. Él se había colado en su cuello y empezaba a bajar entre sus pechos con los labios entreabiertos. Una corriente eléctrica la recorrió entera—. Dios... Cuando vean que no bajamos a cenar, van a subir.

Entonces, vio que Mark se apartaba un poco mirándola con fuego en los ojos mientras la mantenía pegada a él con un brazo, y con la otra mano echaba el cerrojo.

El corazón de Shannon empezó a latir desbocado.

—¿Aquí? —le preguntó con una mezcla de ternura e incredulidad. Él asintió—. ¿Mi conservador *Don Certezas* se lo va a montar en el baño? —preguntó ella, sonriendo excitada como una niña pequeña.

Durante unos breves instantes los ojos brillantes de Mark, llenos de tanto amor como deseo, recorrieron sus facciones.

Sí, desde hacía años era un tipo de ideas claras y muy conservadoras. Pero ella le había descubierto un montón de necesidades nuevas. Que tenían que ver solo con ella y lo que representaba para él.

Shannon ocupaba un lugar en su vida y en su corazón que nunca nadie había ocupado.

Y que nunca nadie más podría ocupar.

—Por ti, señora Brady, yo haría *cualquier cosa*.

La mirada de Shannon se tornó vidriosa.

—¡*Guaaau*, qué hombre…! —susurró, enamorada.

Mark cerró los ojos y la abrazó con todas sus fuerzas.

Los dos suspiraron, apasionados y ansiosos por lo que estaban a punto de compartir...

Y mucho más aún por lo que vendría después, cuando clareara el día y entre los dos se dedicaran a seguir dando forma a lo más importante.

"Su proyecto de vida", como lo llamaba Mark.

"Su sueño hecho realidad", como lo llamaba Shannon.

Aquella noche no bajaron a cenar.

Y nadie subió a buscarlos.

PRIMER AMOR, ENTRE-HISTORIAS

¿No te pasa que, a veces, cuando terminas una novela te quedas con ganas de saber más de esa historia? A mí, sí. Constantemente. Por eso me encantan las sagas, y esta es otra de las muchas ventajas que tienen; se prestan perfectamente para un poco de romance adicional entre novela y novela.

Las "entre-historias" son capítulos extra que hacen a la historia que narra la serie Sintonías, que tienen que ver con los protagonistas de la novela a que se refieren, pero no forman parte de ella. En la edición "informal" -sin ISBN- de 2007/2008, se enviaban por correo electrónico como obsequio a quien compraba la novela. En esta edición van incluidas en el mismo libro.

Digamos que son algo así como unos apetitosos bocaditos extra para aliviar el gusanillo romántico ;)

Primer amor incluye cuatro "entre-historias", que encontrarás a continuación.

Espero que sean de tu agrado.

ENTRE-HISTORIAS, 1

Domingo 22 de enero de 2006.
Rancho Brady.
Camden, Arkansas

Desde que por la mañana se habían encontrado con David en el centro comercial, Mark estaba raro. Había intercambiado con él apretón de manos, algunas palabras, pero ninguna sonrisa. Ni siquiera amago de sonrisa. En la comida había dicho poco y nada, pero cuando los niños comentaron la moto "tan *guay* que tenía el amigo de Shannon", y John se interesó por el tema, Mark dejó claro que no le gustaba el tema, ni la moto, y mucho menos su dueño.

Shannon miró a Mark con ternura.

—Es un buen chico, Mark.

Él literalmente saltó de la silla como impelido por un resorte, con una expresión entre incrédula y molesta.

—¿Buen chico? —sonrió irónico—. Eso no existe, Shannon.

Mark respiró hondo y ante la expresión perpleja de su mujer dio media vuelta y abandonó la mesa farfullando un "me voy a trabajar".

Cuando aún impresionada por la reacción de Mark miró a los demás, comprobó que no era la única sorprendida.

Y no era para menos.

Esta era una faceta totalmente desconocida de Mark, a años luz de su perfil contenido tan escorpiano. Además, había rubricado el momento quitándose de en medio con una pésima excusa; no solía trabajar los domingos, especialmente si eran de invierno.

Patty había clavado la vista en los cordones de su zapatilla y la mantenía allí. Timmy y Matt aguantaban la risa, pero era evidente que reían de nervios.

—En un rato vuelvo —dijo Shannon, y salió de la cocina.

Las expresiones de todos cambiaron de sorprendidas a pícaras.

Y un segundo después cuando oyeron que la puerta se cerraba, corrieron a la ventana a ver el espectáculo en primera fila.

◆ ◆ ◆ ◆ ◆

Mark estaba más que molesto. Se alejaba a paso vivo por el camino que llevaba a las caballerizas con los lados de su parca flameando como banderas; se había puesto el abrigo, pero a pesar del viento frío, no lo había cerrado. Tampoco llevaba los guantes puestos. A pesar de que hacía tres grados bajo cero resultaba evidente que el clima interior de Mark era tropical.

—Eh...corazón —Shannon lo alcanzó y lo hizo detenerse tomándolo por un brazo—. ¿Qué pasa?

Oír su voz dulce, especialmente tierna como siempre que le hablaba a él, lo hizo rabiar más aún.

—Pasa que ningún tío es un buen chico —le contestó a quemaropa—. Pasa que te has acostado con él y que no quiero verlo rondarte. Porque *pasa* que no voy a aguantar que mis hijos piensen que ese "buen chico" es un antiguo amigo de mamá cada vez que nos lo topemos de morros. Porque a) no existe nada remotamente parecido a un buen chico, b) un hombre y una mujer no son amigos y c) lo que él quiere no es ser tu amigo, ¿está claro?

Shannon lo miró mucho más sorprendida que antes. Ahí de pie, con los ojos centelleando de rabia y sus brazos en jarra, no le parecía Mark.

—Encontrarlo fue una casualidad... Ni siquiera sabía que había vuelto a la ciudad —intentó acercarse, pero él volvió a apartarla. Ella hizo una pausa y cuando volvió a hablar fue mucho más tierna que antes—. Corazón, no pasa nada. Fue casual... Estabas ahí, conmigo; nos dijimos hola, intercambiamos un par de frases amables, nada más... —intentó volver a acercarse. Él volvió a apartarla y le dijo con su ceja enarcada que se quedara quieta. Shannon sonrió con ternura—. ¿Y qué es eso de que no existen los chicos buenos? Estoy casada con uno, claro que existen.

Shannon pretendió robarle una sonrisa, aliviar la tensión desviando la conversación, pero no resultó así.

La mirada de Mark se endureció y cuando habló fue mucho más directo que antes.

216

—Estás casada con un hombre. Y nunca fui un buen chico. Te habría echado un polvo un segundo después de verte sin importarme una mierda todo lo demás, David incluido. Y cada uno de los siguientes segundos que hubieron hasta que finalmente te lo eché, también... —Shannon levantó el mentón, un gesto que Mark conocía muy bien—. Si no lo hice, *corazón*, no fue por ti.

Se miraron unos instantes. Shannon intentaba encajar lo que había oído. Mark, solo contenerse y que la rabia que sentía, y no estaba acostumbrado a sentir, tomara el control de una situación que era él quien debía controlar.

—Mark... —empezó a decir ella suavemente. Él la cortó en seco.

—No. No digas nada. Encárgate de quitarlo de en medio. No quiero más encuentros de ninguna clase. Ni llamadas, sean perdidas o atendidas. Y si te lo cruzas por la calle, lo saludas y sigues con lo tuyo —Shannon lo miró con los ojos como platos. Él asintió, afirmándose en lo dicho— Si ese tío quiere que sepas que se acuerda de ti, que te mande una postal por Navidad y en paz, ¿me copias?

Ella abrió la boca para empezar a hablar, pero él hizo algo más que interrupirla; dio un paso hacia ella, imponiéndose con su físico y le habló a diez centímetros de su cara, rabioso.

—Hazlo. O lo hago yo.

Shannon, *alucinada*, lo vio dar media vuelta y alejarse por el camino sin darle tiempo a decir nada. Había visto a Mark muy serio una vez, pero esto era insólito. Por primera vez, había emociones intensas en Mark. A flor de piel, en su expresión, en sus palabras.

Y no eran unas emociones cualquiera, eran celos.

La incredulidad de Shannon, incluso la molestia por la forma en que él le había hablado, cedió terreno a una intensa ternura; adoraba a aquel hombre. Lo amaba con toda el alma.

Mark, en cambio, seguía atrapado en la rabia y la vergüenza de sentirse celoso como un adolescente.

Celoso hasta el increíble extremo de haberle dicho que se encargara de quitarlo de en medio o lo haría él.

Pero lo más increíble, sin embargo, era que no había sido más que una frase hecha porque, en realidad, Mark no tenía la menor intención de quedarse de brazos cruzados.

◆ ◆ ◆ ◆ ◆

Cuando volvió a casa, un par de horas más tarde, la familia se había trasladado de la cocina al salón. Estaban mirando una película, pero tan pronto Mark asomó la cabeza por la puerta, las miradas se volvieron hacia él.

Además de sus miradas pícaras, notó que faltaba Shannon.

—¿Qué? ¿Has acabado ya de trabajar? —John rompió el silencio con una pregunta que llevaba tanta picardía implícita como el tono en que lo dijo.

Mark ni se molestó en mirar a los demás, se limitó a asentir.

—¿Y Shannon? —preguntó.

Gillian codeó a Mandy, que sentada entre Jordan y ella, no se perdía detalle de la cara de su hermano mayor, y se lo soltó.

—Se fue. Dijo que después de enterarse de que se había casado con un chico malo, lo único que le quedaba era hacerse monja de clausura y dedicarse a rezar para enmendar semejante pecado.

La primera carcajada fue de Jordan, pero pronto fue imposible distinguir las suyas de todas las demás; hasta los niños, con disimulo, festejaban la broma de su tía Gillian.

Mark los miró burlón, esperando que se dejaran de bromas y le contestaran.

—En cualquier momento alza la ceja —le dijo Mandy a Gillian al oído.

—Vaya declaración, tío, nos has hundido al gremio en pleno —comentó Jordan, riendo.

—Dijo una gran verdad —terció Mandy, mirando a su chico con picardía—, pero no fue un movimiento muy inteligente que digamos, chaval —se dirigió a su hermano, en tono desafiante—. Ahora que tu mujer te ha visto el plumero...

Mark se cruzó de brazos y los miró a todos con expresión de "¿vais a acabar con el tema de una vez?". Mandy continuó.

—Vas a tener que pensar muy bien las excusas que le das, ya me entiendes.

Ella hizo una pausa a propósito para ver qué decía su hermano.

—Claro... —continuó Mandy al ver que Mark no abría la boca— se me olvidaba que hablo con mi hermano mayor, el hombre más cabal entre los hombres... A Mark Brady no le hace falta inventar excusas.

La ceja enarcada hizo su aparición triunfal en la cara de Mark seguida de una mirada rápida a los niños, algo que le indicó claramente a Mandy que no debía continuar con el tema.

Ella sonrió, meneó la cabeza y calló.

—Subió a preparar el baño para Timmy y Matt —intervino Eileen mirando a su hijo con cariño—. No sabíamos si... —se mordió la lengua. Lo conocía bien y sabía que Mark no estaba para más bromas—

volverías a tiempo.

Él asintió, y sin mediar palabra, salió del salón.

◆ ◆ ◆ ◆ ◆

Eileen tenia razón. Mark nunca estaba de humor para bromas sobre asuntos de su vida privada, y que hoy las hubiera le molestaba especialmente porque había sido su propia reacción la que las había provocado.

No estaba acostumbrado a reaccionar. Siempre había podido parar dos segundos antes y pensar cómo quería manejar el asunto.

Pero con el asunto David, no funcionaba.

La sonrisa radiante de Shannon al volver a verlo seguía grabada en su mente, calentándole la sangre, hurgando en lo más básico de sus sentimientos.

Y disparando unos celos brutales que lo hacían sentir estúpido y descontrolado. Dos adjetivos que no estaban a la altura del hombre que se enorgullecía de ser.

Shannon se volvió al oír que la puerta del baño se abría y una sonrisa inmensa le iluminó la cara.

—Hola, corazón... ¿Ya has acabado?

Mark entró y cerró la puerta. Despacio, se acercó a la bañera donde Shannon sentada en el borde, controlaba la temperatura del agua mientras la llenaba.

No, no había acabado. Ni había ido a trabajar, que era a lo que su mujer se refería, ni había recuperado el control de sus emociones, que era la razón por la que se había largado.

—Quiero que hablemos —la miró brevemente y vio que la sonrisa desaparecía de la cara de Shannon. En su lugar, ahora, había preocupación y un brillo raro en sus ojos. Mark respiró hondo—. Tienes razón, necesitamos nuestra propia casa... intimidad y libertad para hablar o no hablar, sin público... Los críos van a aparecer de un momento a otro y luego habrá que bajar a cenar... Este asunto no me gusta, pero soy consciente de que no lo estoy manejando bien... Y lo siento, Shan.

En realidad, pensó Mark, *no lo estaba manejando*. Era el asunto el que lo manejaba a él.

Shannon lo miró con ternura, tomó una de sus manos.

—¿Te ayudaría a manejarlo mejor si te digo que eres el hombre de mi vida?

Ayudaba. Aunque la imagen de ella sonriendo a su ex siguiera hurgando en la herida, aunque la expresión de Mark siguiera más seria que enamorada, la rabia, lentamente, se diluía.

Él no respondió. Shannon tiró de él para hacer que se agachara.

—¿Y un beso?, ¿ayudaría? —dijo tomándole la cara entre sus manos.

Mark le besó los labios suavemente sin dejar de mirarla. Cuando la tenía así, cerca, y sentía el calor de su respiración, el mundo se detenía. Solo existía ella.

Las voces de los dos niños que se acercaban por el corredor, charlando con Eileen, volvieron a poner en marcha el mundo.

—¿Cuándo nos mudamos? —susurró Mark con tono desesperado.

Shannon rió bajito, le besó la punta de la naríz.

Solo diez días más, corazón.

Mark se enderezó y la miró con frustración.

—¿Diez días más? Me voy a volver loco... ¿no puede ser antes?

La puerta del baño se abrió antes de que Shannon pudiera contestar.

—Ya estamos aquí —dijo Matt con cara de pillo—, ¿nos quedamos o lo dejamos para mañana?

Eileen de dio la vuelta para que los críos no la vieran reír.

—Ni lo sueñes, colega —dijo Mark, haciéndole señas con un dedo de que se acercara—. Del baño no vas a librarte.

Timmy reía a carcajadas. Matt se encogió de hombros.

—Bueno, había que intentarlo, ¿no? —dijo sonriente, con todo su desparpajo.

Mark le echó una mirada burlona y conectó el cronómetro de su reloj.

—A desvertirse y saltar a la bañera. Sesenta segundos a partir de... ¡ya!

Cuando Matt sintió el clic del cronómetro, el baño se convirtió en un remolino de deportivas, calcetines y demás prendas de vestir que volaban por los aires y niños que se llevaban por delante por llegar primero.

El último en tocar el agua era el que ayudaba a Mark a limpiar los vestigios de los juegos acuáticos que cerraban la sesión de higiene diaria, convirtiendo el espacioso baño de la habitación de los niños en una piscina olímpica.

♦ ♦ ♦ ♦ ♦

Eran cerca de las once de la noche cuando Shannon y Mark se retiraron a su habitación después de meter niños y adolescentes en la cama y dejar todo en orden para empezar la semana.

Ella, decidida a no esperar un minuto más para saber qué era lo que "tenían que hablar", se sentó en la gran cama de matrimonio, cruzó las piernas al modo indio y se quedó mirando a Mark con una sonrisa tierna en la cara.

Él se sentó en la silla del escritorio, a pocos metros, y tardó unos instantes en hablar.

—No estuve trabajando —admitió, al fin. La miró con cierto rubor en las mejillas. Vio que ella fruncía el ceño—. Estaba rabioso y necesitaba desaparecer un rato.

La cara de Shannon pasó de interrogación a sorpresa. Mark respiró hondo. Intentando evitar aquella expresión que le producía una profunda vergüenza, miró a otra parte.

—Corazón... —Shannon se acercó a él mirándolo con ternura y se acomodó sobre su falda. Mark, a regañadientes, la dejó pero no hizo intento de acortar distancias. Ella, en cambio, le rodeó el cuello con sus brazos—. ¿Por qué sigues dándole vueltas a este tema? —atrajo su mandíbula con dos dedos y lo obligó a mirarla—. Mi historia con él acabó antes de que tú y yo volviéramos a vernos... —le besó los labios suavemente una y otra vez. Él continuó mirándola, viendo cómo lo besaba, sin responder ni a sus palabras ni a sus besos—. Olvídate de él.

Ni hablar.

Mark la apartó y se puso de pie. Ella volvió a fruncir el ceño.

—No me voy a olvidar de él, Shannon. No sé cómo es volver a ver a alguien con quien has compartido vida —dijo con retintín. La expresión de ella se enterneció— porque nunca he compartido con otra mujer más que una cama algunas horas, pero soy hombre y te voy a decir dos cosas que sí sé. Uno, él no se olvidó de ti ni está de paso. Y dos, si yo fuera él, después de ver la sonrisa radiante con que le diste la bienvenida, si no me había planteado quedarme —vio la sonrisa de Shannon desaparecer como por arte de magia—, empezaría a planteármelo.

—Dios... No puedes estar hablando en serio...

—Muy en serio —apuntó él—. Tú crees que todo el mundo es como tú, sincero y abierto, pero los tíos, Shannon, no somos así.

—¡Qué dices! —exclamó, mirándolo molesta.

—Con una mujer, no. Jugamos a otro juego.

Ella volvió a la cama, se sentó y respiró hondo. Le importaba un comino el "juego que jugara" su ex. A ver cómo se lo hacía entender a *Don Certezas*.

—Me da igual David. Por mí, puede quedarse o irse a Júpiter. Me alegré de verlo, sí. Lo tengo por un buen tipo y sé que siempre me ha querido bien —Shannon vio que la mirada de su marido se volvía brillante—. Pero si se hizo una idea equivocada de mi sonrisa, no es problema mío. Y tampoco debería ser tuyo, a menos claro, que no confíes en mí.

—Ahora eres tú la que no puede estar hablando en serio —dijo Mark con una expresión desafiante que Shannon recordaba muy bien aunque hacía meses que había dejado de verla—. Ese capullo tiene tantas posibilidades de atraer tu atención como cualquiera de tus contemporáneas de atraer la mía; ninguna. Pero va a intentarlo igual y yo me he dado cuenta de que no quiero que le sonrías, Shannon. Ni que lo mires, ni que le hables —ella se estremeció, lo vio menear la cabeza, incómodo—. No me pidas que te lo explique... No quiero y ya está. Así que sí, tenemos un problema.

La vio mirarlo con *ojitos* pícaros y aquella sonrisa de niña por la que él hacía locuras.

—¿Mark Brady está celoso? —le preguntó traviesa—. ¿El imperturbable *Don Certezas*, celoso? —Shannon palmeó la cama—. Ven aquí, corazón...

Él obedeció, todavía serio. Se sentó a su lado lo bastante lejos como para que no hubiera contacto físico. Shannon sonrió y se acercó. Él la miró de reojo brevemente.

—A ver qué te parece mi plan... —propuso ella, y dejó que su hombro hiciera contacto con el de Mark—. Si él hace el menor intento de verme le digo lo que hay, te lo cuento y hacemos lo que tú quieras... Que quieres hablar con él, hablas con él. Que quieres que cambie mi número de móvil, lo cambio... Lo que tú decidas. Y pase lo que pase, no vuelvo a sonreírle nunca más. Si me lo encuentro por ahí, me pongo así —un gesto de vieja bruja apareció en la cara de Shannon. Mark sonrió burlón—. ¿Qué te parece hasta aquí?

No tenía la menor intención de quedarse a esperar que David volviera a la carga, pensó Mark, pero calló. Asintió a modo de acuerdo.

—Vale —dijo ella en tono sugerente—, y ahora... ¿qué te parece si te quito la camisa, te echas boca abajo y dejas que las manos mágicas de tu mujer, te den un estupendo, *laaargo* y relajante masaje en la espalda?

Ella no esperó respuesta. Lentamente, sin perder su sonrisa de niña, le desabrochó la camisa.

Mark suspiró cuando sintió aquellas manos de tacto delicado acariciarle el pecho suavemente. Las puso alrededor de su propio cuello, se inclinó hacia atrás, sobre la cama, llevándose a Shannon con él.

—¿Qué te parece si yo te desnudo a ti, tú a mí, y hacemos el amor? —ofreció él, colándose en su cuello y besándolo sensualmente.

Ella se estremeció, echó la cabeza hacia atrás, disfrutando apasionada.

—¿Y qué va a parecerme? Si por mi fuera...

—¿Qué? —preguntó él, y se dio la vuelta. Shannon quedó de espaldas sobre la cama.

Ella se pegó a él buscando sus besos.

—Te acosaría sin compasión —susurró, encendida.

"Y yo a ti", pensó Mark, con el corazón latiendo acelerado.

Nunca imaginó que alguna vez contaría como un preso los días que faltaban para dejar la casa familiar. Era consciente de que la razón no era únicamente descubrir cómo sería un hogar a la manera de Shannon Brady; había más razones. Y todas empezaban y acababan en aquella pelirroja que cada vez que lo tocaba, como ahora, lo ponía al borde de la desconexión total, transportándolo a un espacio en el que las sensaciones se volvían tan poderosas, tan intensamente plenas que hasta él, alguien mucho más acostumbrado a pensar que a sentir, ni siquiera intentaba resistirse.

—Diez días más, nena —dijo en un suspiro apasionado, lloviendo caricias sobre ella—, y vas a poder hacer conmigo lo que quieras...

—¿Todo lo que quiera? —susurró ella.

Él se apartó apenas un poco y la miró. Se acercó a sus labios y los lamió lentamente, saboreándolos.

—Todo —dijo, al fin.

Los dos suspiraron y se fundieron en un abrazo.

Diez días más.

Serían los diez días más largos de sus vidas.

ENTRE-HISTORIAS, 2

Lunes 23 de enero de 2006.
Aula de monitores,
sede central de Solidarios.
Camden, Arkansas.

Cuando Shannon llegó a Solidarios eran las once en punto y algo de Mark ya estaba ahí, esperándola; una rosa.

Sin quitarse el abrigo, se apresuró a despegarla de la puerta de su taquilla. Roja, fragante, esta vez tenía tarjeta.

Suspiró y se concentró en las siete palabras:

"Lamento lo de ayer, amor, ¿me perdonas?"

¿Perdonarle? Posiblemente, nunca fuera a decírselo con todas las palabras, pero eso por lo que él se sentía obligado a pedir perdón, tenía una lectura completamente diferente para Shannon; verlo reaccionar con celos le había conferido el toque humano, imperfecto, que ella necesitaba ver en Mark.

Y además le gustaba que la celara, de él le gustaba todo.

Como esas sorpresas con que Shannon seguía amaneciendo cada día. Fuera con rosas, bombones, mensajes o llamadas, Mark siempre estaba ahí, para recordarle porqué se había enamorado de él dos veces en una misma vida.

—Vaya... Sí, que es romántico.

Shannon se dio la vuelta y al ver a David, frunció el ceño.

—¿Qué haces aquí? —le preguntó, extrañada, cuando consiguió salir de la sorpresa.

Vestía de traje y corbata y llevaba maletín. No quería pensar que Mark tuviera razón sobre las razones de David, pero...

—Pasaba por aquí —comentó él, con aire divertido.

Shannon no se lo pensó dos veces.

—Vamos a aclarar este tema ya mismo. Me alegré de volver a verte, pero si eso va a servir como excusa para que "vuelva a toparme de casualidad" contigo día sí y otro también, no me va a gustar —David meneó la cabeza incrédulo. Shannon continuó completamente seria—. No hay razón para seguir en contacto. Y además, como ya sabes, me he casado... No quiero más encuentros casuales, ¿vale?

Los grandes ojos verdes de David, brillantes, la miraron con algo parecido al rencor.

—No estoy aquí por ti. Tengo una cita con el responsable de informática en diez minutos... Pensé pasarme a saludarte... —Shannon continuó mirándolo con el ceño fruncido, interrogante—. ¿Qué espera tu marido que haga? ¿Que te vea y cruce a la acera de enfrente? Estaría bien que le recordaras que nos conocemos desde hace veinte años. Y también estaría bien que tú no lo olvidaras...

—Mi marido espera que ni siquiera me hables —dijo espontánea. Vio que David la miraba sorprendido—. Y yo espero no haberme equivocado cuando le dije que el encuentro de ayer fue casual. Si es verdad que tienes una cita con Bob Martin, vas a llegar tarde. Y si no es verdad, yo estoy ocupada, me alegré de verte ayer y ahora quiero que te vayas y que no vuelvas, ¿está claro?

David se quedó mirándola unos instantes. Se conocían desde niños, sí. Por eso sabía que aquel "que te vayas y que no vuelvas" era sincero; era la primera vez que ella usaba esas palabras y ese tono con él.

—Cuídate, Shannon —dijo resignado y se marchó.

No había sido casual. Mark, para variar, tenía razón. A Shannon le parecía increíble que David pudiera haber pensado por un segundo que... ¿Qué esperaba de ella? ¿Un *affaire*?

Meneó la cabeza rabiosa.

Ahora, además de crédula se sentía ofendida.

◆ ◆ ◆ ◆ ◆

Mark no iba a dejar estar aquel asunto, lo había tenido claro desde el primer momento. Ahora, recostado contra la puerta del monovolumen frente al edificio donde David trabajaba, esperaba pacientemente volver a verle la cara. Solo que esta vez, no sería por casualidad.

Gillian se encargaba de recoger del colegio a Timmy, Matt y Patty, y Shannon había acompañado a su abuela a las "rebajas", así que no volvería a casa antes de las seis y media o siete. Mark tenía tiempo suficiente para hacer lo que había venido a hacer, y estar de regreso en

225

casa antes de que ella llegara.

David lo reconoció al instante. Mark se dio cuenta de que él ya lo había visto y no apartó la mirada. En cambio, se dedicó a observarlo con más detenimiento mientras bajaba las escaleras del edificio y se acercaba.

Era alto, más bien delgado. Joven, menos de treinta. Pinta de buena persona.

Y un *capullo* que intentaba ligar con su mujer.

—No puedo creer que te haya llamado para decírtelo... —empezó a quejarse David. Su voz tenía un deje desafiante que a Mark le sentó como una patada en la boca.

Decirle, ¿qué?

Mark se quedó procesando unos instantes, mirándolo. Lo vio menear la cabeza en un gesto que rezumaba ironía.

—Ya me ha dicho *clarito* que me pierda. No necesito un *replay*, tío. ¿Qué quieres?

Mark aterrizó. Él había vuelto a verla, *casualmente*.

Se irguió, se acercó un poco más a David y habló con sus maneras telegráficas, pero claras.

—Quiero que desaparezcas de su panorama. Definitivamente.

David se revolvió.

—¿O qué? ¿Me vas a partir la cara como si fuéramos dos capullos adolescentes?

La expresión de Mark no reveló la tormenta que aquellas palabras habían desatado. Si David lo conociera, habría deducido por sus palabras que, efectivamente, había una tormenta.

Pero no lo conocía.

—Si hace falta... —respondió Mark mientras se acomodaba mejor los guantes de cuero en un gesto que a David se le antojó desafiante—. Hazme un favor, ¿quieres? —ahora lo miró a los ojos—. No hagas que tenga que volver.

El mensaje de aquellos ojos celeste fue mucho más contundente que las pocas palabras que había dicho.

—No te preocupes —dijo David cerrándose el abrigo—. No voy a ser un problema..

—No estoy preocupado —se limitó a contestar Mark.

Se miraron en silencio. Aquellas tres palabras de Mark resumieron un discurso más largo que le dio a entender *al antiguo amigo* de su mujer, que ya se estaba ocupando de evitar que él se convirtiera en un problema.

David volvió a asentir y se marchó sin más.

Cuando Shannon volvió de hacer las compras, Mark, como todos los días a esa hora, estaba supervisando el baño de Matt y Timmy. Y aunque no lo hubiera sabido, lo habría adivinado sin que nadie se lo dijera; la algarabía proveniente del baño que había en la habitación de los niños se escuchaba desde el descanso de la escalera.

Ella decidió hacer una parada en la habitación de Patty antes de ver a sus chicos. Tan pronto abrió la puerta, *Snow* corrió a darle la bienvenida. Shannon lo alzó en brazos, apartando la cara que el cachorrillo de Husky se empeñaba en lamer.

—¿Qué tal, nena? —se recostó contra el marco de la puerta sonriendo mientras le acariciaba el morro a *Snow*—, ¿cómo ha ido el día?

Patty había vuelto al instituto a cursar su último año. Mark no había querido correr riesgos, y se las había ingeniado para conseguir que la aceptaran a prueba en un buen colegio de la región. Patty, para satisfacción de Mark, se las había apañado para pasar todas las entrevistas y superar los exámenes de admisión. Ahora era otra jovencita; había adelgazado varios kilos, su aspecto aunque algo *funky*, era pulcro y sus modales... No se parecía en nada a la niña arisca que Shannon recogiera en su milésima casa de acogida aquel diciembre de hacía cuatro años.

Patty se quitó los auriculares y levantó la vista de lo que hacía.

—Hola... ¿decías algo?

Shannon sonrió.

—¿Jay-Z?

Patty la miró irónica, negó con la cabeza.

—James Parker. Explica tan rápido, que no hay quien lo siga... Menos mal que no le importa que lo grabe, que si no...

—¿Qué tal las clases de apoyo? ¿Te has puesto de acuerdo con el profesor?

—Lo pasé a mañana. Hoy vino Gillian a buscarme. Se ofreció a acompañarme, pero prefiero ir con Mark —sonrió divertida—. A tu marido todo el mundo se lo toma en serio solamente con verlo...

Shannon la miró interrogante. Habían hablado tres veces y él no le había comentado nada.

—Qué raro que no haya ido a buscarte...

—Eso pensé yo, pero me dijo Gillian que le había surgido un imprevisto. Algo de un proveedor, no lo sé...

¿Un proveedor? Para Mark todo lo relacionado con sus "hijos" era una prioridad. Ningún asunto del rancho habría impedido que él fuera a buscar a Patty al colegio, como no fuera un cataclismo o un incendio incontrolado devastando sus extensas praderas. Y si no era eso, ¿qué era?

Volvió a oírse a Timmy riendo a carcajadas. Shannon dejó al cachorrillo en el suelo.

—Bueno, voy a poner un poco de orden en el baño... Los gritos se deben escuchar desde la cocina... —añadió, sonriendo.

Patty la miró burlona.

—¿Por qué crees que uso auriculares?

◆ ◆ ◆ ◆ ◆

Al abrir la puerta del baño, lo primero que Shannon vio fue a Mark agazapado junto al mueble pileta, muerto de risa. Tenía el pelo chorreando agua y estaba desnudo de cintura para arriba. Momentáneamente, fue lo último que vio porque un chorro de agua le dio directamente en el cuello, le empapó la pechera del vestido y le salpicó la cara. Ambos niños sostenían una pistola de agua, pero solamente una la apuntaba a ella.

Miró al culpable con cara de pocos amigos tan pronto se repuso de la sorpresa.

—¿Hay que tener salvoconducto para entrar al baño y salir seco?

Matt se tapó la boca.

—Perdón...

—De perdón nada, *chiquilín* —Shannon se acercó a él sonriendo y le dio un beso en la frente—. Hoy quiero un masaje de diez minutos en el cuello, después igual te perdono y todo...

Lo vio poner los ojos en blanco y menear la cabeza mientras ella se acercaba a Timmy a darle el reglamentario beso.

—¿Para qué tienes marido si los masajes te los tengo que dar yo?

Shannon, que ya estaba frente a Mark, se puso de puntillas y le besó los labios.

—Él también me da masajes, ¿no, corazón?

Mark asintió.

Sonreía. La miraba como siempre, pero...

—¿Todo bien?

Lo vio asentir otra vez, luego mirar a los críos y empezar a darles indicaciones de que debían secarse, vestirse y ayudarle a poner en orden el baño.

—Cuando acabe aquí, bajo —dijo él a modo de fin de conversación. Y ni siquiera la miró.

Shannon se apresuró a asentir y marcharse.

Dios, algo pasaba.

◆ ◆ ◆ ◆ ◆

Durante las siguientes dos horas montones de preguntas bombardearon la mente de Shannon. Una, la más recurrente, empezaba a ganar las apuestas: ¿se habría enterado de que David había vuelto a verla? Y si era así, ¿cómo? Intentaba tranquilizarse diciéndose que eran ideas suyas, que si a Mark le pasara algo se lo habría dicho sin más...

Y casi conseguía creerse. Hasta que sus miradas se cruzaban de nuevo, y ella volvía a detectar ese algo inusual en el lenguaje corporal de Mark. Un algo nuevo, que no conocía y que no conseguía interpretar con claridad.

Cuando se despidió de todos, era tarde. Los niños y Patty hacía una hora que se habían ido a la cama, y Mark continuaba charlando con su padre sobre temas del rancho. No apareció en el dormitorio hasta mucho más tarde y para entonces, Shannon empezaba a estar seriamente preocupada.

—¿Todavía estás despierta? —preguntó él. Shannon lo vio empezar a desvestirse con su parsimonia habitual.

Parecía como siempre, pero no estaba como siempre.

Ella se volvió de lado en la cama. Acomodó mejor las mantas y apoyó la cabeza sobre una mano.

—Claro. Si no te siento cerca de mí, me cuesta dormirme, ya lo sabes.

Mark se quitó las botas y habló en tono suave, sin mirarla.

—Tenía que hablar de unos asuntos con mi padre.

—Lo sé... No pasa nada, corazón.

Lo vio asentir y continuar desabrochándose la camisa. Y decidió que aunque no fuera el mejor momento para hablar de la visita de David, iba a hacerlo igual.

—Además... yo también tengo que hablar de un tema contigo.

Él hizo una pausa, se quitó la camisa y luego, con aparente tranquilidad se giró hacia ella y la miró a los ojos.

—¿Ah, sí? ¿Qué sucede?

—David estuvo a verme en Solidarios... —dijo Shannon, y de puro nervio, se sentó y apoyó la espalda contra el respaldo—. Bueno... no vino a verme *a mí* —se apresuró a corregir. La mirada de Mark se tornó irónica, pero ella se acomodaba las mantas y no lo vio—. Su empresa va a encargarse de los sistemas informáticos y él... Tenía una cita con el responsable del departamento.

—¿Cuándo?

Shannon lo miró interrogante.

—A media mañana, ¿por qué? ¿es importante?

Mark enarcó la ceja; Shannon fue al grano.

—¿Qué está pasando aquí, Mark? Si fuera tú, estaría más interesada en "qué" que en "cuándo".

La mirada de él se endureció.

—No eres yo —le dijo con una aparente calma que Shannon no se creyó—. A mí no me interesa el "qué" porque ya lo sé. Lo que no sé, es por qué hablamos tres veces después de su visita y tú no me dijiste nada.

Shannon soltó el aire por la nariz con actitud cansada.

Así que eso era lo que pasaba... De alguna manera, Mark se había enterado de que David había ido a verla.

—No iba a decírtelo —admitió ella con cierto rubor en las mejillas. Lo miró con remordimiento y vio sus ojos claritos brillantes, clavados en ella—. Ayer, cuando te dije que si él volvía a verme haríamos lo que tú quisieras, no hablaba en serio... Quiero decir... Estaba segura de que te equivocabas, que no haría falta volver a hablar de él. Hoy cuando me di la vuelta y lo vi ahí... —apartó la mirada— tuve ganas de zurrarlo por ser tan...*estúpido*... Y por la situación en la que me estaba poniendo. La verdad, corazón —dijo mirándolo preocupada— es que no sabía cómo decírtelo... Te ibas a enojar un montón y pensé que... ¡bah! Qué más da lo que pensara, fue un error porque está claro que intentando evitarte un cabreo, te he dado otro más grande... ¿no?

—*Muchísimo* más grande.

Shannon se dejó caer contra el espaldar, lo miró. Mark estaba mucho más que enojado y ella...

—Ay, corazón... Te llamaría mil veces por día, solo por oírte... pero sé que estás *superliado,* así que me aguanto y cuando al fin hablamos me pone tan contenta que... —él continuaba mirándola en silencio y ella ya no aguantaba esa distancia, esa mirada. Se estiró y le cogió una mano—. Mira, Mark... Tienes razón, debí habértelo dicho cuando hablamos aunque te enojaras... Es lo que yo habría esperado de ti y también me habría enojado que no lo hicieras. Ahora, la cuestión es que ni me importa David ni quiero seguir malgastando el tiempo que pasamos juntos hablando de él... Así que, por favor, dime qué quieres que hagamos sobre este tema y acabemos con esto de una vez, ¿te parece bien?

Mark la estudió un buen rato en silencio. La vio esperar veredicto sosteniéndole la mirada. Siempre le había gustado eso de ella; miraba de frente, a los ojos, con la firmeza de quien se sabe buena persona.

Y él... Llevaba dos días rabioso de celos. Estaba susceptible, malhumorado, sacando las cosas de contexto...

—No es culpa tuya, Shan —admitió él, finalmente. Ella suspiró aliviada—. Supongo que mi amor propio se habría quedado más a gusto si me lo hubieras dicho la primera vez que hablamos... —acarició los dedos de Shannon que se enredaban en los suyos, algo ausente—, pero francamente, no creo que el cabreo hubiera sido menor...

Shannon lo miró interrogante, con ternura.

Él meneó la cabeza, empeoraba por segundos.

—No soporto que ningún otro tipo intente atraer tu atención... Llámame "cavernícola" si quieres, pero es lo que siento y no creo que sea malo. Tiene más que ver con ellos que contigo.

—Entonces... ¿no estás enojado conmigo? —le preguntó, con *ojitos* ilusionados.

Mark la miró unos instantes, al final negó con la cabeza.

Shannon, con un sonrisa feliz, le echó los brazos al cuello.

—Abrázame, corazón... —le susurró al oído—. Así... Dios, qué largas se me hacen las horas sin ti...

Mark la abrazó fuerte, sintiéndose revivir solo con tenerla cerca.

Shannon se acurrucó contra su pecho desnudo, apoyó la cara en su hombro y lo miró mientras le hablaba.

—Mañana, si quieres, quedamos con David y aclaramos lo que haya que aclarar... ¿sí, corazón?

Desde esa posición las facciones de Mark le parecían mucho más perfectas. Tenía una piel tersa, lisa como la de un bebé, y unas pestañas largas y bien curvadas, de un rubio tan claro que a la distancia pasaban casi inadvertidas... Y aquellos ojos hermosos que ahora buscaban su mirada, brillantes.

—Ya he hablado con él.

Shannon se incorporó un poco, mirándolo alucinada. Él asintió masculino.

—Me ocupo de mis asuntos, amor.

Una sonrisa mitad incrédula, mitad ilusionada apareció en la cara de Shannon.

—¿Has ido a verlo? —lo vio asentir con toda su seguridad. Por eso no había ido a buscar a los chicos al colegio—. ¿Le pusiste las pilas? —insistió, ilusionada.

Mark volvió a asentir. Shannon lo miró enamorada.

—Estoy loca por ti...

Y yo por ti.

Un cosquilleo familiar le recorrió la espalda. Cuando llegó a la ingle, los ojos de Mark habían abandonado los de Shannon y se concentraban en el camisón blanco que ella llevaba. Se sujetaba a los hombros por apenas dos tirantes minúsculos y mostraba grandes porciones de piel gracias a un generoso escote. Para vestir, aunque más atrevida que antes, la ropa de su mujer seguía siendo holgada y sobria. La que usaba para dormir, se encogía por días...

—¿Es nuevo? —preguntó mientras la recorría lentamente con su mirada.

Shannon se incorporó del todo sobre sus rodillas, frente a él. Sus ojos la siguieron.

—Sí, ¿te gusta?

Él sonrió masculino.

—Es una idea mía o... ¿cada vez son más pequeños?

Ella empezó a manipular la hebilla del cinturón de Mark, sonriendo con picardía.

—*Son* más pequeños —admitió.

Él se estremeció cuando sintió el roce delicado de un dedo femenino sobre su miembro.

—Me gusta como me miras y a ti te encanta mirarme —susurró ella, y volvió la vista a sus manos que ahora manipulaban la cremallera—. Tanto, que estuve pensando que unos de estos días, igual no me pongo nada —lo miró a los ojos—. Para dormir, quiero decir... ¿qué te parece?

Mark retuvo una mano de Shannon y la guió debajo de sus *boxers*.

—Que vamos a dormir muy poco —respondió. Su mirada se quedó en la de ella, pero su mano rodeó la de Shannon que empuñaba su miembro, apretándola—. Dime, amor, ¿es porque le paré los pies a tu *ex*?

La presión desapareció, y con ella las sensaciones alucinantes cuando Shannon liberó su mano. Durante un segundo Mark pensó que mencionarle a David no había sido la mejor de las ideas, pero al siguiente la vio quitarse el camisón y quedarse erguida frente él, con unos *boxers* blancos pequeñísimos por toda indumentaria...

Y al siguiente, ayudarlo a quitarse los vaqueros con tanta delicadeza como decisión.

—Porque estás celoso —corrigió ella, acercándose a él sensualmente — Porque estoy colada por ti —se detuvo. Durante unos instantes Mark miró los pechos que tenía a diez centímetros de la cara, luego levantó la vista para mirarla, encendido—. Y porque eres... —la vio morderse el labio inferior con picardía—. Dios, eres buenísimo entre las sábanas...

Mark estaba ardiendo. No acertaba a determinar qué lo excitaba más, si aquella flamante y premeditada explotación de su sensualidad, o el llano reconocimiento de sus dotes amatorias. Cualquiera de las dos cosas eran inflamables para el ego masculino. Para el suyo, eran una cerilla encendida sobre un barril de pólvora.

Mark respiró profundamente, llenando de aire sus pulmones, y se echó hacia atrás en la cama. Tiró de ella. Shannon sonrió suavemente, se apoyó en los codos para no caer sobre él y lo miró disfrutando de cada gesto y cada caricia, expectante.

—¿Qué? —susurró ella suavemente al ver que él se quedaba mirándola extasiado sin decir palabra.

No hubo respuesta.

Ella arqueó la espalda, irguió el torso completamente soportando el peso sobre sus brazos extendidos. Con el movimiento, sus caderas se pegaron a las de él, y sus pechos generosos temblaron, dominando su campo visual.

—¿Qué? —repitió ella suavemente. La primera respuesta fue física, la erección de él empezó a pulsar contra su vientre haciendo que un estremecimiento la recorriera de la cabeza a los pies; la segunda fue verbal.

—No te pongas nada para dormir —la voz de Mark sonó ronca, pesada. Un instante después, su cara se enterró entre los pechos de Shannon.

—*Dios...* —dijo ella envuelta en un gemido mientras con una mano en la nuca de Mark, guiaba apasionadamente los movimientos de su boca.

Mark se detuvo, tragó saliva. Al rato habló apenas en un murmullo, con los ojos cerrados, respirando con esfuerzo una y otra vez mientras ella enredaba los dedos en su cabello.

—Shan... necesito tenerte... —giró sobre ella apasionado, lamiendo todo lo que encontró a su paso desde el vientre hasta el cuello, quemándola de deseo— Tenerte para mí solo, sin hermanos, sin padres... —buscó su mirada ardiente— sin nadie. Solo para mí.

Sin nadie. O sea sin hijos, ni biológicos ni de otra clase. Shannon sintió que una oleada de ternura se mezclaba con el deseo que la agitaba. Durante semanas se había preguntado por qué un hombre tan familiar como él, todavía no había sugerido siquiera la idea de que tuvieran un hijo.

Ahora sabía por qué.

—¿Te apetece playa este fin de semana, solos tú y yo? —susurró ella. Suavemente buscó que él entrara en su cuerpo.

Mark la abrazó como si le fuera la vida en eso.

—Me apetece lo que sea mientras pueda tenerte así... Cuatro paredes, tú y yo, Shan. No necesito más.

—Ni yo, corazón... —murmuró ella, abandonándose al placer—. Ni yo.

ENTRE-HISTORIAS, 3

Domingo, 29 de enero de 2006.
Un bungaló frente al mar.
Marco Island, Florida

Shannon suspiró. Todavía a horcajadas de Mark, se inclinó hacia adelante y dejó que el peso de su cuerpo prácticamente se desplomara sobre él.

Mark echó la cabeza hacia atrás, cerró los ojos e intentó normalizar la respiración. De haber podido desplomarse en algún sitio, también lo habría hecho. La silla en la que estaba sentado con su mujer encima era amplia y en circunstancias normales, también cómoda, pero evidentemente no había sido concebida para el disfrute en pareja. Las tiras de cuero trenzado que formaban el entramado del asiento se enterraban dolorosamente en sus nalgas desnudas, dando fe de ello.

Aún así, no recordaba haberse sentido mejor en toda su vida y la razón era que, por primera vez desde que estaban juntos, tenía a Shannon para él solo.

Se habían casado de repente, sin tiempo para nada, ni siquiera para una mini luna de miel y compartían casa con otras seis personas; fuera del dormitorio, era complicado hasta darle un beso sin espectadores. Por eso Mark había aceptado de inmediato la oferta de Shannon de "un fin de semana en la playa, solos tú y yo", y desde el viernes a media tarde que habían llegado a la isla, no hacían otra cosa más que disfrutar de su mutua compañía, tocarse, besarse... como dos adolescentes locos de amor.

"Loco" definía muy bien la forma en que Mark se sentía. Ella le había descubierto una parte de desconocida de sí mismo, una en la que el profundo amor que sentía le proporcionaba estímulos nuevos, deseos inéditos, increíblemente intensos, de explorar juntos otras maneras, otros momentos, otros lugares...

Y repetir la experiencia.

Y volver a salir de exploración.

—Esto es como estar en el paraíso...

Mark sonrió sin abrir los ojos y volvió a la realidad. Era lo primero que su mujer decía en la última media hora. Todo lo demás que había logrado articular no tenía sílabas suficientes para contar como palabra.

—Esto —dijo pellizcándole el trasero— es una locura, pelirroja. Eso es lo que es. Seguro que el paraíso es mucho más reposado.

La escuchó reír con su risa cantarina y abrió los ojos para ver el espectáculo. La cara se le iluminaba cada vez que reía, cosa que hacía montones de veces por días, confiriéndole un aire de inocencia alegre que Mark encontraba irresistible.

—¿De qué te ríes? —preguntó, burlón—. Míranos... Llevamos dos días en cueros, montándonos el numerito por todo el bungaló... No tomamos sol ni nos damos un baño en esa playa alucinante que hay ahí fuera... No dormimos. Casi no comemos... Solamente —dijo el verbo en mímica haciendo que ella riera aún más— *tooodo* el día.

Mark no *follaba* ni *jodía* como el normal de la gente, con ella "hacía el amor". Lo más gráfico que le había oído decir bajo los efectos de un ataque de celos había sido "echar un polvo". Y cuando estaba de broma, como ahora, y usaba palabras coloquiales, les quitaba el sonido. Era como si le parecieran demasiado fuertes para los oídos de Shannon, lo que a ella le acariciaba el corazón tanto como sus rosas o sus bombones. Aunque riera.

—Ahora hablamos —apuntó ella, con picardía.

Mark volvió a acercarse, apoyó su frente en la de ella.

—Amor, todavía sigo encajado entre tus piernas. A esto, no se le puede llamar hablar.

Ella se incorporó un poco apoyándose en los hombros de Mark.

—Gracias, me iba a quedar pegado —dijo él sonriendo mientras volvía a hacerla sentar sobre sus piernas—. ¿Cómoda?

—Claro, aunque esté muerta de cansancio o de sueño, siempre estoy más cómoda si te tengo cerca. Cuanto más, mejor —añadió, con sinceridad. Esta vez no había picardía.

Era mutuo. Él asintió.

—Durante el día no me tienes muy cerca que se diga...

—Cierto. Pero eso va a cambiar completamente cuando volvamos. En un par de días más, nuestro *nidito* de amor estará habitable y —le dio un beso ligero sobre los labios— estaremos *cerquísima* todo el día... ¿qué te parece, corazón?

—Medio día —puntualizó él masculino, le devolvió el beso—, mientras los chicos estén en el cole...

Shannon lo miró con ternura, y como siempre que se sentía así, su mano instintivamente se pegó a su mejilla. La punta de los dedos se internaron en la jungla de rizos rubios.

—Nos ocuparemos de hacerlo rendir en condiciones...

Mark sonrió, tomó la mano que le acariciaba la mejilla y la besó.

—Me encantan esos críos y soy feliz de ver lo bien que va Patty —dijo él con los ojos iluminados—. Me siento tan orgulloso de los tres... Como dice mi madre, "no cambiaría ni un solo minuto de mi vida desde que están conmigo", pero nunca me imaginé que sería así... Me refiero a enamorarme.

Shannon no salía de su asombro. Intentaba que sus ojos y su expresión no delataran la ternura que oír hablar a aquel hombre de emociones hacía crecer en su interior. Era consciente de lo mucho que ella había cambiado desde que estaban juntos; ahora empezaba a comprender que en él el cambio había sido gigantesco.

—No es solamente lo físico... —la miró brevemente con los ojos brillantes, ella sonrió—. Aunque lo nuestro se las trae —añadió con picardía—. Es todo. Mi relación con las de tu sexo siempre fue tan elemental... Y hasta en ese plano me aburrían cantidad... Nunca he tenido algo serio con nadie. Me sentía incapaz de hacerles el juego. Aguantar sus memeces, tener que llevarlas a cenar o al cine y hacer el papel de chico interesado... Me parecía un precio demasiado alto por un poco de sexo.

Shannon liberó su mano y volvió a acariciarle el cabello con ternura.

—No eres fácil de llevar, Mark. Para llegar a descubrir lo dulce que eres, primero hay que atravesar el muro de tus certezas —le dio un beso en los labios largo, suave— y enfrentarse a eso, corazón, es como meterse en las fauces de un león hambriento; una experiencia aterradora.

Ahora el sorprendido era Mark.

—Curioso que digas eso, pelirroja... Me has freído a calabazas lo que te he dado la gana —le pellizcó el trasero—. Tardaste un suspiro en volverme lo bastante loco como para hacer que te pusiera un anillo en el dedo, y medio suspiro más en conseguir que escaparme a Las Vegas para casarme contigo me pareciera la mejor idea del mundo... Y hablamos de mí, de Mark Brady. Puede que al resto de tus contemporáneas les resulte un tipo difícil de llevar. Para ti, no tengo secretos.

—¿Yo? —Shannon reía incrédula— ¡Fuiste tú, yo no hice nada!

Dios... Cuando te declaraste en el salón de tu casa... ¡Madre mía! Pensaba "¿cómo voy a casarme con este hombre si casi no nos conocemos? ¡Está loco!"

Mark sonrió masculino, le rodeó la cintura con sus brazos mirándola satisfecho.

—Pero me dijiste que sí.

Había ilusión en los ojos de Shannon cuando habló.

—Te dije que sí —asintió suavemente—. Me iría al fin del mundo contigo si me lo pidieras. Tardé mucho tiempo en darme cuenta qué era eso de ti que me hacía sentir emocionalmente rendida a tus pies, cautivada... Pero cuando lo vi, tuve *clarísimo* que te querría en mi vida siempre... Sabes amar y amas a tope, sin miedo, sin reservas... Sabes hacer que un *patito* feo se sienta un cisne hermoso cuando tú lo miras... Créeme, lo sé muy bien. Yo he sido un *patito* feo la mayor parte de mi vida. Hasta que me miraste —él siguió cada gesto de Shannon con ojos emocionados—. Arrasas, Mark. Pasas como un duende por el corazón lastimado de las personas que eliges querer, y lo cambias todo... Después de ti, hay esperanza. Y una sensación rara... como que las heridas siguen allí, pero duelen cada vez menos y con el tiempo, ya ni te acuerdas de ellas... Dejas una huella imborrable; hay un antes de ti —le acarició las mejillas suavemente— y un después de ti. Yo tampoco cambiaría ni un solo minuto de mi vida desde que estoy contigo y ¿sabes qué? Estoy segura de que Matt, Timmy y Patty, tampoco.

Mark asintió levemente con los ojos vidriosos. Habría querido decirle que un ángel no podía ser un *patito* feo, que había sido su ternura, su inocencia, su increíble generosidad lo que había arrasado la vida de él, cambiando más cosas de las que nadie podía imaginar, dándole un sentido diferente, completándola...

Pero ella no le dio tiempo.

Shannon depositó un beso tierno en la punta de la nariz masculina, y se puso de pie.

—Voy al baño —susurró mirándolo con cariño.

En aquellos ojos claros estaba a punto de llover, y aunque era todo un espectáculo, seguían siendo los ojos de un hombre. Decidió que lo mejor era dejarlo a solas un rato.

Cuando un cuantos minutos después Shannon regresó a la cocina, Mark parecía recuperado. Había preparado dos tazas de café y sentado a la mesa, bebía el suyo mientras miraba por el gran ventanal hacia la playa.

Al oír la puerta, volvió la cara sonriendo y la miró.

—*Mmm...* Café, ¡qué bien! —dijo ella, apartando la silla para sentarse a la mesa.

—Ahí no. Aquí —Mark le dio la mano y tiró de ella hasta que Shannon volvió a sentarse sobre sus piernas—. Así.

A continuación, él miró divertido la camiseta con que ella había cubierto su desnudez y negó con la cabeza.

—De eso nada, para una vez que puedo mirarte desnuda mientras me tomo un café contigo en la cocina, como las parejas normales... —sentenció, mientras la ayudaba a quitársela.

—Las parejas normales no se toman un café desnudos en la cocina, corazón. Eso solo pasa en las películas.

Mark bebió un sorbo y la miró divertido por encima de la taza.

—Pues habrá que arreglarlo... Ahora que vamos a tener casa propia con cocina propia y las mañanas libres de niños y niñas...

Shannon le echó una mirada irónica.

—Yo tendré las mañanas libres. Tú, unas jornadas maratonianas de trabajo que empiezan antes del alba y acaban después de que se pone el sol, con un *cortísimo* recreo de un par de horas para comer y recoger a los críos en el *cole* —bebió un sorbo de su café mirándolo desafiante—. Vamos, que casi podría decirte que me dejes una foto para pegarla en la pared de la cocina así la miro mientras me tomo el café desnuda.

Tenía razón. Toda la razón. En veinticuatro horas habían pasado de ser dos jóvenes solteros con trabajos absorbentes, a ser matrimonio; simplemente, habían adaptado su vida en pareja a sus respectivas situaciones personales. Pero ahora Shannon ya no estaba en Acogidas, tenían su propia casa casi a punto y...

—Está bien, amor. Es hora de hablar del futuro, ¿te parece?

Una sonrisa inmensa apareció en la cara de Shannon. Llevaba cuatro meses esperando este día.

—Soy consciente de que el rancho me lleva demasiadas horas y estoy en ello, ¿vale? Ya he hablado con mi padre. Estuvo de acuerdo en que pongamos un segundo capataz. Rick se encargará del sector ganadero y el que contratemos, del otro. Mañana irán un par de tipos con buenas referencias y con suerte —sonrió— para mitad de semana, el café te lo tomas conmigo, en persona.

Shannon le despeinó la cabeza en un gesto cariñoso. Mark continuó.

—¿Sigues sin saber qué vas a hacer con tus "adolescentes problemáticos"?

—Esta semana hablé con Chris Brown... Acordamos que mis chicos de Acogidas pueden unirse a sus grupos de actividades. Marian Ross estuvo de acuerdo siempre que se la mantenga informada, a los padres de acogida les parezca bien, y los críos quieran participar, claro... De momento, la cosa va bien, ya veremos.

—¿Te vas a encargar tú de los grupos?

Shannon negó con la cabeza y vio que una sonrisa encantada aparecía en la cara de Mark.

—Quiero tiempo para ti, para los niños, para nosotros... Esos chicos necesitan mucho más de lo que yo puedo darles en estos momentos, y si no fuera Chris quien se va a ocupar de ellos, no se me habría pasado por la cabeza dejarlos. Pero estarán con ella, mi heroína particular, así que estoy tranquila porque sé que los chicos estarán perfectamente... Ella estuvo de acuerdo conmigo, me dijo que lo que tenía que hacer era ocuparme de mi familia, que es justamente lo que yo pienso, lo que quiero hacer... Algún día volveré a mis chicos problemáticos, no como ha sido hasta ahora, pero volveré... En su momento. Ahora no —sonrió con picardía y se lo soltó—. Además, este ataque de "quiero tenerte para mi solo", francamente, no creo que te dure mucho... Eres un hombre familiar y uno de estos días vas a empezar a atosigarme con que quieres hijos nuestros —le dio un beso en la nariz—. Me extraña que no hayas dicho nada aún...

La expresión de Mark se volvió dulce como la miel.

—Qué loco estoy por ti, pelirroja... —susurró en un arrebato enamorado después de tomar la cara de su mujer entre las manos y llover besos sobre su rostro—. ¿Quieres que tengamos un hijo?

Shannon se apartó para mirarlo. Había tanta ilusión en aquellos ojos hermosos...

—¿Con un padre como tú? Uno, no; *varios*.

Lo vio morderse el labio inferior, enamorado, ilusionado... Mil emociones se expresaban en aquella mirada, en aquella media sonrisa nerviosa, casi incrédula.

—¿Lo dices en serio? —atinó a susurrar.

—Claro.

—¿Te refieres a "ahora"? —insistió, con un hilo de voz.

Shannon lo abrazó fuerte.

—¡Ay, corazón! Tú no eres de este mundo —se apartó buscando su mirada y le habló con ternura—. Cuando tú quieras, ¿vale?

—¿De verdad? —repitió él besando sus labios una y otra vez.

Ella lo miró unos instantes. Mark estaba... Conmovido. De conmoción, no solo de emoción. Si hubiera tenido una cámara a mano, lo habría filmado para poder mostrárselo a sus hijos cuando fueran mayores y decirles "¿veis? Esta es la cara que se le quedó a papá cuando le dije que quería un bebé".

—A ver qué te parece esto —dijo ella al fin. Mark siguió cada movimiento de sus labios y de sus ojos con completa atención, el corazón latiendo desaforadamente en su garganta—. Nos mudamos a nuestra *casita*. Nos instalamos bien. Damos carpetazo a los detalles sueltos que quedan por acabar y —sonrió— una de esas mañanas que tomemos un café desnudos en la cocina...

Mark suspiró, la abrazó haciendo que ella se acurrucara contra él, y por un rato no pronunció una sola palabra.

Con los ojos cerrados, el corazón palpitando enloquecido y el amor de su vida entre los brazos, no se animaba ni siquiera a pensar. Quería capturar aquel momento, que no acabara, que nada lo estropeara...

—Te amo, Shan —buscó su mirada, enamorado—. Te amo con locura.

Shannon apenas sonrió. Tan emocionada como él, volvió a acurrucarse contra su pecho sin decir nada.

Ella también deseaba capturar aquel momento para siempre.

ENTRE-HISTORIAS, 4

Mediados de febrero de 2005.
Rancho Brady, sector agrícola.
Camden, Arkansas

Mark se bajó del tractor y atravesó la alambrada de un salto. A continuación se dirigió al barracón donde los jornaleros hacían un pausa en las labores previas a la siembra de primavera para tomar un café y recuperar fuerzas.

Se sirvió uno y echó un vistazo buscando a Gillian.

—¿Qué? —escuchó que una voz burlona y muy familiar decía a su espalda—. ¿Hoy no hay café de media mañana con tu *mujercita*?

Mark se volvió echándole a Jeffrey una mirada con mensaje. —Ya quisieras tú que alguna *mujercita* te esperara con café a media mañana —lo miró desafiante—, o en algún momento del día, pero ni pagando, chaval... —sonrió pícaro— el café, quiero decir...

Jeffrey se cruzó de brazos y lo miró divertido. —Así que ahora, a lo que haces a media mañana todos los días desde hace dos semanas, se le llama "tomar café"...

Mark bebió un sorbo del suyo sin darse por aludido. Jeffrey volvió al ataque.

—Tío —dijo palmeándole el hombro—, cada vez que veo la cara de felicidad que traes cuando vuelves, te juro que me entra un come-come... ¿Por qué a mí no me hace ese efecto? —se acercó para hablarle en voz baja—. Tú desayunas, chaval. Y bien servido, además.

Mark apuró su café sin decir palabra. Ni era asunto suyo ni tampoco tema de conversación. Y además, era cierto. Shannon y él estaban locos el uno por el otro, y ahora tenían una casa propia que durante las mañanas solo compartían con Snow, la mascota de Patty. Lo de tomar café era puro eufemismo.

—¿Has visto a Gillian? —preguntó cambiando de tema ante la mirada burlona de Jeffrey.

En realidad, no era una excusa aunque lo pareciera. Acababa de hablar con un ganadero que estaba interesado en comprar la cosecha de berza con que Gillian había empezado a reconvertir sus dos hectáreas dedicadas al cultivo ecológico, y quería hablar con ella.

—Fue a la casa. Hace un buen rato, ahora que lo dices...

Mark asintió.

—Me voy para allá. Creo que voy a alegrarle el día... Luego te veo.

—¿A Gillian o a tu mujer? —escuchó que Jeffrey le preguntaba riendo. Se limitó a hacerle un gesto de adiós con la mano y subió a su monovolumen.

Aquella mañana no habría "eufemismo de café": después de dejar a los chicos en el colegio, Shannon iba a recoger las cortinas que había mandado hacer para el salón, y luego quería aprovechar para pasarse por Solidarios. Derrochaba felicidad con "su casa", a la que estaba convirtiendo en un lugar cada día más acogedor.

A Mark le encantaba verla tan ilusionada. En la vida se habría imaginado que la vieja y destartalada morada de los guardeses, cuando el rancho era todavía plantación, algún día le parecerían las cuatro paredes más hermosas del mundo. Le gustaba la sensación de abrir la puerta y que todos sus sentidos se llenaran de Shannon... De su olor, de sus detalles decorativos que daban vida a cada rincón, de su alegría expresada en el color y en las formas de todo, desde los muebles hasta la mantelería, y del orden informal, pero evidente dondequiera que mirara.

Hasta los niños y Patty parecían estar a gusto en aquel ambiente más acorde a la idea de hogar corriente, con un matrimonio joven haciendo las veces de madre y padre. Mark había pensado que los pequeños quizás echarían de menos la gran casa familiar de los Brady, pero no había sido así. A Matt y Timmy les gustaba su nuevo hogar, y la habitación que Shannon había preparado para ellos les había parecido "muy *guay*".

◆ ◆ ◆ ◆ ◆

Desde la ventana de la cocina, Eileen vio que Mark aparcaba en la entrada del jardín, y se apresuró a dejar lo que hacía y secarse las manos.

—Mark está aquí —dijo entrando a prisa en el salón donde John hablaba por teléfono con Gillian. Acababa de colgar.

—Tranquila, cariño, están de camino...

El sonido de Mark que entraba silbando una canción dejó la frase de John a medias.

Mark asomó la cabeza en la cocina y al no ver a nadie, siguió hasta el salón. Los miró divertido.

—¿Haciendo manitas? —preguntó pícaro.

John rió de buena gana.

—Ya no —respondió, y soltó la carcajada al ver las mejillas súbitamente coloreadas de su mujer.

—Lo siento, papá —dijo, mirando con ternura a su ruborizada madre —. ¿Dónde está la pitufa? ¡Tengo una muy buena noticia para ella!

Eileen miró de reojo a su marido.

—Vamos a la cocina y te cuento... —replicó John poniéndose en marcha, seguido de los demás. Una vez allí, sirvió una taza de café y se la entregó a Mark. Él miró la taza y luego a su padre con el ceño fruncido.

—Ya tomé, gracias.

Eileen se sentó a la mesa. John asintió y se quedó con la taza.

—Gillian ha bajado a la ciudad para acompañar a Shannon al hospital —al ver que a su hijo le cambiaba la expresión de la cara, se apresuró a continuar—. No sucede nada, tranquilo.

Mark se quedó en blanco un segundo, pero al siguiente lo vieron dar media vuelta y dirigirse a la salida, como alma que lleva el diablo...

John corrió detrás de él.

—¡Mark! ¡Espera, hijo! Acabo de hablar con Gillian y vienen de camino... —lo alcanzó en el porche y lo detuvo por un brazo—. Mark, cálmate... *No-sucede-nada...*

—¿Por qué soy el último en enterarme que a mi mujer tuvieron que llevarla al hospital? —espetó con actitud tan molesta como el tono de su voz. Eileen bajó la vista, tenía razón. John más acostumbrado a la contundencia breve pero explosiva de su hijo, lo dejó acabar—. ¿Alguno de los dos puede responderme?

—Fue un corte pequeño en la pierna, Mark... —dijo su padre intentando tranquilizarlo—. Necesitaba un par de puntos, nada más. Shannon no quiso decirte nada porque sabe que estáis agobiados de trabajo... Si no hubieras venido a hablar con Gillian, para cuando volvieras a ver a tu mujer ni te habrías dado cuenta...

Sí, claro. O igual, con suerte, lo invitaban al funeral.

Mark buscó el móvil en su cazadora.

—Alguien me va a oír un buen rato hoy.

John puso su mano sobre el teléfono de Mark, y negó con la cabeza.

—Primero te tomas un café y te serenas... Están de camino, en serio, vamos dentro...

Pero Mark ni se movió.

—¿Cómo se lastimó? —preguntó. Vio a su madre dudar y se volvió hacia su padre con cara de pocos amigos—. ¿Qué está sucediendo aquí?

John se disponía a contestar, pero el sonido de un motor acercándose por el camino, hizo que Mark se diera la vuelta. Al ver que era el Jeep de Gillian, él empezó a bajar las escaleras que llevaban del porche al jardín, con paso decidido.

En el vehículo, Gillian que acababa de ver a Mark dirigiéndose hacia ellas habló entre dientes.

—Nos va a poner firmes, nena... No ha sido buena idea no decírselo...

Shannon se inclinó hacia adelante y miró por la ventanilla del conductor. Mark atravesaba el jardín. Todo su lenguaje corporal dejaba bien claro que estaba rabioso.

Ambas se miraron cuando lo vieron pasar por delante del Jeep directamene hacia la puerta del acompañante.

—*Oh-oh*... Va a empezar por ti —murmuró Gillian.

Shannon no tuvo tiempo de contestar. Mark abrió la puerta, la cogió en brazos y antes de marcharse, sentenció a Gillian.

—Contigo hablaré luego.

A continuación, entró en la casa con su mujer en brazos y fue directo al salón. Ventajas de conocerlo muy bien, ella se limitó a dejarlo hacer.

—Será "privado"—dijo Mark, cerrando la puerta del salón prácticamente en las narices de sus padres.

Shannon lo vio respirar hondo y darse la vuelta, mirándola con los ojos brillantes.

—No vuelvas a hacer algo así, amor.

Amor. No era enojo, sino miedo. Shannon extendió la mano hacia él instándolo a que se acercara y la tomara.

Él obedeció, se puso de cuclillas delante de ella.

—Empieza a soltar por esa boca ya mismo. Con puntos y comas, ¿está claro?

Ella asintió.

—Estaba subida en la escalera...

—¿Y qué coño hacías subida a una escalera? —la interrumpió él.

Shannon sonrió con ternura.

—Ponía las cortinas. Quería...

—¡Por amor de Dios, Shannon...! Aparte de mí, hay cincuenta y tres tíos hoy en este rancho para subirse a la jodida escalera y poner las cortinas... ¿Por qué coño no me has avisado? Además, me dijiste que ibas a ver a Chris Brown.

Shannon le acarició la mejilla. Él le echó una mirada furibunda, pero se quedó con su mano.

—Estaba ocupada, en una reunión, y como ya sé que las reuniones de Solidarios pueden durar horas, me volví a casa... Iba a poner las cortinas y llamarte para que vinieras... Quería darte una sorpresa...

—Lo que me has dado es un disgusto, pelirroja... A ver, ¿dónde te has lastimado? —él se apartó un poco para mirarle las piernas.

—No me lastimé —admitió. Él la miró interrogante—. Estoy bien...

—Mi padre me ha dicho que te hiciste una brecha en la pierna.

Shannon asintió.

—Fue lo primero que se nos ocurrió... —Mark palideció—. No queríamos preocuparlos...

—Shannon... —empezó a decir él, completamente serio.

Ella le hizo un gesto de que se tranquilizara, y le impidió continuar.

—Me caí de la escalera, pero solo me golpeé un poco la rodilla. Estoy bien, de verdad.

Mark respiró hondo, la miró preocupado.

—¿Por qué has ido al hospital, entonces?

—Me caí de la escalera porque tuve un mareo... Es la tercera vez esta semana —él abrió los ojos como platos—. No, corazón, *estoy bien*... Así que le pedí a Gillian que me acompañara, no quería que os asustarais...

—Genial. Pues, yo estoy *cagadito* de miedo...

Shannon tomó la cara de Mark entre sus manos, mirándolo enamorada.

—No pasa nada, de veras... Es que... estoy embarazada, corazón...

Él se quedó inmóvil. Pestañeaba como si intentara aclarar la imagen, sin atinar a nada más. Al final, habló.

—No.

Ella sonrió.

—Sí.

Lo vio llevarse las manos a la cara, alucinado.

—No.

—Sí, corazón, estoy esperando un bebé.

Enternecida por la reacción de él, lo vio ponerse de pie lentamente, mientras la miraba como si fuera una aparición, cada vez más sorprendido, cada vez más maravillado.

—No puede ser, Shan... —sonrió incrédulo—. Pero si...

Ella se encogió de hombros mirándolo inocente.

Lo siguiente fue un grito de alegría atronador.

—¡Dios!¡Voy a ser padre!¡Sí! —exclamó gritando a todo pulmón, al tiempo que soltaba un puñetazo al aire. Un segundo después la levantó del asiento de un abrazo—. Te adoro... Gracias, amor... ¡Gracias, gracias, gracias...!

Los de fuera no tardaron en unirse a la fiesta cuando lo oyeron, celebrando exultantes como el propio padre, que el primer bebé Brady estaba en camino. Diez minutos después, la peonada se unía a la celebración acelerando tractores y tocando claxons, y la noticia había llegado hasta Montreal, donde Mandy estaba de gira. Mientras, Jason se ponía de camino al rancho desde Dallas, para celebrarlo en familia.

Patty no dejaba de sonreírles con picardía cada vez que cruzaban miradas. Matt y Timmy habían pasado todo el día *hiperactivos*, con una excitación distinta a la habitual, mucho más intensa, y ya en la cama por la noche, habían tardado más de un hora en dejar de preguntar y dormirse. Estaban sorprendidos y a su manera, emocionados.

◆ ◆ ◆ ◆ ◆

Era cerca de medianoche cuando Mark y Shannon al fin se quedaron solos en la cocina disfrutando del día más especial de sus vidas.

—Ven aquí —dijo él, y le tendió la mano para que ella fuera a sentarse sobre sus piernas.

Shannon meneó la cabeza sorprendida. El nivel de *mimosidad* de Mark había subido varios puntos desde que se enterara que ella estaba embarazada. De uno a diez, estaba en ocho y aún quedaban más de siete meses para que efectivamente se convirtiera en padre.

Con una expresión divertida en la cara, ella rodeó la mesa, esperó a que él apartara un poco la silla para hacer suficiente espacio, y se sentó sobre su falda.

—La sonrisa se va a tragar tu cara —apuntó ella con ternura, y le dio un beso en los labios—. Me gusta verte tan contento.

—Contento no, *feliz* —le rodeó la cintura con los brazos mirándola con una sonrisa radiante—. Soy el tipo más feliz del mundo.

—¿Aunque no hayamos podido planearlo?

Él frunció el ceño, pero siguió sonriendo.

—¿Planearlo? Ya sé que crees que soy de otra era, pero los hijos son el fruto del amor entre dos personas, no una consecuencia. Yo planeo unas vacaciones o un coche nuevo, un hijo no.

Shannon sonrió suavemente, y cuando quiso darse cuenta le acariciaba la mejilla, tal era la ternura que él siempre le inspiraba, especialmente cuando hablaba de cosas importantes.

—Pero no te oponías a que usáramos protección...

A lo que no se oponía era a que fuera ella quien decidiera sobre el tema, pero ya que tenían un hijo en camino no hacía falta definir posiciones sobre la cuestión, algo siempre conveniente evitar con una mujer.

—No —replicó él masculino, y sonrió con picardía—, aunque parece que la protección no protegió mucho...

Las mejillas de Shannon lo dijeron antes que su boca.

—Especialmente cuando no la usas...

La primera reacción de Mark fue soltar una carcajada. ¿De qué hablaba esa pelirroja? Entre las siestas de los fines de semana, y los cafés de media mañana, las cajas de "protección" caían más rápido que caramelos a la puerta de un colegio.

La siguiente, al ver el incendio en la cara de su mujer, fue sorpresa. Que él recordara, solo una vez no la habían usado: el día de Navidad. Y no es que les hubiera dado tiempo para pensar mucho, pero él, desde luego, no lo había creído necesario.

—Entonces, el día que lo explicaron debí faltar a clase —apuntó él, con humor.

Shannon se desternillaba, tan muerta de risa como de apuro. Tardó un buen rato en calmarse y poder hablar, todavía riendo.

No había faltado a clase. Esas cosas no se explicaban. En la era post Sida, se daba por supuesto que tres semanas del mes una mujer si mantenía relaciones sexuales, lo hacía con protección, y la restante semana, sencillamente, se abstenía. Pero entendía la reacción de Mark, ella misma lo había pensado al enterarse de que estaba embarazada y que el recuento de semanas situaba la concepción los últimos días del año.

—Mis ciclos son cortos, así que aunque... Bueno, que sigo siendo fértil. Ya lo sabemos para la próxima vez.

Él la estrechó más fuerte, entre paternal y pícaro, y buscó su mirada.

—¿Nuestro "acontecimiento" privado después del paseo a caballo?

Ella asintió sonriendo.

—Menudo acontecimiento...

Y tanto, pensó Mark. La inesperada aparición de su madre no había conseguido cortar la intensidad de lo que se cocía entre los dos, solo posponerla. De regreso del paseo, con hora y media por delante hasta que la comida estuviera lista y los niños por ahí con Mandy y Jordan...

—Lo bordé, sí —apuntó él con toda su vanidad.

Shannon podría haber soltado una pulla, le encantaba pincharlo. Pero la verdad, *lo había bordado*. Y como lo tenía por alguien sumamente conservador, la sorpresa había sido doble.

—Siempre lo haces —le dijo con ternura.

Él, sonriente, bajó la vista. Shannon esperó la pregunta.

—¿Fue... —la miró a los ojos y mantuvo la mirada— la primera vez?

—Fue amor —respondió Shannon. Se inclinó hacia él y le habló entre besos— y como tú, solo me he enamorado una vez. Bueno, *dos*. Pero de la misma persona.

Vaya, pensó él, la inocencia se mezclaba con aquel brillo alucinante "premamá" que tenían sus ojos...

Premamá. La mano de Mark se fue al vientre de Shannon tan pronto la palabra le cruzó la mente.

Ella sonrió, acompañó las caricias con la suya.

—Cada vez que pienso que mi hijo está aquí... —Mark suspiró, no completó la frase. La ilusión en sus ojos lo hizo por él.

—O hija —apuntó ella.

La sonrisa de él se hizo más grande. Asintió.

—O hija.

—La niña de tus ojos —bromeó Shannon—. John Brady tiene una, así que lo más lógico es que *Mark Brady* también la tenga.

Esta vez no hubo sonrisa. Fue como si toda la intensidad se concentrara en los ojos de Mark y en la mano que antes le acariciaba el vientre, y ahora, de forma suave pero inequívocamente íntima, un pecho.

—Ese puesto ya está ocupado —susurró sobre los labios de ella sin dejar de mirarla—. Antes que tú, no hay nada.

Ella suspiró, empezó a devolver sus besos con tanta pasión como él. Si no lo conociera, pensaría que aquel *rubito* sabía lo mucho que la ablandaba oírlo hablar así y lo hacía a propósito. Lo que, en circunstancias normales, era bastante peligroso, y estando en cinta...

—¿Tienes una idea del efecto de esas palabras en una mujer que además de loca por ti, está embarazada, corazón?

Más o menos como el que tenían las de ella en él.

—En mi mujer, sí —dijo Mark, al tiempo que se ponía de pie, la alzaba como un bebé y se encaminaba hacia el dormitorio—. En la madre de mi primer hijo, todavía no.

Shannon lo miró con los ojos llenos de amor mientras él con una sonrisa realizada, atravesaba el corredor con ella en brazos y entraban a la habitación.

—Eres increíble, señor Brady.

Él se estremeció, volvió a dejarla en el suelo y la empujó suavemente contra la puerta hasta que esta se cerró. Sus ojos acompañaron las caricias de su mano sobre el vientre femenino. Un gesto tremendamente posesivo y, a la vez, amoroso que la conmovió.

Luego, enfocaron en ella, ardientes.

—Y tú, eres mi vida —susurró él un segundo antes de que los dos se fundieran en un abrazo apasionado.

SOBRE LA AUTORA

Aunque escribió su primer libro con apenas doce años y se pasó otros veinte cargando cajas llenas de novelas escritas en cuadernos de espiral cada vez que cambiaba de casa, no fue hasta 2006 que se planteó publicar. Fruto de esa decisión es Jera Romance, web que actualmente alberga y da nombre a su colección romántica.

Su estreno "oficial" en el mundo romántico español tuvo lugar en abril de 2011, de la mano de "Princesa", una novela que aborda el controvertido asunto de la diferencia de edad en la pareja, y que ha enamorado a las lectoras. Han sido sus apasionadas recomendaciones y su permanente apoyo, las que han convertido a "Princesa" en un éxito, y a Dakota, su protagonista, en el primer héroe romántico creado por una autora española que cuenta con su propio Club de Fans en Facebook.

También es autora de la serie romántica *Sintonías*, compuesta por "Bombón" (2007), "Primer amor" (2007) y "Amigos del alma" (2008), de la que se hizo una edición formal, con ISBN, en septiembre de 2012. Sus libros también están disponibles en versión impresa y versión Kindle, a través de Amazon.

Patricia Sutherland nació en Buenos Aires, Argentina, pero está radicada en España desde 1982.

Página oficial:
Jera Romance
www.jeraromance.com

Blog:
Sutherland
patricia-sutherland.com